KB180828

문학장과 현실의 장

문학장과 현실의 장

김병덕 평론집

국학자료원

책머리에

세월이 빨리 흐르고 있음을 새삼 느낀다. 세기말의 우울에 절망하고 곧 도래할 새로운 밀레니엄에 들떴던 때가 바로 엊그제처럼 선연한데, 어느덧 2023년의 여름이다. 시간의 가공할 속도에 비례해 세상도 급변하고 있다. 천개지벽이라 할 만큼 놀라운 생활상의 변화에 누구도 휘둥그레 않을 수 없다. 특히 대화형 인공지능 챗GPT의 등장은 기존의 많은 체계를 뒤엎을 만큼의 기세로 발전하고 있다. 이 분야 전문가들은 앞으로 많은 직종을 챗GPT가 대체할 것이라 예측한다. 이에는 문필업도 포함된다.

이런 정황에서 소설로 우리의 문학장과 현실의 장을 되살피는 일이 무슨 의미가 있을까 싶기도 하다. 하지만 작가들은 늘 시대 상황에 주목해 삶을 정밀하게 드러내는 일에 소홀히 하지 않았고, 새로운 문학담론과 창작기법을 모색하는 데에도 게으르지 않았다. 이 책은 그 점에 주목한 결과물이다. 비록 챗GPT와 같은 최신의 이슈는 아닐지라도, 지난 시절 우리 작가들이 문학장과 현실의 장에서 치열하게 고민하고 성찰한 창작물들은 인간과 세계, 그리고 문학 그 자체를 세밀히 응시하게 한다.

이 책의 구성 체계는 다음과 같다. 문학장을 다룬 1부는 등단 제도와 작가가 되기 위한 응모자들의 노력에 대한 글로 시작된다. 문학의 위상이 나날이 곤두박질치고 있는 시대임에도, 등단을 위해 분투하는 많은 응모자들의 열정은 한국문학을 지탱하는 든든한 보루가 아닐 수 없다. 다음으로는 세기의 전환에 도전적으로 창작방법론을 모색하는 젊은 작가들의 작품들과 전통적 기법을 고수하며 수작을 산출하는 작가들의 소설들을 살폈다. 소설의 새로움과 전통적 미학의 조화로운 공존은, 작가들이 고심하는 창작방법론 확립에 도움이 되지 않을까 한다. 그 점을 조금 더 심화하여 쓴 글이 이승우와 박형서 소설에 나타난 창작방법론과 문학장 고찰이다. 일견 이승우는 전통적 소설미학에 충실한 작가이고 박형서는 2000년대의 소설적 새로움을 추구한 작가로 여겨지지만, 각 작가의 작품들에는 특유의 창작방법론과 문학장 전반에 대한 깊이있는 성찰이 담겨 있다. 그리고 마지막으로 「소설과 소설가에 대한 이모저모」는 잡사(雜事)의 서술 같은 성격이 짙지만, 되레 그런 방식이 소설과 소설가를 이해하는 한 방편이 되지 않을까 싶기도 하다.

2부에서는 우리의 생활세계에 주목한 작가들의 작품을 분석했다. 작고한 작가인 류주현, 조해일의 작품들은 급변하는 세상에서 온고지신의 미덕을 되새기게 한다. 류주현은 작가 말년에, 지금으로부터 대략 반세기 전 노인들의 삶을 소설화했는데, 이는 고령화된 우리 사회에서 그들의 삶을 살필 수 있게 하는 좋은 지침이 된다. 역시 1970년대의 왕십리라는 변두리 공간을 소설화한 조해일의 작품은 오늘의 고도화된 자본주의 상황에서 반추해볼 만한 의미가 있다. 1980년에서 2016년까지 긴 시간 동안, 우리의 정치와 역사적 상황을 집요하게 고찰한 최수철의 소설들은 격동기의 한국을 되돌아보게 한다. 몇몇 작가들의 작품에 나오는 고문의 양상을 연구한 글에서는 과거 폭압적 정치세력의 야만성을 고스란히 드러내고 있다. 여성적 삶을 섬세하게 그린 정혜련의 작품 또한 오늘의 관점에서 시사하는 바가 크다. 많은 대중들에게 휘황찬란하게만 비치는 21세기의 풍요 속에서 벌어진 '용산'의 참극, 대명천지 세상에 자행되는 인터넷 대중조작은 우리가 사는 세계에 그늘이 여전하다는 점을 예리하게 들추어낸다.

이렇게 이 책에는 총 열두 편의 글이 수록되어 있다. 각각의 글에 시차가 있어 지금 여기의 삶을 생생하게 드러내는 데에는 미진함이 있다. 그럼에도 이 글들은 우리 문학장에 대한 고찰과 모색, 또 우리의 지난 삶을 통해 희망적인 세계를 그려보게 한다는 특징이 있다. 부족한 대로나마, 이 책의 출간 의의를 거기에서 찾고 싶다.

새롭게 책을 낼 때마다 축하와 격려를 아끼지 않으셨던 아버님께서 계시지 않아 아쉬움이 크다. 대신 올해 팔순을 맞는 어머님께 이 책을 바칠 수 있어 기쁘다. 부족한 제자에게 격려와 조언을 아끼지 않으시는 은사님들께 깊은 감사의 말씀을 드린다. 함께 공부했던 동료, 선·후배님들께도 고마운 마음이 크다. 부족한 책을 내주신 국학자료원 사장님과 직원 여러분들께도 깊이 고개를 숙인다.

2023년 여름에

김병덕

목 차

2부 현실의 장

1부

문학장

1

등단제도, 분투와 정진의 동력

신춘문예와 문학지의 신인 응모자 수가 해마다 증가 추세라 한다. '문학의 죽음'이 운위되고 작가가 '황금알을 낳는 거위'가 아닌 것이 이미 공인된 터임에도, 문학 지망생들의 지원 열기는 놀랍기만 하다. 작가의 꿈을 지닌 국문과나 문창과 재학생과 졸업생들은 그렇다 해도 나머지 투고자들의 경우는 어떻게 설명할 것인가? 신춘문예를 주관하는 한 신문사에서는 그 이유를 고단한 청춘의 삶을 이야기하고픈 욕망, 은퇴 후 젊은 시절의 문학 열망 실천, 여가가 생긴 여성들의 적극적 참여 등에서 찾고 있다. 이쯤 되면 신인 응모자들의 과열 현상은 정확히 사회적 현실을 반영하고 있다고도 할 수 있겠다.

당선을 갈망하는 그들은 제각각의 장소에서 소설작법을 공부한다. 그들 대개는 국문과나 문창과 강의실, 문화센터, 문예물 발간 출판사나 도서관에서 주관하는 창작교실, 아니면 몇몇 작가들에게 사숙 등의 경로로 꿈을 이루기 위해 애를 쓴다. 등단이라는 제도적 절차를 걸치기 위한 그들의 애면글면하는 모습은 몇 편의 소설에서도 확인이 가능하다. 그들은 대학 강의실에서 습작품을 두고 "중구난방, 좌충우돌, 종횡무진한 설전"(김병덕, 「지식인의 언어생활」)을 벌이기도 하고, 담당 교수자의 "소설은 울분을 토해내는 게 아니야. 냉정해져. 질척대지 말고 자기연민 같은 건 버려. 자기변명도"(천운영, 「내가 쓴 것」)와 같은 모진 질책을 견뎌내기도 한다. 또 사설 교육기관에 모여든 "하나같이 나이와 성별이 모호한 그들(수강생—인용자)은 독자의 역할을 대사 없이 사라지는 단역배우 정도로 여기고, 스스로 작가가 되어 자신들이 읽고 싶은 이야기들을 글로 퍼뜨리기 위한 공인 자격증을 얻"(김솔, 「소설작법」)기를 염원하며 수업에 열중할 터이다.

그들이 그토록 간절히 원하는 등단은, 주지하다시피 우리나라에서 대략 다음의 방법들로 이루어진다. 일간지 신춘문예나 문예지 공모 신인상 당선, 개인 작품집 발간, (경)장편 문학상 수상 등이 바로 그 방식들이다. 이 중 1925년 <동아일보>에서 최초로 실시한 이래, 현재까지 지속되고 있는 신춘문예는 문학 지망생들에게 여전히 휘황한 빛을 발한다. 유구한 전통이 낳은 김승옥, 최인호, 조세희, 최수철 등등의 면면 앞에서 예비작가들은 찬탄의 마음을 금할 수 없거니와, 신년 벽두에 자신의 이름과 작품이 대문짝만하게 활자화된 신문을 받아드는 영예는 생각만으로도 짜릿하다.

하지만 수백 대 일의 신춘문예 경쟁률을 뚫기란 결코 만만치 않다. 낙방생들은 자신의 탈락이 납득되지 않아 심사의 공정성과 객관성을 의심한다. 짧은 예·본심 시간에도 의구심을 떨칠 수 없다. 과연 수많은 응모작 가운데 당선 수준의 작품 십여 편을 두서넛의 예심위원들이 단시간 내에 선별 가능한가 싶은 것이다. 소설의 제목과 서두가 당락에 결정적이라는 점을 감안한다 해도 그것만으로 작품 전체의 질을 담보하기에는 무리가 적지 않다. 사정은 본심에서도 다르지 않다. 본심에 오른 작품들에 대한 심사위원들의 면밀한 검토와 숙고도 시간상 난망해 보인다. 비록 문단의 명망있는 심사위원들이라 해도, 그런 경우 어쩔 수없이 선자들의 작품세계, 개인적 취향 등에 맞닿은 응모작을 택하는 경우가 많다.

그때 신춘문예 당선작은 문단에 역동적인 새바람을 불러일으킬 파릇파릇한 신품이 아니라, 안정적으로 잘 만들어진 기성작의 유사품이 될 가능성이 농후해진다. 신예의 참신함과 패기는 관록의 작가들 앞에서 무참히 박살나는 참사가 벌어지는 것이다. 물론 과도한 실험이 야기하는 공소, 기본적인 문장이나 구성이 안 되는 것들은 차치하고 하는 말이다. 너무도 진부한 당선작이 작품의 완성도와 안정감으로 포장되는 상황이란, 나머지 응모자들이나 독자들 모두에게 불신을 초래하는 제일의 요인이 아닐 수 없다. 역시 신인작가 발굴의 무대에서는 새로운 문학적 도전을 더욱 높이 사야 할 필요가 있다.

몇 차례의 '신춘고시'에 쓴맛을 보았다고 지망생들의 열정이 식을 리 없다. 애초 그 정도 의지였다면 시작조차 하지 않았을 것이라 자신을 채찍질하며 그들은 창작열을 불태운다. '일일부작 일일불식(一日不作 一日不食)'과 같은 비장한 글귀를 각인하며 그들은 소설에 더욱 몰두한다. 그런 한편으로 습작품이 쌓일수록 마음 한켠에서는 조급함이 스멀스멀 솟아오르기도 한다.

'그냥 창작집을 한 권 내는 것으로 지루한 등단 절차를 끝내버릴까?' 실제 서구에서는 신인작가 발굴 목적으로 이 방식이 통용된다. 출판사에 작품을 투고하여 단행본을 내는 것으로 작가가 되는 미국, 자비출판의 형식으로 출간해 문단에 진출하는 독일과 프랑스의 경우를 보더라도 이 등단 방법에 하자는 전혀 없다. 이미 우리나라에도 기존의 관례적인 절차에 얽매이지 않고 작가로서의 입지를 굳힌 선례가 있다. 1990년 『경마장 가는 길』을 발간하여 단숨에 능력을 인정받은 하일지나 1995년 『빗살무늬 토기의 추억』으로 작가가 된 후, 동인문학상까지 수상한 김훈은 그 대표적 작가들이라 할 수 있다.

아니면 아예 단번에 부와 명예를 움켜쥘 수 있는 장편 문학상 공모를 준비할 수도 있다. 2000년대 최고의 작가 중 한 명인 박민규는 경장편 『지구영웅전설』로 문학동네 신인작가상과 『삼미 슈퍼스타즈의 마지막 팬클럽』으로 한겨레문학상을 수상해 문명을 한껏 드높이고 있다. 또 <세계일보>에서 주관하는 세계문학상은 당선 고료가 무려 1억원이나 된다. 제5회 수상작가인 정유정은 당선작 『내 심장을 쏴라』 이후 작가로서 승승장구하고 있으니 이 등단 방법 역시 매력이 크다. 무엇보다도 이 방식은 '인생은 한 방'이라는 삶의 모토를 지닌 사람에게 잘 들어맞는다.

그러나 그런 등단방식으로는 예비작가들의 무언가 아쉽고 찜찜한 마음을 다 털어낼 수 없다. 출간을 통한 등단으로는 성이 차지 않고 누가 알아줄 것 같지도 않다. 아쉽게도 장편 문학상을 수상할 만한 작품을 산출할 능력은 아직 되지 않는다고 괴롭게 자탄을 하고 있을 수도 있다. 그렇다면 다른 도리가 없다. 역시 통상적인 문단 입성 자격증 취득이 필요하다. 살길은 오로지 소설과의 분투, 밤을 낮 삼아 그들은 작품에 골몰한다. 동시에 신춘문예 공고를 오매불망 기다리며 문예지 신인상 공모에도 기웃거려 본다.

김영하의 경우를 보라! 1995년 <중앙일보> 신춘문예에서 고배를 마신 김영하는, 동일 작품 「거울에 대한 명상」으로 문예지에 그 해 데뷔했다. 어느덧 중진의 반열이 된 그는 신춘문예로 반짝했다 장렬히 전사한 무수한 등단자들과 작가적 행로를 달리 한다. 1981년 『한국문학』 신인상에 중편 「에리직톤의 초상」으로 등단한 이래, 자신의 소설세계를 꾸준히 심화 · 확장하고 있는 이승우 역시 문예지 출신이다. 예비작가들은 조강지처를 놔두고 곁눈질하는 듯한 약간의 비겁함을 떨치기 어렵지만 혹시나 하는 심사도 솔직히 있다. 문예지 등단은 신춘문예 출신보다 이후의 지속적 작품 활동을 하기에 유리하다는 기등단자들의 조언도 마음을 뒤흔든다.

신춘문예와 몇 차례의 문예지 도전 실패! 어이쿠, 이쪽도 만만한 동네가 아니다. 최종심에 오르는 기염을 토하기는 했으나 결과적으로 응모 족족 미끄럼을 탄다. 대체 무엇이 문제인가? 문예지 등단마저 하지 못한다면, 소설가 자격증과 영영 멀어져 끝내 문단 진입에 실패하는 것이 아닐까 싶은 우려가 솟구친다. 작가 지망생들은 보다 치밀하게 실패의 원인을 분석한다. 일단은 자신의 작품을 면밀히 검토한다. 부족한 곳이 있기는 해도 당선이 안 될 만큼은 아니다. 수상작을 보아도 자기의 작품과 별다른 차이가 없다. 아니 어떤 문예지 당선작과 견주어보면 자신의 작품 수준이 한결 높다는 생각도 든다.

그런데 왜? 이번에도 심사의 공정성과 객관성을 트집 잡아야 하나…… 시중에 나도는 일부 문예지들에 관한 악소문들이 자연스럽게 떠오른다. 1988년 정기간행물 등록 자유화 이후, 문예지 숫자가 폭발적으로 증가했다. 각종 문예지의 난립은 필연적으로 경영 악화와 발행인과 편집진의 잦은 교체, 그리고 수록 작품의 수준 저하를 가져왔다. 특히 문예지 경영난은 모든 부작용의 근원이 되었다. 그래서 일부 운영자들은 문학예술의 순수성을 훼손하는 치명적인 과오를 범하기도 한다. 그들은 철저히 시장논리에 입각해 문예지를 꾸려나가는데, 그때 신인상 수상자들에게 '등단값'을 받거나 일정량의 책을 강매한다. 또 일부 심사위원이나 편집위원들은 자기 제자들의 등단 코스로 문예지를 악용하기도 한다. 낙선자들은 예전에 읽었던 신문기사를 아프게 떠올려본다.

> 현재 대부분의 문예지는 신인상 제도를 두고 있는데 일부 조악한 문예지는 1－3개월에 한번씩, 그것도 1회에 10여 명의 신인을 배출하는 진기한 모습을 연출하고 있다. 이는 신인들을 통해 정기독자를 대량 확보해 경영수지를 맞춘다는 2차적 목표가 작용하기 때문이다. 그러나 이 정도는 소박하다는 견해도 있다. 일부 문예지에서는 등단을 전제로 응모자와 현금거래를 하기도 하며 더욱 놀라운 것은 문예지의 발행인이나 편집인이 문단데뷔를 못해 안달인 재력가를 찾아다니며 '세일'한 경우도 포착되고 있다는 사실이다.
>
> — 임동헌, 「한국문단 현주소/마구잡이 문인양산 문학 질 저하 초래」, <세계일보>, 1993, 1, 16

일부의 비양심적 문예지 행태이기는 해도 이런 암거래가 아직도 엄연히 존재하는 것이 사실이다. 등단을 고대하는 예비작가들에게 문예지 경영진의 이러한 작태는 사기나 다를 바 없다. 그리고 그것이 결국 한국문학 전체의 질적 하락을 초래한다는 점에서 엄중한 문책이 필요하다.

이런 폐해를 들은 적이 있는 그들은 차라리 다음과 같은 등단 방식은 어떤가 하고 생각해본다. 즉 예비작가와 출판사 편집자들의 지속적 문학 교류를 통한 등단 방식 말이다. 기존의 일회성 등단제가 아니라, 유능한 편집자와 가능성있는 예비작가의 치열한 작품 논의를 통해 출중한 신인을 배출하는 방법. 긴 호흡으로, 재능과 창작 역량을 갈고닦아 등단하는 작가들의 작품은 문단이나 독자들의 신뢰를 얻기에 부족함이 없을 것이다. 아울러 등단제도의 폐쇄성을 극복해, 수작 산출이 가능한 인터넷 웹 소설 작가들과 다양한 장르문학 창작자들에게도 문호를 널리 개방하는 일이 요구된다. 문단 제도권에서 이를 반영해 다방면의 작가층을 확보하는 일은, 기껏해야 별 의미도 없는 자기계발서나 힐링 서적을 읽고 심란한 감정을 끄적거리는 많은 대중들을 문학 독자로 전환시키는 데에 도움을 줄 것이다.

뛰어난 예비작가와 유수 출판사의 유능한 편집자 사이의 진지한 문학 교류를 통한 등단 방법은 아직 희귀하다. 그러니 그저 열심히 써서 부지런히 여기저기에 투고하는 수밖에 없다. 등단을 위한 최종 결론은 딱 그것이다. 사실 현재로서는 그 방법밖에, 등단을 위한 다른 무엇이 또 있겠는가? 작가 지망생들은 혈기방장한 문청의 시절로 다시 돌아가 창작에 전념한다. 집요한 노력 끝에 마침내 문단의 말석에 엉덩이를 들이미는 행운아들도 하나둘 나온다. 그 상투적인 '문단 말석'이란 단어가 절절하게 실감이 난다. 안타깝게 등단을 못한 이들은 고급독자로 남아 한국문학에 보탬이 되기도 한다.

겨우 등단을 하고, 이제는 조금 여유로운 심정으로 '결국 등단제도는 무엇이었나' 하고 그들은 자문해본다. 이제까지는 문단 입성에 혈안이

되어 가장 기본적인 질문조차 할 겨를이 없었다. 고심의 결과, 등단이라는 제도는 작가를 열망하는 이들을 소설로 분투하게 하는, 일종의 고난과 환희의 매개체가 아닌가 한다. 그런 일련의 과정에서 그 제도는 개인의 성숙과 소설의 발전을 이루게 하는 스승의 역할을 담당했다. 비록 거기에 약간의 부작용이 있을지라도 제도 자체에 흠집을 낼 수는 없다. 이제 어엿한 기성작가가 된 그들은 그렇게 소설과 분투하며 작품과 인간의 성장을 이루었다고 믿는다.

막상 등단이라는 것을 하고, 어깨에 힘 좀 주고 거리를 활보하지만 누구 하나 알아주는 이는 없다. 햇볕도, 어제 들어갔던 카페도, 도로의 차들과 사람들도 평상시와 다름없이 '안녕하시다'. 뭔가 우쭐한 기분은 애오라지 나, 혼자만의 것이었다. 평소 애송하는 백석 선생의 「흰 바람벽이 있어」의 한 구절 "나는 이 세상에서 가난하고 외롭고 높고 쓸쓸하니 살아가도록 태어났다"를 곱씹으며, 이 신자유주의 시대의 풍파를 소설 하나로만 헤쳐 나가자는 원대한 꿈을 다지지만, 그래도 뭔가 아쉽고 허전한 마음은 사라지지 않는다.

하여 나가본 곳이 문인들의 사랑방이라 할 수 있는 문단이다. 저 전란의 피난처 부산 '밀다원' 다방에서도 "꿀벌은 꿀벌 떼 속에, 갈매기는 갈매기 떼 속에"(김동리, 「밀다원 시대」)라는 문장의 의미대로, 동병상련의 문인들이 문학과 예술을 논했던 따뜻하고도 치열한 문단. 정말이지 그곳은 별천지였다. 일면식 없이 오직 책으로만 만났던 많은 시인, 소설가들이 예인(藝人)의 광채를 내뿜으며 교유하고 있었다. 아직 등단을 하지 못한 몇몇 어린 습작생들도 눈이 뚫어져라 그들을 응시한다.

갓 등단한 신인들 역시 말석에 조용히 앉아 그들을 살펴본다. 헤어질 무렵, 문단 초보자들은 문학의 기를 충만하게 받고 귀가한다는 느낌을 받는다. 역시 기성작가들은 다르다. 그들이 괜히 자신들보다 먼저 등단을 하고 문명을 날리는 것이 아니다. 다 그만한 이유가 있다.

문단의 선배작가들을 보고 창작열을 새롭게 다진다. 아직 원고 청탁을 받지는 못했으나 이제는 등단한 신인작가로서, 그러니까 프로답게 더욱 열심히 글을 써야 한다. 날마다 조금씩이나마 작품을 진척시키다 창작의 고통에 맞부딪치면 동업의 문필가들을 만나 스트레스도 풀고 고민을 나누기도 한다. 그런 일이 쌓이는 상황에서 문단 초년생은 새로운 사실을 발견한다. 넓은 범주에서 보면 문단의 구성원을 작가로 묶을 수 있지만, 그것을 좀더 세분하면 그들은 출신 지면이나 현재의 위상 등에 따라 철저히 위계화가 되는 것이다. 은연중에 그런 행태는 작동하는데, 문단에서 대우 받는 출신 지면은 역시 신춘문예와 A급 문예지이다. 또 평론가들에게 집중조명을 받고 대중에게 인지도가 높은 작가는 무리 중에서 '성골'의 지위를 부여받는다. 문단 모임에서 종종 볼 수 있는 문예지 기자나 출판사, 잡지사 직원들의 눈길도 대개 그들에게 머물러 있을 때가 많다.

암암리에 고착된 등단매체의 서열화는 결국 등단제도의 의미를 무력화시킨다. "고까우면 너도 서울대 오든가……"라는 식의 무지막지한 비논리는, 결국 지방지 신춘문예나 B급 문예지 출신, 그리고 자비출간으로 작가가 된 신인들에게 재등단의 굴레를 덮어씌우는 것이다. 그렇다면 그들이 기를 써가며 얻고자 했던 등단에 무슨 의미가 있는가? 정말 등단작과 이후 발표되는 작품들이 '망작'이 아니라면, 선입견과 출신 지면, 대중적 유명세, 출판사에 종속된 비평가의 관심도 등은 무시하고 동등한 위치에서 서로 경쟁하고 발전하는 풍토가 필요하다. 오로지 자신의 작품으로만 진검승부를 벌이는 일이 가능할 때, 등단의 의미와 가치는 지속될 수 있다. 이를 제대로 실행하기 위해서는 문예지 편집위원들의 객관적 태도와 심미안, 일부 비평가들의 주례사 비평 지양, 상업성에만 매몰되는 출판사 경영진들의 반성 등이 필수적이다. 그리고 이는 모든 등단작가들에게 공정하게 적용되어야 한다.

예비작가들의 마음을 달뜨게 할 신춘문에 공고나 각종 문예지의 신인상 공모 지면을 볼 때 기성작가들도 마음이 편치만은 않다. 이런저런 경로로 등단을 해 어쭙잖게나마 '문단 말석' 한 자리를 차지하고 있으나 그들 역시 예비작가들만큼이나 뭔가 모를 불안과 초조와 흥분에 휩싸이곤 한다. 어렵사리 등단을 하고 난 이후, 이제까지 무엇을 했는가 하는 자괴감에 괴롭고, '등단만 하면……' 최고의 역작을 쓰겠다는 열정과 다짐이 혹여 시나브로 시들어가고 있는 것은 아닌가 싶어 두렵다. 예인의 불꽃 같은 장인정신은 어디 가고 혼 빠진 쭉정이만 남아 붓을 만지작거리고 있는 것은 아닌지 처참하기도 하다.

하지만 그들 각자의 내면 깊숙한 곳에 도사리고 있는 "나는 작가이다"라는 자존심만큼은 아직 살아 있다. 다시 한번 그들은 간절했던 등단 무렵을 회상하며 새로운 작품에 매진한다. 그렇게 등단제도는 작가들에게 분투와 정진의 동력이 된다.

* 장호병, 「문인등단 매체와 제도 개선에 관한 연구」, 서강대 언론대학원 석사논문, 2001을 참고하며 글을 썼습니다.

2
2000년대 소설과 창작방법론 시론

1. 2000년대 소설의 현장

소설의 보편적 정의는 있을 법한 일에 작가가 상상력을 더해 창조한 산문체의 이야기라 하겠다. 그러나 이는 소설이 무엇인가에 대한 지극히 일반적인 답변일 뿐, 그것이 내장하고 있는 보다 심원한 의미를 제공하는 데에는 부족함이 있다. 그래서 연구가들은 소설의 정의에 관한 다양한 논의를 통해 비정형인 그것의 개념을 일정한 틀 속에 가두려 한다. 그 결과 이제껏 '허구적 산문서사' 정도의 의미로 사용되던 소설 개념은 보다 풍부한 의미를 얻었고, 그 중 루카치나 골드만 등의 유명한 언술은 한 시대를 풍미하며 인용되기도 했다. 하지만 그들의 정의 역시 누보로망이나 포스트모더니즘 소설과 맞부딪치게 되면 작품 해석의 곤란을 낳는다. 그런 점에서 바흐찐의 "소설은 그 자신의 고유한 형식을 가지지 않는 문학"이라는 언명이 설득력을 지닐 수도 있을 것이지만, 연구가들은 마침내 소설을 "사건이 일어난 세계의 전말에 대한 심미적 기록"이라는 어구로 포괄하며 시대와 문예사조의 구속을 뛰어넘으려 했다. 그럼에도 그 개념 역시 소설 자체의 다채롭고 내밀한 현상의 편차를 모두 수용하기에는 역부족이다. 하여 오늘에 이르러 소설은 장르개념으로 포괄할 수 없다는 사실을 인정하는 편이다.[1)]

소설을 연구하는 쪽은 그렇다 치더라도, 삼십여 년 이상 소설을 써온 작가는 그것의 실체를 온전히 파악하고 있는가 싶지만 사정은 그리 다르지 않아 보인다. 1973년 등단하여 많은 작품을 쓴 박범신은 소설이 무엇인가에 대한 고민의 답을 다음과 같이 밝히고 있다.

> 소설이라는 게…… 그게, 예술도 아닌, 학문도 아닌, 예술이고 학문인, 스토리도 아닌, 스토리 아닌 것도 아닌, 스토리고 또 스토리인, 객관도 아니고 주관도 아닌, 객관이고 주관인, 사실도 아니고 추상도 아닌, 사실이고 추상인, 그 모든 것이고 그 모든 것의 너머인.
>
> —「흰 소가 끄는 수레」,『흰 소가 끄는 수레』, 34쪽

이 진술은 작가가 소설에 대해 많은 규정을 내리고 있는 듯하지만 실제로는 그 의미의 다양성과 모호성으로 여전히 그것의 본모습에 제대로 접근하지 못하고 있음을 토로하는 것과 다르지 않다. 그럼에도 그의 발언을 소설창작론에 적용하면 나름의 의미를 추출할 수 있다. 즉 위의 인용문에서 학문, 스토리, 객관, 사실 등의 용어는 창작교육을 통해 어느 정도 학습이 가능한 것으로 보이는 반면, 예술, 스토리가 아닌, 주관, 추상이라는 단어에 이르면 과연 학생들에게 소설을 가르칠 수 있는 것

---

1) 소설의 정의에 대한 통시적 논의로는 한용환,『소설학 사전』, 고려원, 1992, 246－250쪽 참조.

인가 싶은 의문을 들게 하는 것이다. 게다가 박범신은, 소설을 그 이항 대립의 통합이자 그것을 넘어선 무엇으로 다시 정의하고 있어 소설과 창작방법론의 실체를 오리무중에 빠뜨린다.

연구자나 작가가 소설에 명확한 정의를 내리지 못하는 것을 이해 못 할 바도 아니다. 이제껏 소설은 내용과 형식의 측면에서 무궁무진한 변모를 해왔고 오늘에 이르러서는 그 양상이 더욱 급속하게 이루어지고 있기에 명징한 하나의 언어로 규정하기 어려운 것이 사실이다. 그럼에도 불구하고 소설은 여전히 연구자들에게 읽히고 분석되며, 축적된 성과물로 소설 그 자체와 그것으로부터 파생한 새로운 이론을 출현시킨다. 작가들 역시 소설이라는 이름으로 줄기차게 작품을 생산하고 있기는 마찬가지이다.

이런 정황에서 소설에 대한 정의가 새삼 문제되는 연유는 2000년대 소설가들이 기존의 소설, 혹은 소설미학이라 여겼던 것과 창작방법론에 강한 거부감을 표명하고 있기 때문이다. 물론 소설이라는 유기체를 고정된 틀에 가두는 것은 쉽지 않은 일이며, 작가의 소설관이나 창작방법도 불변의 진리는 아니다. 시대와 소설에 대한 사유의 변화, 독자 대중들의 입장 등에 따라 소설의 외연과 작가의 창작방법론은 얼마든지 변모할 수 있다. 어느 면으로 보면 '영향에의 불안'에 시달리는 한편으로 새로운 소설 담론을 창출하려는 작가들의 의지와 노력에는 칭찬과 독려를 아끼지 말아야 할 일이다.

하지만 신진작가들의 과잉된 열정이 전통적 소설 고유의 미학을 도외시하는 점 또한 간과해서는 안 될 것이다. 전통적 소설의 미학적 특성을 배제한 채, 기존 서사에 대한 과도한 전복 의욕이나 실험을 위한 실험으로 야기된 공소와 황당무계는 2000년대 작가들이 마땅히 경계해야 할 사항이다. 그들에 대한 선배 작가와 비평가의 고언은 그래서 유의미하다. 가령 오랜 세월 강단에서 소설창작을 지도한 노작가의 "엽기적 상상력 과잉의 소설들 또는, 몰가치적 성 탐닉에 빠진 소설들이 점점 많아지고 있는 현상"[2]에 대한 걱정이나 "전혀 새로울 것이 없는 '새로움'의 이름으로 가당치도 않은 만화를 소설의 무대 위로 임대해온 요설들이 심심치 않게 발견되는 시점"[3]이라는 비평가의 탄식은 전통적 소설미학을 경시하는 후배 작가들에 대한 따끔한 충고가 아닐 수 없다.

2000년대 우리 소설계에는 소설 고유의 정의와 창작방법론이 혼종되어 있다. 어느 시대에도 그런 생산적인 혼돈은 존재했지만 하루가 다르게 변하는 현실에서, 2000년대에는 소설의 외연 설정과 창작방법론 등과 같은, 보다 근원적이고 복잡한 양상을 띠고 있다.[4]

2. 새로움에 대한 2000년대 작가들의 욕망

급변한 사회 현실은 작가들에게 대사회적인 책무에서 자유롭게 했다. 이제 신진작가들 대개는 고도화된 후기자본주의에서의 삶과 인터넷 등의 접속매체, 그리고 흥성한 대중문화에 열중하고 그것을 소설에

---

2) 이동하, 「행복한 글쓰기와 낯익은 풍경」, 『학산문학』, 2010 가을, 4쪽.

3) 김화영, 「소설이 소설을 비추는 거울」, 『2007현대문학상수상소설집』 해설, 현대문학, 2006, 373쪽.

4) 그러나 저널한 문학잡지에서는 이미 2000년대 젊은 작가들의 행보에 힘을 실어주는 듯한 인상이 농후하다. 유수한 문예지들이 기획했던 2000년대 소설의 새로움과 낯섦에 대한 의미부여 및 반성적 성찰이 어떤 면에서는 그들의 활동에 대한 승인과 기대를 드러내는 것으로 읽히기 때문이다.

끌어들인다. 그들에게 소설창작의 기본이라 할 수 있는 '나'로부터 시작하는 글쓰기나, 문사, 혹은 장인정신을 기대하기란 난망한 현실이 되었다.

그런 그들에게 중시되는 것은 수사학과 기발한 상상력이다. 그것을 통해 그들은 기성의 것을 전복하고 새로운 소설과 방법론을 창출하려 한다. "'혼종적 글쓰기, 혹은 무중력 공간'에서 '서사적 모험'을 감행하는 그들에게는 고유의 미학적 자립성과 개체의 모럴을 구축하는 글쓰기만이 존재"[5]할 따름이다. 본고에서는 그 양상을 한유주와 김중혁의 작품을 통해 고찰할 것이다.

2003년에 발표된 한유주의 등단작 「달로」는 전통적 소설의 기준에서 멀찍이 이탈하고 있다. 작가는 지난 소설들의 내용이나 구성의 유사성과 식상한 소재들에 거부감을 표한다. 하여 「달로」에 여러 차례 반복되는 "먼 옛날의 이야기로"라는 어구는 과거의 이야기 중심의 소설이 이제는 아득한 '문자의 감각'으로만 남겨졌음을 의미한다. '지겨운 이야기들'로 전락한 그런 글들에 독자들도 심드렁한 반응을 보이기는 마찬가지이다. 오늘의 독자는 "처음의 몇 페이지를 넘기기 어려운 이야기들과 빛바랜 수사와 다닥다닥 붙은 행간"의 소설들에 진절머리를 내고 있다고 작가는 여기는 것이다.

그런 현실에서 한유주는 역설적으로 소설의 신생을 강렬히 열망한다. 그러나 필연적 인과관계의 고리로 중첩된 '물음표'의 반복이나 "실재가 아니었던 실재"를 재현하기에만 몰두했던 이전의 소설적 방법론

---

5) 이광호, 『이토록 사소한 정치성』, 문학과지성사, 2006, 85－105쪽 참조.

으로는 그것이 곤란하다고 진단한다. 그는 '달의 뒷면' 탐사하기와 새로운 수사학의 도입 같은 나름의 전략으로 대응을 모색하는데, 여기에서 '달의 뒷면'은 이제껏 소설이 가닿지 못했던 미지의 영역으로 해석된다. 기존의 '달의 앞면'에서 볼 수 없었던 참신한 소재와 주제의 발굴로 소설은 갱신될 수 있다고 그는 믿는다. 그쪽을 헤매다 보면 이제껏 보지 못했던 "아름다울 무수한 바다"가 존재할 것이라고 작가는 기대하는 것이다. 아울러 새로운 소설의 창출은 문장 측면에서도 이루어져야 한다고 보는데, 그 방법은 「그리고 음악」에 명시된 대로 새로운 수사학의 창출이다. 1982년생 작가는 자기 또래의 세대에 대해 "우리의 세대는 수사학이 선인 세대야. 우리는 아무것도 가진 것이 없는 세대지"라고 고백한다. 이는 파란만장한 개인사나 역사적 격변을 경험하지 못했던 그들의 소설쓰기가, 어쩌면 너무도 당연히 그런 방식으로 전개될 수밖에 없음을 토로하는 것이기도 하다.

그 방법론에 하나를 더 부기하자면, 한유주는 새로운 소설이 작가의 일방적인 전언으로 완성되었던 과거와 달리, 독자와의 쌍방소통으로 구현될 수 있다고 본다. 「달로」에 나타나는 많은 말줄임표의 전통적 용례 거부를 예로 들 수 있는데, 작품에 빈번하게 사용된 말줄임표는 기존의 용법과 달리 독자가 상상력으로 내용을 채워넣을 수 있게끔 마련된 장치이다. 가령 "……가 어떻게 ……던가"에서 독자는 말줄임표 자리에 어떤 단어를 삽입해도 무방하다. 한유주는 그런 식으로 의미가 변모하고 확장하는 소설을 지향한다.

김중혁의 「엇박자 D」 역시 앞선 세대 소설미학의 변별성을 의도한 작품이다. 고등학교 합창단에서 노래를 부를 때마다 불협화음을 내던

"놀라울 정도의 박치이자 음치"인 엇박자 D는 축제 공연에서 처음에는 "입만 벙긋벙긋하"다 결국 노래를 불러 합창을 망치게 된다. 합창이야말로 각 파트가 화성을 이루어 천상의 선율을 선사하는 형식임을 상기한다면, 좋은 노래가 되기 위해 단원들간 음색의 조화와 균형은 필수적으로 요청된다. 즉 합창은 최상의 하모니를 위해 단원들 저마다의 개성은 억제되어야 하는 노래 방식인 것이다. 그런 상황에서 엇박자 D의 돌출 행동은 관객들의 웃음거리가 되기에 충분했다.

그러나 이 작품에서 김중혁이 정작 중시하는 것은 바로 '엇박자'이다. 모두가 규칙적인 박자에 맞춰 노래를 부를 때 립싱크를 하다 진짜 따라 부른 엇박자 D야 말로, 현대예술의 한 표징이라고 작가는 여기는 듯하다. 공동의 목표를 성취하기 위한 획일적 규율 대신, 비록 엇박자일지라도 자기 나름의 개성을 한껏 발휘하는 것이 더 소중하다는 작가의 전언은 바로 우리 소설계 현실에 대한 제유와 다르지 않다. 그리고 작품 말미에서 보듯 이즈막의 대중은 그런 변화를 별다른 거부감 없이 소화해내고 있다.

합창에는 젬병이었을지라도 독창을 제법 잘 하는 엇박자 D에서 보듯, 오늘날 소설의 존재방식은 작가 고유의 개성적인 목소리에 의존할 수밖에 없다고 김중혁은 본다. 그의 이러한 현실인식은, 소설이 조화로운 세계 지향의 전통에서 이탈해 새로운 상상력과 부조화와 엇갈림의 미학으로 갱신되어야 함을 공포하는 것이기도 하다. 실제 김중혁이 『펭귄뉴스』에서 보여준 "자전거, 라디오, 타자기, 지도 등으로 대표되는 사물에 대한 마니아적 열정"[6]이나 『악기들의 도서관』 곳곳에 드러나

6) 신수정, 「리믹스, 원본도 아니고 키치도 아닌—DJ소설가의 탄생」, 『악기들의 도서관』 해설, 문학동네, 2008, 285—286쪽.

는 소설에 대한 새로운 시각 정립을 위한 시도[7]는 그것을 방증하기에 부족함이 없다.

3. 소설창작론의 한 방법과 지속적 모색

『한국문예창작』 1호에는 학회의 설립 취지에 걸맞게 문예창작학과 강의실의 현장 풍경이 생생하게 소개되어 있다. 다양한 교과목의 교수들이 교육 현장에서 파악한 문제점을 극복하려는 노력은 오늘에도 주목할 만하다. 그런 한편으로 책이 발간된 지 팔 년이 지난 현재, 강의실 환경이 얼마나 변했는가에 의구심이 드는 것도 사실이다. 아니 오히려 교수들의 우려는 보다 심화되고 있는 듯하다. 그것이 교수의 열의 부족 때문만으로는 생각되지 않는다. 문학에 열정을 쏟아붓는 학생들이 점점 줄어들고 문학 역시 하나의 상품으로 여기는 이들도 적지 않은 것이 문창과의 현실이기 때문이다. 근래로 올수록 순수문학 대신 장르문학, 광고, 문화콘텐츠 등의 분야에 학생들의 관심이 급증하는 것도 그런 현실의 반영이라 하겠다.[8]

---

7) 작품집의 표제작인 「악기들의 도서관」에도 그런 양상이 돌올하다. 악기 판매점에서 일을 하는 주인공은 기존의 악기 분류법이 "새로운 악기의 가능성을 막는 것이 아닌가" 싶은 우려를 한다. 하여 그는 자신만의 분류 기준인 소리의 색깔에 따라 악기들을 재배치한다. 아울러 그는 각종 악기의 다양한 음색—긁거나 할퀴거나 두드리거나 뜯거나 꼬집으면서 연주한—을 녹음해 '악기 소리 주크박스'를 완성한다. 이는 곧 기존의 편벽하고 편협한 예술분류법과 악기들의 고착된 음색만 감상했던 대중들에게 그것에 잠재되어 있던 풍부한 소리를 선사하는 것이라 하겠는데, 그런 방법이야 말로 작가들의 개성을 통해 소설의 다양성을 확보할 수 있다는 김중혁의 견해와 다르지 않아 보인다.

8) 김성렬 교수는 학생들의 변화를 현실 그대로 인정하자는 견해를 내세운다. 이미

소설 창작의 경우, 이제 학생들에게 전범이 되는 과거의 작품은 없다. 전통에의 도전과 실험이라는 명분으로 소설의 외연은 무한히 확장되었고 현실에 입지하지 않은 공상이 기발한 상상력으로 상찬 받는 일도 허다하다. 이때 인류의 정신적 보고이자 삶의 축적물인 고전을 학생들은 외면한다. 대신 그들은 문단의 시류에 영합한 작품들에 집중하고 "하늘 아래 새로운 것은 없다"는 경구가 무색하게 세간에 회자되는 작품만 찾는다.[9] 그렇다고 교수나 학과 차원에서 정한 도서목록을 통해 학생들의 독서지도 강화를 이루기도 난망한 실정이다. 소설과 인접예술을 연계해 수업하는 방식에도 한계가 있다.

그렇다면 소설창작 교수법도 또 다른 돌파구를 찾아야 한다. 그 방식의 하나로, 이승하 교수가 지적한, 수작이 아님에도 요즘 학생들이 숭앙하는 작품을 반면교사로 삼거나 신진작가들의 좋은 작품을 모델로 소개하는 방법은 어떨까 싶다. 아래 각주 9)의 네 부류 작품들에도 학생들마다의 기호가 다르기는 하겠지만, 그나마 학생들의 독서욕과 창작욕을 부추기기에는 효과적이라는 판단이다. 먼저 신진작가의 좋은 작품 예로 윤고은의 「로드킬」을 들고 싶다. 이승하 교수의 구분으로 보자

우리의 문학 환경이 너무 변했고, 요즘의 학생들은 "즐거움 속에서 즐거움을 찾으려는 세대"이고 "문학적 소비조차도 전통적 방식과는 다르게 하고 있는 것이 분명"하기에 현실적으로 그들을 포용할 수밖에 없다고 본다. 김성렬, 「문예창작교육의 현황과 전망」, 『한국문예창작』 1호, 문예창작학회, 2002, 6, 226－227쪽.

9) 이승하 교수는 습작기 학생들이 신춘문예 당선작과 문예지 신인상 당선작, 주요 문학상 당선작, 매스컴에서 주목하는 사람의 작품 등만 모범적으로 우러러본다고 일침을 가한다. 그는 그 작품들이 반드시 훌륭한 작품들이 아니라는 데에 문제를 제기하며, 거기에는 심사위원의 판단 착오와 출판사 전략, 문예지의 편집 의도, 매스컴의 호도 등이 개입되어 있다고 본다. 이승하, 「시창작 교육의 현황과 문제점」, 위의 책, 17쪽.

면 이 작품은 최근 소설집을 상재해 매스컴에서 주목하는 사람의 소설이라 할 수 있을 것이다.

「로드킬」은 고도화된 자본주의에 침윤된 우리의 현실을 환상기법으로 제시하는 작품이다. 그러나 작가가 펼쳐보이는 환상의 세계는 공허하지 않다. 현사회를 '인간의 동물화'로 규정한 그는, 현실이 환상의 공간으로 바뀌기 전까지 꼼꼼한 묘사로 소설의 핍진성을 확보한다. 이 작품에서 환상의 공간으로 이월하는 지점은 눈길 위에서 갑자기 '소리'와 '도로'가 사라진 순간부터이다. 이때 비로소 현실은 해체되고 환상의 시공간이 전개되는데, 독자는 그 순간 이제껏 당연시했던 세계상에 대한 자신의 인식에 강력한 의문을 제기하게 된다. 그리고 마침내 더는 "인간이 아니"게 된 한 마리의 야생동물로 아무런 도움도 받지 못하고 죽어갈 운명이, 곧 자본주의 사회에서 누구라도 겪을 수 있는 비극이라는 점이 확인되는 순간, 이 환상적인 작품은 보다 구체적 사실성을 획득한다.

학생들은 「로드킬」을 통해 환상기법이 우리의 묵시론적 삶을 생생하게 드러내는데 효과적인 방편이 될 수 있음을 인식할 것이다. 교수자는 요즘 학생들이 좋아하는 환상성에 대한 이론적 설명을 곁들일 수 있을 것이며, 그것을 바탕으로 환상기법을 적용하면서도 현실의 구체성을 얻을 수 있는 글을 쓰도록 학생들에게 유도할 수 있을 것이다.

다음으로 작품의 내용이나 기법이 유사하게 사용된, 신진작가들의 반면교사가 되는 작품들과 선배작가들의 좋은 작품을 비교 · 대조하는 방법이다. 2000년대 들어 소설계에는 그로테스크한 상상력이 유행을 하고 있다. 신진작가들의 그로테스크한 상상력이 "어떤 의미에서 친숙한 것"이 되어 이제는 "관습화된 이미지"와 별반 차이가 없게 되기[10]도 했지만 그런 유의 작품을 젊은 몇몇 작가들은 여전히 생산하고 있다. 이들 가운데는 문학상을 수상한 작가도 있고 매스컴의 주목을 받은 작가도 있다. 그러나 그들이 제시하는 그로테스크한 상상력에는 그로테스크한 새로움을 의도적으로 방향하기 위한 작위성이 노출된다. 이에 비해 전통적 소설작법에 충실한 정지아의 「풍경」[11]은 삶 속에 내장된 그로테스크한 속성을 미학적으로 자연스럽게 드러내어 그들과 차이를 보인다.

「풍경」의 배경이 되는, 주변에 인가 하나 없는 산중턱 외딴집의 고적, 세상과 단절된 채 살아가는 이순의 독신 아들과 정신이 오락가락하는 망백의 노모, '늙은내'와 '오줌내', 그리고 코를 움켜쥐게 하는 '강된장'과 묵은 김치냄새가 진동할 허름한 방구석…… '풍경'은 지극히 평화롭고 정적인 분위기를 암시하는 제목이지만 작품에는 야릇한 이물감으로 가득하다.

이런 정경과 함께 독자를 섬뜩하게 하는 인물로 우선 어머니가 있다. 그는 "얇은 담요조차 이겨낼까 싶게" 말라비틀어진 육신과, 얼굴을 뒤덮은 '골 굵은 주름'을 한 추한 몰골이다. 게다가 그는 만나는 사람들을 모두 자신의 곁을 떠난 아들로 인식한다. 그러다 끝내 세상사를 망각한 망백 어머니의 비정상성은 그로테스크한 일면을 여지없이 드러낸다. 더욱 기이한 것은 그런 어머니가 "목숨을 질기게 붙들고 있는 것"의 정

10) 소영현, 『분열하는 감각들』, 문학과지성사, 2010, 40－62쪽 참조.
11) 이 작품은 2007년 이효석문학상 수상작인데, 작품성이 담보되는 수상작의 예로 생각된다. 이런 텍스트를 통해 학생들에게 신진작가들의 작품과 변별되는 점을 일러주면 창작지도에 효과가 있지 않을까 싶다.

체인데, 그것은 아무런 희망도 욕망도 없이 병약한 노구를 연명케 하는 '기다림'이다. 생사조차 모르는, 아니 이미 죽었을 가능성이 더 큰 두 자식을 오매불망하며 목숨을 이어가는 당신의 초인적인 삶과, 본능마저 소멸되고 하얗게 빈 머릿속으로 알량하게 남은 기억을 갉아먹고 사는 어머니의 삶. 기인한 인생의 역정이 아닐 수 없다.

그러나 그보다 더 소름끼치는 것은 그런 어머니를 거의 일생 동안 모신 아들의 삶에 대한 태도이다. "주어진 하루를 살아내듯" 어머니와 함께했던 자신의 일생에 불만이나 탄식 대신, "재미있었다고 할 수 있을 것인가" 하고 자문하는 그의 생에 대한 자세는 평범한 사람들이 보기에 괴이하기 짝이 없다. 아들의 철저한 망아(忘我)적 삶과 자기로서도 어찌할 수 없는 뒤얽힌 생. 그 비의적 삶을 묵묵히 감내하는, 숙명에 대한 순응이야말로 바로 이 작품에서 가장 그로테스크한 장면이라 할 수 있다.

이런 방식의 경우, 학생들에게 좋은 작품을 선별해주는 것은 교수자의 몫이다. 학생들이 선호하는 작가들의 작품을 비판적으로 독서할 수 있는 안목을 교수자가 제공하면 신진작가들의 작품에 나타나는 문제점을 파악하는데 학생들은 훨씬 용이할 것이고, 그 성과는 자신들의 습작품에 연결될 수 있을 것이다. 이런 방법을 실행하기 위해 교수자는 젊은 작가의 작품에 좀더 너그러워질 필요가 있다. 비록 그들의 문학성이 완전히 검증되지 못했을지라도 과거의 잣대로만 평가하려 해서는 안 될 것이다. 그랬을 때에 학생들은 "좋은 작품을 가려 읽을 수 있는 눈"[12]도 기를 수 있다.

---

12) 최근작을 통해 "자신이 쓰고자 하는 소설 영역에 어떤 명작들이 있고, 또 그 최고 성과를 뛰어넘을 수 있는 길이 무엇인가를 찾는 것"으로까지 학생들의 독서 영역

소설창작론에 대한 지속적 논의의 필요성은 근본적으로 창작이 학(學)이나 예(藝)로 명확히 경계 지을 수 없는 어느 지점에 위치하고 있기 때문일 것이다. 이는 소설창작 방법을 학생들에게 이론화하여 지도할 수 있는가의 문제와 연관되어 있다. 그러나 소설의 정의가 미정형이고 그 외연이 점점 확장되고 있는 현실에서 그것의 이론적 정립은 더욱 어려워지는 듯하다. 그럼에도 소설창작 교육의 이론화[13]를 도모하는 시도와 효과적인 창작 교수법 계발 논의는 시대의 변화에 발맞춰 계속 이루어져야 하리라 생각된다.

이 확장되면 창작지도에 금상첨화일 터이다. 김탁환, 「소설창작교육방법 연구」, 『한국문예창작』 3호, 문예창작학회, 2003, 6, 112쪽.

13) 창작교육의 이론화를 모색하는 우한용 교수의 연구를 그 예로 들 수 있을 터이다. 사범대 출신 국어교사에게 창작교육 방법을 지도하려는 목적으로 씌어진 논문이기는 하지만 그의 시도에 문창과 교수자들도 주목할 필요가 있다고 여겨진다.

3
이승우 소설에 나타난 창작방법론 활용 방안

1. 창작방법론의 작품화

영상 디지털 매체의 발흥은 문자에 의존한 문학의 전통적 권위와 독자와의 소통을 점차 약화시키고 있다. 이제 많은 대중은 다양한 디지털 영상 매체에서 정보를 획득하고 감수성을 자극받는다. 그러나 월터 옹의 언급대로 "문자를 통해 가능해진 글쓰기는 주체로 하여금 대상에 대한 일정한 거리를 유지하게 하여 세밀한 관찰을 가능하게 하고, 이로 인해 경험 조직의 방식은 외적 표현과 내적 사고가 다를 수 있는 자유, 즉 의식을 재구조화"[1]하기에 효과적이다.

문자를 통한 글쓰기의 효용이 투영되는 한 영역은 문학이다. 실제 인류는 문자를 매개로 무수한 문학작품을 양산했고 그 보고는 인간의 영육에 지대한 공헌을 했다. 그 중 소설 읽기를 통한 다양한 간접경험은

1) Walter J. Ong, 『구술문화와 문자문화』(이기우 · 임명진 옮김), 문예출판사, 1995, 78쪽 참조.

인간과 세계에 대한 심원한 통찰과 섬세한 감성의 계발에 기여한다. 그러나 이제까지의 문학교육 거개는 텍스트 읽기 방식에 의해 주로 이루어졌다. 특히 중·고등학교에서 이루어지는 문학교육은 국어교육 영역 안에서 주로 행해지고 있는 편[2]인데, 이와 함께 문학창작의 영역으로 확장되어야 할 필요성이 있다. 참다운 문학교육이란 대상 작품에 대한 섬밀한 독서뿐 아니라 직접 그 장르의 작품을 써보는 구체적 실천을 통해 보다 깊이있게 행해질 수 있기 때문이다. 그 과정에서 학습자는 인격의 성장, 소설 텍스트의 미학적 가치 발견, 그리고 창작의 성취욕을 맛볼 수 있을 것이다.

창작 교육의 이와 같은 장점에도 불구하고 실제 교육 현장에서 그것을 수행하기는 쉽지 않다. 일단 중·고등학교에서는 시험과 입시의 중압감이 커, 학생들이 한 편의 소설을 쓰기 위해 많은 노력을 기울이기 어려운 형편이다. 대학에서 창작 수업의 경우 소설 창작 교수는 학생들에게 소설이라는 학문과 창작이라는 기예를 지도해야 한다. 이 두 가지를 가르치기 위해 많은 교수자들은 학생들 작품에 대한 합평의 방식을 활용한다. 또 소설 이해와 창작에 도움이 될 만한 도서목록을 선정해 학생들의 독서지도를 강화하고 소설과 인접 예술을 접목하는 교수법 등을 사용하기도 한다.

다양한 지도법 가운데 또 하나는 소설 창작을 지도하는 교수들이 작법서를 출간하는 것이다. 그들 대개는 소설 창작론을 강의하며 이론과 창작 실기를 연계한 지침서를 출간해 젊은 소설가 지망생들에게 등불을 비춰주었는데, 이는 김동리의 『소설작법』, 정한숙의 『소설기술론』

2) 우한용, 「<문학창작교육론> 강의 개설을 위한 구상」, 『국어교육연구』 제17집, 서울대학교 국어교육연구소, 2006, 6, 60쪽.

에서부터 김용성, 전상국, 송하춘의 책들과 함께 현역에서 활동 중인 이승우, 박덕규에게로까지 이어진다.[3] 소설뿐 아니라 문학 자체에 대한 학생들의 열정이 점점 줄어들고 있는 우울한 현실에서, 이처럼 교수자들 나름으로는 최선의 교수법으로 학생들을 지도하고 있다.

많은 소설가 교수들이 창작의 이론과 실제를 강의와 서적, 그리고 학생들의 작품과 창작의 모범이 되는 수작들 분석으로 지도하는 방식은 어쩌면 가장 전형적인 교수법일지 모른다.[4] 그런 한편으로 창작의 이론과 실제를 소설화해 교수하는 방법도 고려할 수 있는데, 이를 이승우의 여러 작품들에서 살펴볼 수 있다. 물론 다른 작가들도 자신의 작품에 창작의 과정이나 방법론을 드러내기는 한다.[5] 다만 아쉬운 것은 최수철 정도를 제외하고는 대개의 작가들이 작업을 일회적으로 그치고

---

3) 소설가 교수들의 소설 창작론 서적에 대한 구체적 논의는 나소정, 「문예창작교육론의 구조적 지형과 논점 – 소설창작교육론을 중심으로」, 『한국문예창작』 23호, 한국문예창작학회, 2011, 12를 참조할 것.

4) 우한용 교수는 이런 지도 방법에 "소설창작에 대한 이론화가 없는 것"을 우려한다. 우한용, 「창작교육의 가능성 연구–소설창작의 이론화 가능성을 중심으로」, 『서울대학교 사대논총』 제57집, 1998, 12, 40쪽.

5) 이 계열의 작품들을 메타픽션의 범주에 포함할 수 있을 것이다. 패트리시아 워(Patricia Waugh)는 메타픽션을 "픽션과 리얼리티와의 관계에 의문을 제기하기 위해 가공물로서의 자의식적이고 체계적으로 관심을 갖는 허구적인 글쓰기를 가리키는 말이다. 이러한 글쓰기들은 구성을 이루어나가는 자신의 방법들을 비판하면서, 서사소설(narrative fiction)의 근본적인 구조들을 검토할 뿐 아니라 허구적인 문학 텍스트 외부에 존재하는 세계의 있을 수 있는 허구성도 탐구한다"고 정의했다. Patricia Waugh, 『메타픽션:포스트모더니즘 문학이론』(김상구 옮김), 열음사, 1989, 16쪽. 이와 함께 이 글에서 요구되는 메타픽션에 관한 논의는 정정호의 정의로도 충분하다고 판단되는데, 그는 메타픽션을 "소설쓰기 작업을 반성하고 소설쓰기 과정을 적나라하게 노출시킴으로써 소설 또는 소설쓰기에 대한 비평과 이론을 구축해 나가는 작업"으로 본다. 정정호, 「메타픽션과 한국적 수용의 문제」, 『포스트모더니즘과 한국문학』, 글, 1991, 242쪽.

만다는 점이다. 작가의 한두 작품만으로는 창작방법론에 대한 심도있는 정보를 독자가 습득하기에 역부족인 것이 사실이다. 이에 비해 이승우는 등단 초기부터 소설의 이론과 창작방법론을 고심한 작가로서, 실제 여러 작품에 고민의 흔적을 부분적으로나마 다루고 있다. 그리고 「전기수 이야기」에는 그 모색의 결론이 총합되어 있다.

이승우는 대학에서 소설 창작을 강의하며 소설 작법서 두 권을 출간한 작가이기도 하다.[6] 이 글에서는 이 책들과 함께 그의 작품 곳곳에 산재되어 있는 창작 방법론을 소개하고자 한다.[7] 그 내용을 교수자는 창작방법론 지도에 활용하고 학습자는 실제 작품쓰기에 적용해 볼 수 있지 않을까 싶다. 특히 문학의 죽음이 운위되는 시대임에도 불구하고 해마다 증가하는 신춘문예나 문예지 응모자들에게도 도움이 되지 않을까 싶다.

2. 소설쓰기의 의미와 작가의 사명

1981년 중편 「에리직톤의 초상」으로 등단한 이래, 이승우는 작단의

---

6) 조선대학교 문예창작학과 교수인 이승우는 작법서 형식의 『당신은 이미 소설을 쓰기 시작했다』와 『소설을 살다』를 상재했다.

7) 이승우는 자신의 창작방법론을 드러내기 위해 소설가, 혹은 문필업 종사자를 작품에 많이 등장시킨다. 이들을 통해 작가는 자신의 창작방법론을 용이하게 전달하는 효과를 거두고 있다. 소설가, 혹은 문필업 종사자들이 등장하는 이승우의 작품으로는 다음의 것들이 있다. 「예술가론(論)」, 「흉터」, 「수상은 죽지 않는다」, 『생의 이면』, 「Y의 경우」, 「육화의 과정」, 「심인광고」, 「오래된 일기」, 「방」, 「딥 오리진」에는 소설가가, 「연금술사의 춤」에는 소설가 지망생, 「세상 밖으로」에는 대필 작가, 「미궁에 대한 추측」에는 소설가 장 델뤽과 번역가, 「동굴」에는 소설가이자 번역가가 나온다.

유행과는 무관하게 자신의 소설세계를 꾸준히 심화·확장해온 작가이다. 지난 80년대의 부조리한 시대에 대한 소설적 응전, 포스트모더니즘 담론이 거셌던 90년대의 소설적 해체와 실험, 새로움을 앞세워 소설이 자칫 잡설로 전락할 위기마저 엿보이는 이즈막까지 작가는 나름의 자기세계를 구축하며 소설을 일구어왔다. 그 결과로 그는 초월적 형이상학의 세계에 대한 탐색, 고향과 아버지 부재의 고통 형상화, 권력의 형성 과정에 대한 묘파, 일상적 세계에의 미시적 접근이라는 소설적 성과를 산출하였다.

이승우가 문단이나 독자의 시류에 휘둘리지 않고 자기만의 세계에 천착할 수 있었던 근본적 바탕은 무엇보다도 소설 쓰기의 의미와 작가로서의 자세에 대한 진중한 성찰에서 가능했다는 생각이다. 그것을 이승우 글쓰기의 출발점이라 공인되는 『생의 이면』에서 확인할 수 있다. 이 작품에서 그는 "한 작가의 작품은 어떤 식으로든 그 작가인 것이다. 작가는 자신의 삶의 의식, 무의식의 다양한 파편들을 선택과 배제, 굴절과 왜곡이라는 방법을 동원하여 교묘하게 조작함으로써 소설들을 만든다"[8]고 본다. 이러한 언술은 한 편의 소설이 기본적으로 작가 자신으로부터 출발한다는 것을 뜻한다. 그리고 이것은 자신의 삶을 바탕으로 사실과 허구가 교묘하고 치밀하게 뒤섞여, 이승우의 유명한 창작론 '감춰진 것의 드러내기'로 정리된다. 이는 「오래된 일기」에서 "문장을 쓰는 동안 내 안에서 드러내려는 욕구와 은폐하려는 욕구가 치열하게

---

8) 이승우는 『생의 이면』의 자전적 성격에 대한 질문에 "모든 소설은 자전적이라는 것입니다. 그리고 모든 자전적인 소설은 가면을 쓰고 있다는 것입니다"라는 대답을 한다. 이는 작가가 자기 이야기를 바탕으로, 그러나 그것을 개연성있는 이야기로 가공해 소설을 창작했음을 의미한다. 이승우, 『언제나 그런 것은 아니지만 대체로 그렇다』, 늘푸른소나무, 2000, 162쪽.

싸운다"는 표현에서 거듭 강조되고 있는 바이기도 하다.

자기 내면에 '감춰진 것의 드러내기'를 소설 쓰기의 모태로 여기는 이승우는 작가의 사명에 대해서도 작품을 통해 언급한다. 그의 긴 창작 이력에 비추어 비교적 초기작에 해당되는, 1986년 발표작 「예언자론(論)」에서 이승우는 소설 쓰기를 "미래를 점치는 것이 아니라 현재를 꿰뚫어보고 지금 이곳에서 신의 정의를 실현시키려는" 예언자의 예지를 '대신 말하는' 행위로 본다. 이 대언자(代言者)의 역할을 수행할 때 작가는 신성(神性)을 부여받는다. 이후 작가는 일상적 세계로 본격적인 하강을 하는데, 그 변모를 명시한 작품은 2003년에 발표된 「심인광고」이다. 여기에서 이승우는 작가를 사람 사는 "이야기의 공백을 메우기 위해 존재하는 자"로 규정한다. 이때 이승우에게 작가란, 복잡다단한 인간사에 개입하여 한 인간의 생애에서 누락된 부분을 세세하게 복원하는 작업을 감당하는 역할을 하는 사람으로, 그들은 세계의 모순을 직관하고 감내하여 자신은 물론 무수한 장삼이사들의 삶을 섬밀하게 그려내는 역할을 담당한다.

이렇게 심원한 자세로 인간 세사를 형상화하는 이를 작가로 정의한 이승우에게, 그가 『목련공원』의 「작가의 말」에서 밝힌 대로 "그래도 문학이 세상의 식탁에 버려진 음식 찌꺼기들이나 수거하고 다녀야 하는지 얼른 고개가 끄덕여지지 않"는 것은 너무도 당연하다. 그리고 이는 소설 창작 학습자에게도 똑같이 적용되어야 할 금과옥조이다.

3. 작품에 드러난 창작방법론의 실제

창작의 과정을 획일적으로 이렇다 하고 단정하기는 어렵다. 구상–집필–퇴고의 순으로 한 편의 작품이 완성된다고 일반화하기는 쉽지만, 작가마다 세부적인 절차와 방식이 천차만별인 것도 부정할 수 없다. 그럼에도 많은 작법서는 범박하게 위의 순서를 제시하는데 이는 소설 창작 역시 글쓰기의 보편적 순서에서 벗어날 수 없다는 인식에서 비롯할 터이다. 작품에 드러난 이승우의 창작방법론 또한 개별 작품에 산발적으로 뒤섞여 있으나 이 글에서는 구상–집필–퇴고의 절차에 따라 그 내용을 고찰하고자 한다. 그것이 이승우의 방법론을 가지런히 정돈하기에 효율적이기 때문이다.

1) 글감의 발견

이승우 작품들에 나타난 글감의 발견, 혹은 작품을 착상하는 계기는 다음의 네 가지이다. 그 첫째는 기억의 복원 및 재구성이다. 이는 앞에서 언급한 대로 고향과 아버지 부재의 고통 형상화라는 한 세계를 구축한 작가의 『생의 이면』에서 확인할 수 있다. 둘째는 경험의 소설화이다. 이는 전형적인 메타픽션의 성격을 띠고 있는 「방」에 잘 나타나는데, 작품에는 집필실을 구하기 위해 방 하나를 임대하는 수고로움 속에서 소설이 완성되는 과정이 서술된다. 셋째는 대상의 관찰이다. 소설이 될 만한 인물이나 사건을 포착하는 섬세한 관찰이 작가에게는 필수적이다. 「연금술사의 춤」에서 등단을 갈망하는 나는 데뷔작을 쓰려는 목적으로 삼촌댁에 내려간다. 거기에서 소설거리가 될 만한 인물을 발견한 나는, 작품을 쓰기 위해 그의 일거수일투족을 주의 깊게 살핀다. 넷째는 신문의 '심인광고'를 보고 작품을 쓸 요량을 내는 것인데, 이는 「심인광고」의 임상희라는 소설가에서 확인할 수 있다. 그리고 이것은 이후에 보다 확장되어, 「전기수 이야기」에서는 이야깃거리를 "신화나 전설, 소설, 텔레비전 드라마, 우화, 코미디, 신문기사, 법어, 설교"와 자신의 경험담 등 도처에서 발견할 수 있다고 작가는 파악한다.

2) 상상력의 힘

소설의 보편적 정의가 여전히 유효하다면, 그것은 있을 법한 일에 작가가 상상력을 더해 창조한 산문체의 이야기라 할 수 있다. 이때 상상력은 소설이 사실과 구분되게 하는 중요한 기능을 하는데, 이는 예술적 상상력에 의해 가능하다. 등단 초기 이승우 작품세계의 한 갈래는 수다한 모순덩어리 한국 사회의 현실에 나름의 상상력을 덧붙여 그려낸 세계이다. 주지하다시피 당대 우리나라의 많은 작가들은 사회고발과 비판의 포즈를 표출했는데, 이때 이승우가 치열하게 고민한 것은 예술적 상상력이 과연 현실과 어떻게 조화롭게 결합하는가의 문제였다. 이는 1980년대의 소설이 투박한 사회학적 고발의 과잉으로 미학성을 상실했다는 작가의 판단으로부터 기인한다.

기존의 진부한 것들에 대한 거부는 『생의 이면』에서 우선 찾아볼 수 있다. 이 작품에서 초등학생 박부길은 학교에서 써야 하는 국군장병에 대한 위문편지를 상투적인 문구로 쓰는 것이 싫어 대신 '상투적인 위문편지 쓰기의 지겨움'을 적는다. 작가가 밝힌 대로 자전적 소설의 경향이 강한 『생의 이면』의 어린 박부길은 곧 유년기의 이승우와 다르지 않다. 상투성에 대한 반발은 곧 이승우의 생래적 기질이라 하겠다. 그것은 이승우가 한 창작집의 <작가의 말>에서 밝힌 "길들여진 근육, 질긴 습관의 자연스러움으로 써내려간 소설, 그런 소설이 문학을 시궁창에 집어넣는다……"라는 말과도 상통한다. 이 언술은 진부한 소설에 대한 완강한 거부감의 표출이다.

작가들이 천성적으로 남다른 상상력의 소유자라는 것은 불문가지이다. 관건은 그것을 소설 속에서 어떻게 작동하고 운용하는가에 달려 있다. 이승우는 「연금술사의 춤」에서 상상력의 치열성을 강조한다. 또한 한 인간의 이야기인 소설에 어쩔 수 없이 누락되는 공백의 부분을 채우는 것도 상상력의 도움으로 가능하다고 본다. 그러나 소설에 필수불가결한 그 상상력은, 「미궁에 대한 추측」에 나오는 대로 "땅의 견고함에 기초하고" 있어야 한다. 작가에게 상상력은 오로지 발 딛고 있는 세상의 현실을 기반으로 할 때 자유롭고 충만하다.

이처럼 활발하게 상상력을 추동해 작품의 완성 과정을 보여준 소설이 「수상은 죽지 않는다」이다. 이 작품의 주인공 소설가 K.M.S는 수상의 담화 연설을 녹화한 비디오테이프를 주시하다 상상력을 발동하는데, 그 내용은 담화문 발표자가 수상이 아니라 "수상을 연기하는 직업적인 연기자"라는 것이다. 그로부터 펼쳐진 상상력의 나래는 애초부터 수상이 존재하지 않았다는 점과 수상이 죽었을지도 모른다는 것으로 확장된다. 수상의 행동에 대한 의문과 확신은 곧 상상력에 대한 작가의 절대적 신봉에서 가능할 수 있다.

> 그런데 K.M.S는 어째서 그 익숙한 몸짓에 대해 다른 해석을 하고 있는 것일까. 사람의 상상력의 경계 없는 자유로움을 끌어대면 어떨

까. 거기다가 K.M.S가 소설가라는 사실을 덧붙인다면? 누가 사람의 머릿속으로 들어가 상상력에 빗장을 치고 울타리를 둘 수 있겠는가. 하물며 작가의 상상력임에랴.

—「수상은 죽지 않는다」, 『미궁에 대한 추측』, 131쪽

이 의문제기로부터 K.M.S는 사실에 상상력을 발휘해 작품을 완성한다. 그가 왜 수상의 몸짓에서 상상의 나래를 펼쳐 소설을 쓸 생각에 이르렀는지는 논리적으로 설명이 불가능하다.[9] 그러나 작가는 끊임없이 소설의 모델에 상상력의 옷을 입히는 데에 골몰한다. 그 상상력이 평범해서는 곤란하다. 그것은 일단 현실에 단단히 입지하고 치밀하게 펼쳐져야 하는데, 그렇지 않을 경우 상상력은 공허한 망상으로 전락하고 만다.

3) 현실의 왜곡과 변조, 개연성의 문제

아무리 상상력이 기발하고 휘황하다 해도 그것만으로 소설이 완성되는 것은 아니다. 이승우가 말한 대로 현실에 기반한 상상력만이 소설의 완성도를 높이는 데 기여하기 때문이다. 그때 제기되는 문제가 바로 현실의 왜곡과 변조 정도인데, 이는 작품의 개연성과 밀접한 연관을 맺는다. 작가가 그 문제에 고민한 작품들로 「세상 밖으로」, 「연금술사의

9) 프로이트는 창조적인 작가와 몽상을 연구했으나 문학 창조자들의 소재 선택에 관련된 문제를 설명하지는 못했다. 그는 자기의 연구가 다른 다른 연구자들에게 자극을 줄 수밖에 없다고 토로한다. 다만 그는 동일한 모델에 기초한 소설들이라 해도 모델을 선택하고 변형시키는 과정에서 작가의 개인적 성향이 반영되어 원래의 모델과 거리가 먼 소설이 태어난다고 본다. Sigmund Freud, 『창조적인 작가와 몽상』(정장진 옮김), 열린책들, 1997, 93–95쪽 참조.

춤」, 「심인광고」가 있다. 이 중 「세상 밖으로」는 작가의 이전 작품인 「일식에 대하여」와 긴밀한 관계를 맺고 있다는 점에서 특별한 주목을 요한다.[10)]

「세상 밖으로」에서 대필작가인 나는 몇 개월 전에 읽은 이승우의 「일식에 대하여」를 떠올린다. 그 작품이 특별히 기억된 것은 소설의 공간적 배경이 자신의 고향인 '길홍'이었기 때문인데, 마침 나는 고향길에 오르게 되었다. 그 과정에서 나는 "스스로가 쓴 「일식에 대하여」를 분석 · 해설"[11)]하는데, 거기에서 내가 발견한 것은 「일식에 대하여」에 변조되어 있는 내용들이다. 이는 내가 '길홍' 출신이기에 잘 알고 있는 사실들이기도 하다. 「일식에 대하여」에서 변형된 것들로는 산의 이름 평관산-청관산, 다방 이름 평관산 다방-청관산 다방, 맹랑하고 발랄한 다방의 미스 지-환갑을 앞둔 뚱뚱한 다방 여자, 소설의 인물 이름 위형식-위하식, 그리고 그의 현재 처지는 권력 핵심에서 밀려나 실종-권력의 한복판에서 행세하는 것, 위형식의 거처 움막-별장 등이다. 또한 실종된 위형식은 「세상 밖으로」에서 선인(仙人)의 풍모로 재등장한다. 이것은 소설이 현실에 줄을 대고 있으나 사실이 얼마든지 변형 · 왜곡될 수 있다는 점을 선연히 보여주는 대목이다.

작가의 사실 변형 · 왜곡은 작의 및 구성에도 영향을 준다. 「연금술사의 춤」에서는 등단을 오매불망하는 예비작가가 공본영이라는 인물을 글감으로 삼아 <십자가와 피뢰침>이라는 소설을 쓴다. 이 작품에서

---

10) 김윤식은 이 두 작품의 관련성을 작품이 작품을 낳는다는 것, 자신이 전에 썼던 다른 작품의 패러디화, 작품끼리의 자기증식 현상에 있다고 본다. 김윤식, 『현대소설과의 대화』, 현대소설사, 1992, 78쪽.

11) 위의 책, 82-83쪽.

나는 습작 소설을 천목사에게 보여주며 사실과 그것의 변형·왜곡을 통한 자신의 구성을 강변한다.

> "공본영씨가 이 세상의 다난(多難)한 구조에 질린 나머지 그의 '단엽'을 찾아 다시 기도원으로 퇴각해가는 것으로 이 소설을 끝내려는 것이 애초의 나의 창작 의도였습니다. 그러려고 보니까 그 순환의 시스템이 너무 상투적이고, 어디선가 익히 보아온 구성으로 여겨지더군요. 또 공본영씨를 그런 식으로 도피시킨다는 게 너무 소극적이고 무성의한 발상인 듯도 싶어졌구요. 그래서 무언가, 그가 절망한 이 세상에 대응하고 나서는 최소한의 모습을 부각시켜보려 했던 것입니다. 그 모습이 곧 그의 절망의 또 다른 표현에 불과할지라도……"
>
> —「연금술사의 춤」, 『일식에 대하여』, 262−263쪽

하지만 광활한 상상력을 기반으로 한 현실의 변조와 왜곡이 작품 안에서 무한대로 허용될 수는 없다. 「세상 밖으로」에 언급된 대로 소설가들이 "말이나 이야기를 꾸며 내는 데는 선수들"이기는 해도 개연성의 문제에서 자유로울 수는 없기에 그렇다. 「심인광고」에서 소설가 주인공이 작품의 서두 정도를 써내려가다 어딘가 부자연스러운 과정을 발견하고 사건의 현장을 찾아가는 까닭도 개연성의 여부가 꺼림칙해서이다. 아닌 게 아니라 무려 27년이 지난 소설의 배경은 이전과 너무도 다르게 변해 있다. 과거의 허름한 건물은 8층짜리 빌딩이 되었고 현장에서 들은 이야기는 심인광고 의뢰자의 말과 달랐다. 작가가 그려내는 세계의 실상은 이처럼 시간의 흐름과 세상의 변모로 어쩔 수 없이 바뀐다. 그 유동적인 세계의 모습으로부터 소설가가 정확한 사실, 혹은 진

실을 건져 올리기 위해서는 그 재료의 정밀한 확인이 필수적이다. 그런 작업을 통해 작가는 작품에 개연성을 불어넣는다.

4. 창작방법론의 종합과 적용—「전기수 이야기」

이승우의 창작방법론이 종합된 작품은 「전기수 이야기」이다. 메타픽션의 요소가 강한 이 작품에서 작가는 한 편의 소설이 창작되는 데에 필요한 제반 요소를 두루 고찰하고 있다. 특이하게도 그는 이야기하는 자의 입을 빌어 견해를 피력한다. 이는 작품에서 작가가 밝힌 대로 "내용보다 화법이 중요"하다는 점을 실증하는 하나의 사례라 하겠다.

이 작품에서 주인공은 작가가 기존의 텍스트에 대한 영향에서 우선 벗어나야 한다고 생각한다. 그는 현대의 작가들이 과거의 낡은 텍스트를 모방해 "서툰 성우 흉내"나 내는 것은 삼가야 한다고 단언하며, 성우 흉내나 내는 일은 곧 '고장난 라디오'를 트는 일과 다르지 않다고 본다. 그렇기에 너무도 당연한 말이지만 모든 소설은 작가가 새롭게 '지어'낸 이야기여야 한다. 이는 구태의연한 자세로 낯익은 작품들을 붕어빵처럼 생산하는 신진, 혹은 기성의 작가들에게 가하는 일침일 터이다.

이때 소설의 새로움은 허무맹랑한 공상과 달리 현실에 접지되어 있어야 한다. 그 방법으로 작가는 이야기의 소재를 자신의 일상사에서 찾을 것을 권한다. 작품에서 노인이 화자에게 호감을 보인 이유는 낭독 대신 작가가 체험한 일을 바탕으로 꾸민 이야기 덕이다. 화자가 집주인을 훔보면서 "내 안의 흥분이 야릇한 쾌감"을 맛본 것도 그가 자신이 가장 잘 아는 이야기에 상상력을 덧보탠 까닭이다.

물론 자신의 일상사를 가공해 무작정 떠든다고 좋은 이야기가 되는 법은 아니다. 좋은 이야기는 화자의 머릿속에 막연한 이미지 덩어리로 존재하는 이야깃거리에 육체를 부여해야 탄생한다. 목적을 이루기 위해 작가는 불확실한 이미지에 자잘한 세목(細目)의 고리를 연쇄적으로 이어야 한다. 그것을 곧 육화라 할 수 있을 터인데, 그 과정은 근본적으로 '기억'으로 축조된다. 그것이 구체적으로 떠오르지 않을 때 작가는 상상력을 발휘해 "지어내기라도 해야" 하는데, 이 경우 평소에 모아둔 이야깃거리들이 요긴하게 쓰인다. 이야기의 종류가 너무도 다양해진 오늘날 이야깃거리는 "신화나 전설, 소설, 텔레비전 드라마, 우화, 코미디, 신문기사, 법어, 설교"와 자신의 경험담 등 일상 도처에 무궁무진하다고 작가는 파악한다.

한편의 소설을 창작하기 위해 위의 것들이 중요하지만, 작가가 가장 주안점을 두는 것은 화법의 문제이다. 화법은 말 그대로 이야기를 전달하는 방식이다. 이승우는 이야기의 "내용보다 중요한 것이 화법"이라 생각한다. 즉 동일한 내용도 이야기하는 법에 따라 소설의 새로움을 확보할 수 있다는 판단이다. 새로운 화법을 창출하기란 물론 쉽지 않은 노릇이다. 하지만 새로운 화법을 창안할 수 있다면, "내 마음대로 이런저런 이야기를 골라서" 할 수 있을 만큼 소설쓰기에 능수능란해진다.[12)]

위의 내용은 이승우가 초기작 「연금술사의 춤」에서 천 목사의 입을 빌어 밝힌 바 있는 "형식이랄까 상징의 중요성"과 독자의 상상력을 가로막는 제목의 적설성 지적이나 공본영이 이야기한 "참된 세계는 상징

12) 「전기수 이야기」에 관한 논의는 김병덕, 「2000년대 소설과 창작방법론 시론」, 『한국한국문예창작학회 제19회 정기 학술세미나집－변화하는 세계와 문학』, 한국문예창작학회, 2010, 11, 10－11쪽 참조.

의 세계이고 은유의 세계"라는 말이 심화·확장되어 정리된 바이기도 하다.

5. 창작의 기초, 지도의 난점

이승우는 작가의 이력을 축적하는 과정에서 창작방법론에 관한 진지한 모색과 탐구를 작품으로 실천해온 드문 작가이다. 그러나 작가는 「전기수 이야기」 이후 작품에 더 이상의 창작방법론을 개진하지 않는다. 아마도 작가는 자신의 창작방법론이 어쩔 수 없이 사인적(私人的)이었으리라 생각했을 수 있다. 즉 작가들 저마다의 개성적인 창작방법론에 이승우는 자신의 방식이 보편성을 띨 수 있는가에 고민하지 않을 수 없었을 것이다. 다음으로 작품을 통한 창작방법론의 소개는 관념의 나열로 전락할 공산이 크다는 점을 인식했을 수 있다. 이승우의 창작방법론이 총합된 「전기수 이야기」 역시 화자의 말로만 표현된다. 전형적인 말하기 방식만으로는 소설 특유의 형상화를 이루기 어렵다는 한계에 직면할 수밖에 없다. 마지막으로는 변모한 시대상과 연관이 있다. 2000년대 이후 창작의 전범이 되는 작품이나 전통적 방법론의 위상 하락은 그 점을 여실히 증명한다. 특히 "'혼종적 글쓰기, 혹은 무중력 공간'에서 '서사적 모험'을 감행하는 그들(젊은 작가들 — 인용자)에게는 고유의 미학적 자립성과 개체의 모럴을 구축하는 글쓰기만이 존재"[13] 하는 최근의 창작 지형에서, 문학의 기본 규율과 현실성을 강조하는 이승우의 창작방법론은 고루하게 보일 수도 있는 것이다.

---

13) 이광호, 『이토록 사소한 정치성』, 문학과지성사, 2006, 85－105쪽 참조.

그럼에도 이승우가 작품들 곳곳에 드러낸 창작방법론을 폐기하는 것은 옳지 않다. 이 글에서 논한 작품들이 창작자의 진중한 자세와 창작의 기본적 요소들을 일러주기에는 부족함이 없으리라는 판단 때문이다. 너무도 진부한 말이기는 하지만 긴 호흡으로 작가 생활을 지속하기 위해 단단히 기초를 다지는 일은 매우 중요하다. 어쩌면 예비작가 학생들이 대학 강의실에서 전심을 다해 배워야 할 것은 그런 내용들일지도 모른다. 그것을 이승우의 작품을 통해 학습할 수 있지 않을까 싶다.

물론 아쉬움도 없지는 않다. 창작방법론을 소설화한 이승우의 작품들로, 소설의 새로움과 화법 창안의 문제를 학생들에게 입체적으로 가르치기에는 분명 한계가 있다. 이승우 소설의 중첩구조, 알레고리, 불확정성 등이 소설의 형식적 특성을 보여주기는 하는데, 이 역시 기성의 것이다.[14] 소설에 나타나는 새로운 그 무엇이야 말로 창작자들의 개인차가 극명하게 드러나는 지점이다. 기질, 환경, 학습, 재능 등 여러 복합적 요인들로 형성되는 이것에 교수자가 개입할 여지는 넓지 않다는 생각이다.

---

14) 이 글에서는 논의하지 못했지만, 이에 해당하는 작품들은 이승우 소설의 형식적 특성을 구명하는 실증 자료로 활용할 수 있다. 이승우 소설의 형식적 측면에 주목해 분석한 글을 소개하면 김윤식, 앞의 책, 78－85쪽; 박선경, 「새로운 플롯의 일 고찰－이승우 「미궁에 대한 추측」을 통해 본 메타픽션의 플롯」, 『어문연구』 108호, 한국어문교육연구회, 2000, 12; 박형서, 「알레고리 소설 연구－이승우의 단편을 중심으로」, 고려대 석사 논문, 2002, 12; 김중철, 「'미궁'으로서의 소설과 이야기의 진실－이승우의 「미궁에 대한 추측」 읽기」, 『한국문학이론과 비평』 25집, 한국문학이론과 비평학회, 2004, 12; 김수연, 「이승우 소설의 서사적 불확정성 연구」, 전남대 석사 논문, 2013, 12 등이 있다.

4
소설 창작과 교수를 통한 문학장(文學場) 고찰

박형서론

1. 문학장에 대한 숙고

2000년대에 등단한 소설가들이 기존의 소설, 혹은 소설미학이라 여겼던 것과 창작 방법론에 강한 거부감을 표명하고 있다는 점은 주지의 사실이다. 물론 소설이라는 유기체를 고정된 틀에 가두는 것은 쉽지 않은 일이며, 작가 고유의 소설관이나 창작방법론도 불변의 진리는 아니다. 시대와 소설에 대한 사유의 변화, 독자 대중들의 작품 수용 정도에 따라 소설의 외연과 작가의 창작방법론은 얼마든지 변모할 수 있다. 어느 면으로 보면 '영향에의 불안'으로부터 벗어나고 새로운 소설 담론을 창출하려는 작가들의 의지와 노력에는 칭찬과 독려를 아끼지 말아야 할 일이다.

2000년에 등단한 박형서 역시 자유롭게 발화하는 상상력으로 기존의 문학적 규율과 현실의 자장으로부터 벗어난 작풍을 드러낸다는 평가를 받는 작가이다. 이는 박형서가 창작의 모토로 삼고 있는 '다르게 쓰기'의 결과물로 판단되는데, 실제 그는 자전소설격인 「어떤 고요」에서 "나는 나 자신이 잘 쓰는 작가가 아니라 다르게 쓰는 작가라 생각해왔고, 그게 내 자부심의 원천"이라 천명한 바 있다. 또 후배 작가와의 인터뷰에서도 "소설이 할 수 있는 기능이, 소설이 나아갈 수 있는 영역이 어디까지인가? (중략) 전 기존의 선배들이 쌓아온 방식 말고 또 다른 방식들이 있는지 많이 실험을 해보고 싶어요"1)라는 답변으로 자신의 소설적 야심을 표명했다.

박형서의 이러한 소설적 지향은 평자들에게 작가 "자신이 말하고 있는 사건의 발생 가능성, 사건들간의 인과성, 개연성 따위는 어떠한 문제도 되지 않는" '편집증적 서사'2)를 취하게 한다거나 "박형서의 소설은 그렇게 스스로 문학이 허무맹랑하되 재미있는 오락임을 자처"하여 작가의 「날개」, 「두유 전쟁」, 「「사랑손님과 어머니」의 음란성 연구」 등을 "과연 소설이라 부를 수 있는 것인가"3) 하는 의문제기의 빌미를 제공하기도 한다. 이런 평가로만 보자면 박형서가 현실을 도외시하고 공허한 실험에 함몰해 있지 않나 하는 우려를 들게 하기도 한다.

그런 한편으로 작가의 작품에서 미세하게 감지되는 고유의 특장을 날카롭게 포착한 글들도 발견된다. 일찍이 박수현은 "박형서의 개성을, 탈근대적 외연과 근대적인 묵직한 주제의식이 공존하는 아이러니"4)로 섬세하게 파악한 바 있거니와, 김대산은 "당신의 소설은 코믹하고 재치

---

1) 손보미, 「행복한 작가」, 『작가세계』, 2017 봄, 59쪽.
2) 김형중, 「소설 이전, 혹은 이후의 소설」, 『자정의 픽션』 해설, 문학과지성사, 2007, 272-275쪽.
3) 심진경, 「뒤로 가는 소설들」, 『떠도는 목소리들』, 자음과모음, 2009, 43-48쪽.
4) 박수현, 「황당무계한 상상력에 내장된 관념적 의미의 만화경-박형서론」, 『문학수첩』, 2007 겨울, 439쪽.

있는 상상을 펼칠 때조차도 논리적이고 추론적인 성격이 강하게 드러나는 것 같다"[5]고 분석한다. 비록 박형서 소설의 요체에 대한 구체적 설명은 없으나, 두 논자들의 세밀한 시선은 작가의 작품세계 한 축을 세심히 검토했다는 측면에서 의미가 크다.

특히 박형서의 '인문학적 관념'이 그가 '인문학 교실에서 학습한 결과'[6]에서 비롯했을 것이라는 박수현의 조심스러운 추측은, 작가의 작품을 좀더 심도있게 연구할 단서를 제공한다. 그의 견해에 주목해 박형서의 작품을 구체적으로 살피면, 작가 소설에서 문학작품 창작을 지도하는 교수 혹은 직접 창작에 임하는 인물들을 만날 수 있다. 이들은 박형서의 '인문학적 관념'을 대변하는 주요 인물들로 활약하는 동시에 문학장 전반에 걸친 진중한 탐색을 수행하는 임무를 담당한다. 또 교수·작가 화자를 통해 박형서는 작가, 작품, 독자에 대해 고구한다. 여기에 지적 논쟁을 소설화하는 「논쟁의 기술」 같은 경우에도 '논쟁의 문어화'라 칭할 만한 탈장르의 경향을 드러낸다. 이런 과정에서 작가의 탐색이 비록 시대를 풍미한 담론들과 배치되는 경우가 있다 하더라도, 현시

---

5) 김대산, 「박형서 작가 인터뷰」, 『쿨투라』, 작가, 2012 봄, 152쪽.

6) 박수현, 앞의 글, 같은 쪽. '인문학적 관념'이라는 박수현의 언술은 대학이라는 제도권 내에서 줄곧 문학적 도정을 일군 박형서의 이력과 연관이 깊은 듯하다. 박형서는 한양대 국문과를 졸업하고 고려대 대학원 문예창작학과에서 석·박사 학위를 취득했다. 현재 고려대 미디어문예창작학과 교수로 재직중인 그로서는 당연히 창작과 이론의 학술적 측면을 심도있게 연구할 수밖에 없는 상황이기도 하다. 소설과 논문 쓰기라는, 일견 상반된 글쓰기 방식을 학습 및 수행하고 또 그것을 학생들에게 교수해야 하는 과정에서, 창작과 이론에 관한 아카데믹한 '(인)문학적 관념'이 작가의 작품에 자연스럽게 삼투되었으리라는 추론은 어색하지 않다. 여기에 강의실 안팎에서 치열하게 행해지는 인문학 전공자들과의 논의는 창작과 비평에 지대한 도움을 주는 '인문학 교실'의 역할을 했으리라 짐작된다.

대의 문학장 전반을 살펴보고 있다는 의미는 적지 않다. 그리고 그것은 갈수록 위상이 하락하고 있는 지식인 사회의 관념성과 현학성에 대한 예리한 냉소로 확장되고 있다.

본고에서는 그런 점들에 주목하여 박형서의 작품들을 살피고자 한다. 이 작업은 유머, 환상, 이야기의 재미, 현실성의 결여 등으로 주로 평가된 박형서 작품에 대한 새로운 지평을 확장하는 것이기도 하다.

2. 문학적 재능과 학습, 작가수업의 도정

라틴어의 제니우스(genius)에서 유래한 천재라는 단어는 창조적 능력을 지닌 한 인간의 초인적 탁월성을 그 수호신의 재주에 비교하여, 그 궁극적 가치를 신비의 영역으로 전환시킨다는 의미를 함축하고 있다. 천재들은 보통의 사람들보다 호기심이 강하고 자유분방하며 감정의 진폭이 넓고 집중력이 남다르다.[7] 천재성을 발휘한 이런 예술가들은 다양한 분야에서 뛰어난 성과물을 산출하는데 이는 문학계에서도 예외가 아니다.

박형서의 「신의 아이들」에서는 문학적 재능을 타고난 자와 시를 쓰려 엄청난 노력을 기울이는 인물이 극명한 대비를 이루고 있다. 이 작품에서 지유라는 인물은 번뜩이는 시적 재능의 소유자이다. 첫만남에서부터 재기가 승한 자 특유의 오연한 자세를 보이는 지유의 시 앞에서는, 한때 천재 소리를 들었던 현역 시인이자 제자를 많이 길러낸 나조차도 천재성을 인정할 수밖에 없다. 제자 지유의 시적 재능에 탄복한,

7) 편집부 엮음, 『미학사전』, 논장, 1988, 351－353쪽 참조.

스승인 화자 나의 모습은 작품에 다음과 같이 그려진다.

> 언어라는 무기를 손에 쥐는 순간 지유는 공식적 문구의 단순한 암기와 차용을 조롱하고 뛰어넘었다. 그리고 대상과 단어와의 거리, 대상과 대상의 거리, 단어와 단어의 거리를 독창적으로 짚어내었다. 거리가 명징하게 드러날 때 사물은 숨을 쉬기 시작한다. 모든 존재는 저기에 멈춰 있는 본질이 아니라 이곳에서부터의 거리로 가늠된다. 이러한 거리에 대한 감각이 바로 지유의 시가 생동하는 이유였다.
>
> —「신의 아이들」, 『핸드메이드 픽션』, 95쪽

게다가 지유는 시를 창작할 때, 지적 조작과 통제에 따른 것이 아니라 번뜩이는 직관적 천재성으로 작품의 시작과 끝을 맺는다. 이는 작가의 말대로 '재능이 발광하는 찬란한 시'의 한 전형을 이루는 듯하다.[8] 지유의 이러한 재능 앞에 나는 경이와 절망에 빠진다. 그런 한편으로 나는 제자의 재능 낭비를 우려할 수밖에 없다. 내가 대중들에게 "지유의 진짜 작품이 어떤 것인지 알리고" 또 그가 "마감에 쫓겨 쓴 형편없는 시로 그 재능이 왜곡되지 않기"를 바라는 마음은 스승으로서의 사랑이 있기에 가능한 일이다. 하지만 나의 진심은 오해를 불러 지유에게 칼부림을 당하는 불상사를 야기한다. 사건 이후로 지유는 이전과 달리 꼼꼼하고 성실한 태도로 시를 창작하지만 세상은 그런 '곡진한' 시를 거부한다.

---

8) 지유의 이와 같은 창작 방식과 유사하게, 비이성적인 영감에 의존해 창작을 하는 시인들에 플라톤은 강한 불신을 표했다. 하지만 지유의 창작 방식은 많은 예술가들이 자신이 통제할 수 없는 어떤 힘으로 창작에 몰입한 결과로 작품을 산출하는 한 사례로 보인다. 이런 관점에서 보자면, 지유는 예술작품이 천재성의 소산이라는 낭만주의 시대의 예술론에 부합하는 전형적 인물이라 할 수 있다. Jerome Stolnitz, 『미학과 비평철학』(오병남 옮김), 이론과실천, 1991, 95－114쪽 참조.

「신의 아이들」에는 지유와 극명한 대비를 이루는 설기라는 인물이 등장한다. 그는 시를 쓰기 위해 부단한 노력을 하지만 결국 좋은 시를 쓰지는 못했다. 타고난 언어감각이 부재한 그에게는 대신 나무 조각에 천재적 소질이 있었음이 뒤늦게 밝혀진다. 즉 설기는 자신의 타고난 재질을 결국 발견하지 못한 채, 엉뚱한 분야인 시창작 쪽에서 노력을 하다 죽음을 맞이한다.

이 작품에서 박형서는 자신의 재능이 어디에 있는가의 여부를 자각하든 그렇지 못하든 두 인물을 모두 '신의 아이들'로 칭한다. 이 부분은 창작자이자 교수자인 박형서가 창작 수업 현장에서 학생들을 지도하며 느끼는 고충이 엿보이는 대목이기도 하다. 문예창작 강의실에서 교수자는 극소수의 재능있는 학생과 그렇지 못한 나머지 대다수들을 같은 수업에서 지도해야 하는 난점이 존재하는 것이다.[9] 그럼에도 작가는 예술 창작에서 후천적인 끝없는 노력보다는 타고난 재능이 더 소중하다는 쪽에 손을 들어준다. 지유의 초기 시나 설기의 나무 조각 작품은 모두 노력의 결과가 아닌 천재들 특유의 섬광 같은 직관적 방식으로 창작된 것들이기 때문이다.

어떤 이는 노력이 재능의 결핍을 상쇄한다고 말한다. 그 말은 부

---

9) 박형서가 자신이 지도했던 학생들의 재능과 노력에 대해 고심한 흔적이 역력하다. 작가는 "오랫동안 재능이라는 존재"를 불신했다고 한다. 그가 생각하는 작가적 재능이라는 것도 "열심히 하는 재능, 그렇게 할 수 있는 재능" 정도였다. 하지만 8년 동안 소설 창작을 지도하며 그는 노력이 상쇄할 수 없는 문학적 특출함이 있는 학생과 노력에 비해 답보 상태인 학생들을 만나게 된다. 그렇다고 재능이 없는 학생에게 문학을 포기하라고 할 수도 없는 교육자로서의 딜레마를 한 대담에서 그는 토로한다. 박형서, 「pass 不可」, 『문예중앙』, 2012 봄, 445쪽.

분적으로만 옳다. 노력하는 자의 시와 재능있는 자의 시가 완전히 다른 것은 아니다. 하지만 결정적인 한 구절, 천재들 외에는 사용하지 못하는 단어의 조합과 순간이라는 것이 있다. 그건 노력한다고 되는 게 아니다.

— 위의 작품, 112-113쪽

예술작품, 혹은 문학작품 창작에서 천재적 재질이 절대적 필요요소이지만, 그것만으로 한 작가의 성장이 이루어지지는 않는다. 작가는 재능을 바탕으로 기존의 문학적 전통을 나름의 관점에서 재해석해 새로운 창조물을 생산하는 존재이기 때문이다. 때때로 신진작가들이 면면히 계승되는 문학 전통의 미학적 특성을 도외시하여, 작품이 공허와 황당무계로 점철되는 이유 중 하나는 위대한 전범에 대한 그들의 이해 부족에 있기도 하다.

앞에서 언급한 대로 박형서는 '다르게 쓰기'를 창작의 좌우명으로 삼고 있는 작가이지만 동시에 문학적 전통의 습득에도 공력을 들이는 것이 중요하다고 여긴다. 그것은 「개기일식」에 잘 나타나 있다. 이 작품에서 등단 17년차 작가인 성범수는 학창시절 이질적 스타일의 두 교수에게 지도를 받았던 기억을 상기한다. '지금 · 여기 · 우리의 현실'이 담긴 작품에 가치를 부여하는, 별명이 '개연성의 신'인 최 교수와 타자와 세상에 귀를 막고 '네 말을' 하라는 유 교수가 바로 그들이다. 철저히 대조적인 두 교수의 문학관에는 당대 사회와의 연관성도 무시할 수 없다.

지난 1980년대의 문학적 파고는 부조리한 현실에 대한 비판과 저항으로 거셌다. 그것을 수행하기 위한 창작규율은 「개기일식」의 최 교수 언급대로 "삶의 저잣거리에 발을 붙이지 않은 모든 이야기는 나쁜 이야기"로 취급되기도 한 것이 사실이다. 당대의 문학적 윤리를 성취하기 위해 서사문학은 '<개연성 및 필연성>, <리얼리티>, <인과관계>'가 중시되는 리얼리즘 문학론의 자장 안에서 형성되는 편이었다. 그러나 베를린 장벽의 붕괴와 소련의 사회주의 노선 포기로 변화된 문학지형은 새로운 창작방법론의 모색을 불러왔다. 이제 최 교수의 노선은, 문학적 대상을 "선택하고 생략하고 확대하여 변형시키는 작업"으로 대체되어 급기야 '왜곡이야말로 예술의 본질'이라는 언술을 새롭게 유행시킨다. 문학장에서는 이전의 지배적 창작관이 방기되고 개인의 일상사나 내면, 분출하는 상상력으로 창작된 작품들이 세를 형성하게 되는 것이다. 그런 방식으로 창작에 임하는 작가들은 현실의 반영이나 독자와의 소통대신 자기만의 세계를 구축하는 데에 보다 진력한다.[10] 이처럼 세상의 평가에 귀를 막고 자신만의 독자적인 목소리로 작품을 쓰는 것이 중요하다는 유 교수의 확신은 이전 시대와 변별되는 1990년대 이후의 한 창작방법론이라 할 수 있다.

이렇게 상이한 문학관을 지닌 두 교수 수하에서 성범수는 창작 수련을 했다. 그 과정에서 그는 스승에 도발과 저항도 하고 혼란을 겪기도 한다. 하지만 결국에는 그런 도정이 있었기에 성범수는 작가로 굳건히

10) 「개기일식」에서 최 교수는 강고한 리얼리즘의 작법에 충실한 인물로 그려진다. 이에 반하여 유 교수는 시대와 독자에 무관하게 자신만의 작품세계를 축조하는 작가로 묘사되는데, 이는 그를 부르디외가 논한 '제한생산의 하위장(sous-champ de production restreinte)'에 속한 작가로 볼 수 있게 한다. 이런 유의 작가는 '내적 위계화의 원칙(principe de hiérachisation interne)'을 고수하여 외부의 시선을 무시하고 자기 자신과 소수 동료작가들과만 문학적 소통을 한다. 일반대중의 서사적 요구에도 무관심해 이 계열의 작가는 문학적 권력이나 금전적 이익 추구에 무관심하다. 부르디외의 논의에 관해서는 현택수, 「문학예술의 사회적 생산」, 『문화와 권력』(현택수 엮음), 나남출판, 1998, 26－29쪽 참조.

설 수 있었다고 믿는다. 이 작품의 마지막 문장인 "멀리 돌아 마침내 여기까지 왔다"는 성범수가 지난 시절의 고단했던 문학적 수련 끝에 도달한 현재를 수긍하는 언급이다. 실제 그 길을 돌아 작가는 나름의 창작 스타일을 확립한다. 이는 두 교수의 지도를 바탕으로 자신만의 방법론을 개진한 결과인데 가치있는 작품에 대한 박형서의 최종적 판단은 다음과 같다.

> 우선 봐줄 만큼 흥미로워야 한다. 다음으로는 앞뒤가 그럴 듯해야 한다. 마지막으로는 우리의 본성에 관해 의미심장해야 한다.
>
> ―「개기일식」, 『이효석문학상 수상작품집2016』, 345쪽

위의 인용문은 창작에 관한 박형서의 현재 입장으로 읽힌다. 이것으로 보자면 이후에 전개될 작가의 작품세계 변모가능성을 조심스럽게 예측할 수 있다. 이제까지 그가 「개기일식」의 유 교수 관점에서 창작에 임한 바가 크다면, 앞으로는 최 교수의 창작관에도 보다 관심을 기울여 자신의 작품에 투영시킬 가능성이 높아 보이는 것이다.[11]

이러한 원칙으로 창작에 매진하고자 하는 박형서는 그러나 작품 속 사연청 친구가 행하는 진부한 작업 방식은 여전히 경멸한다. 사연청의 엘리트 작가들 짓거리는 비윤리적이고 상투적이다. 그들은 위중한 시국에 대중들이 현실을 외면하게 할 이야깃거리를 만들어내는 데에 급

---

11) 2016년 <이효석문학상> 심사위원장인 오정희는 「개기일식」이 박형서 소설의 변모를 감지하게 하는 작품이라 평했다. 다만 변모할 지점에 대한 구체적 언급이 없어, 아마도 박형서의 이후 작품세계가 소설의 개연성 확보와 현실이 반영된 심오한 인간학으로 변화할 가능성을 의미하는 것이 아닐까 추측하게 한다.

급하다. 그들은 대중을 유혹할 서사의 '다소 자극적인 도입부', '감동의 대역전극'이라는 결말, "근거도 철학도 없이 무작정 아무개를 행복하게 만드는" 해피엔딩과 같은 통속적 구성에 열중할 뿐이다.[12] 여기에 예술성이 싹틀 여지는 없다. 그것을 거부하고 나름의 원칙으로 창작에 전념하는 것이 진정한 작가의 길이라는 것을 박형서는 「개기일식」에서 선연하게 드러내고 있다. 이는 박형서가 「어떤 고요」에서 말한 '다르게 쓰기'의 의지와 상통하는 바이기도 하다.

3. 논문쓰기와 논쟁의 작품화를 통한 소설의 외연 확장

전통적 관점에서 문학작품은 언어로 작가가 상상력을 동원해 자신의 사상과 감정을 표현한 예술품으로 정의할 수 있다. 작가가 고통스럽게 창작한 결과물이 아직 독자에게 텍스트로 전이되기 전까지, 작품은 저자의 의도와 색채가 외부의 아무런 간섭 없이 독립적으로 유지된다. 독자와 평자의 독해와 언술이 개입되기 이전, 작품에는 작가가 의도한 주제, 세계관, 문체, 문채(figure) 등이 생생하게 살아 있다. 문학 작품은 다양한 해석을 기다리는 하나의 잠재태로서 존재하는 것이다.[13] 그것

---

12) 이와 같은 통속적 구성의 소설은, 예술이라는 미명하에 대중을 호도할 뿐이라고 박형서는 보는 듯하다. 사연청 엘리트 작가들의 "단조롭고 반복적이며 예측할 수 있는 도식성"과 '도피주의'는 '다르게 쓰기'를 모토로 하고 있는 그가 가장 피하고자 하는 지점이다. 박형서가 「개기일식」에서 비난하는 사연청 직원들은 곧 이 시대의 동료, 선·후배 작가들의 진부한 작품에 대한 우회적 비판으로 들린다. 동시에 그는 이러한 비판을 통해 자신만의 '다르게 쓰기'를 보다 철저히 고수하겠다는 다짐을 보여주는 듯하다. 통속성의 주제, 대상, 기능적 측면에 대해서는 박성봉, 『대중예술의 미학』, 동연, 2001, 186쪽.

을 위해 작가는 내면의 표현 욕구를 독창적이고 감각적인 방법으로 형상화하고자 분투한다. 이는 동서고금을 막론한 작가들의 숙명이기에, 「아르판」에서 그려진 대로 창작자들에게 "설령 그 길이 세상 모든 사람들이 걸어가는 반대쪽이라 할지라도, 초월에 대한 갈망은 주저 없이 직진의 발걸음을 내딛"게 한다.

작품에서 언급한 '초월에 대한 갈망'은 현실적 삶에 대한 초월을 의미하지 않는다. 이때의 초월은 남과 비슷한 작품으로부터의 벗어남을 의미하는데, 이것은 박형서가 널리 공포한 바 있는 '다르게 쓰기'에의 욕구와 일치한다. 그러나 작가가 열망하는 기존의 작품들과 '다르게 쓰기'는 어느 날 갑자기 창조되는 것이 아니다. 성경의 한 구절대로 "하늘 아래 새로운 것은 없다." 또 포스트모더니스트들의 주장처럼 모든 텍스트들은 이미 창작된 이전의 다른 텍스트들과 상호 연관성을 맺고 있다. 새롭게 창출된 텍스트들은 「아르판」 화자의 언급대로 "모든 창조는 기존의 견해에 대한 각주와 수정을 통해 나"오는 것이다. 어쩌면 그렇게 생산된 무엇을 자신의 것이라 우기는 일, 그것이 곧 창작인데 박형서는 그것을 논문쓰기와 논쟁의 방식을 활용해 '인문학적 관념'을 투영시킨다. 그 일단은 우선 「「사랑 손님과 어머니」의 음란성 연구」에서 확인이 가능하다.

---

13) 저자만의 기의(signifié)로 닫혀 있는 개인적 작품이 독자들에게 전달되어 새롭고 다양한 의미를 생산하고 유희를 느끼게 하는 텍스트로 전이된다고 본 논자는 롤랑 바르트이다. 이후 그의 논의는 후기구조주의자들에게 계승되어, 텍스트는 기호(sign)의 무한한 놀이를 통해 의미를 산출하는 모든 담론이라는 의미로 그 정의가 확장된다. 이에 대해서는 Roland Barthes, 『텍스트의 즐거움』(김희영 옮김), 동문선, 2002, 37－47쪽과 Joseph Childers · Gary Hentzi, 『현대 문학 · 문화 비평 용어사전』(황종연 옮김), 문학동네, 1999, 419쪽 참조.

박형서는 이 작품을 "논문 형식에 충실한 일종의 패러디"로 규정하고 "설득하는 논문의 형식을 극단적으로 차용"했다고 밝힌다.[14] 논문은 서론-본론-결론의 구성으로 자신이 주장하는 바를 논증해 독자를 설득하는 학술적 글쓰기 방식이다. 여기에는 제목, 목차, 본문, 주석, 참고문헌, 그리고 초록이 필요하다. 특히 주석은 인용 출처를 밝히고 논지의 부연·상술과 새로운 문제제기를 위해 사용된다. 소설 작품에도 위의 목적으로 주석이 사용된 예는 간혹 발견된다. 그러나 소설이 논문의 형식으로 완벽하게 구현되어 서사가 진행된 「「사랑 손님과 어머니」의 음란성 연구」는, 본격적인 '논문형 소설'로 박형서의 '다르게 쓰기'가 극단적으로 실행된 사례로 거론하기에 적합하다.[15]

작품의 제목에 부합되게 이 소설은 주요섭의 「사랑 손님과 어머니」에 내장된 음란성을 구명하는 것을 목적으로 한다. 이 작품은 논문의 3단 구성, 서론-본론-결론의 형식을 띠고 있다. 서론의 각 절에는 학위논문과 같이 문제제기-연구사 검토와 같은 항목이 배치되어 있다. 그리고 소설은 핵심 키워드 '달걀'을 중심으로 논의를 진전시켜 「사랑

14) 박형서, 「작가의 말」, 『자정의 픽션』, 문학과지성사, 2007, 279쪽.

15) 함정임은 최근의 한국소설에 나타난 라틴아메리카 소설 경향을 분석하며 보르헤스의 『픽션들』을 거론한다. 그는 보르헤스에게 의미하는 픽션이 "거대한 역사를 한마디로 정의하는 '코멘트'이고, 한 문장으로 요약한 사건을 길게 부연하는 각주, 곧 주석"이라고 규정한다. 그러면서 그는 보르헤스의 「허버트 퀘인의 작품에 대한 연구」에 나오는 도표와 가짜 주석이 "모든 소설의 논리를 강화하기 위한 하나의 형식적 실험"으로 본다. 함정임은 보르헤스의 영향을 받은 박형서가 「「사랑 손님과 어머니」의 음란성 연구」의 도표를 "작품의 주제(곧 음란성)를 보다 집약적으로 보여주기 위한 장치"로 활용하고, 주석을 통해서는 "서사 내용을 무력화시키며 현재의 주석을 의심하게 만드는 반전의 여지를 내장"하게 하는 효과를 거두고 있다고 본다. 함정임, 「21세기 한국 소설의 라틴아메리카 소설 경향」, 『비교문화연구』 제25집, 서울대학교 비교문화연구소, 2011. 12, 329-330쪽 참조.

손님과 어머니」가 과거의 전통적 해석과 달리 "성교를 중심으로 세계의 원리와 끝없는 갱신을 해명하고자 한 알레고리(Allegory)" 소설임을 밝힌다. 나름의 치밀한 논증 과정에서 작가는 엉뚱하고도 도발적인 상상력을 발휘해 텍스트 해석의 새로운 재미를 선사한다.

논증 과정에 등장하는 국내외의 다양한 작가 작품들과 비평이론은 이 작품이 실제논문과 같다는 진지함을 전해준다. 그런 한편으로 연구자가 참고한 자료들은 실제와 작가가 거짓으로 지어낸 것들이 혼재하는데, 그것들은 각주 처리되어 독자들에게 진위 여부에 혼동을 준다. 가령 작품 각주 10)의 시몬 레야핀의 「다락의 기원」 같은 글은 실제 존재하는 학술적 논문일 것만 같다. 그러나 각주 15)에서 유진용의 『알의 기원』을 인용하며, 연구자가 저자에게 "나이도 지긋하신 분이 왜 이런 헛소리나 하고 자빠졌는지 이유를 모르겠다"거나 옥희가 자라 '여섯 살'이 되었다는 것에 붙인 각주21)의, 옥희에게 '세월이 흘렀다'내지는 '남자를 받아들일 준비가 되었다'는 식의 해석은 이 글이 논문인가 하는 신빙성을 의심하게 하는 부분이다. 그럼에도 불구하고 소설 속 다음의 도표는 함정임의 언급대로 "작품의 주제를 집약적으로 보여주"는 동시에 이 작품을 논문으로 보이게끔 하는 착각을 주기도 한다.

[표 1]

표면적 사건	심층적 의미
어머니가 사랑손님에게 달걀을 줌	사랑손님에게 정액의 생산과 사출을 요구함
사랑손님이 자신의 달걀을 옥희에게 줌	사랑손님이 옥희에게 정액을 발사함

이처럼 박형서는 논문 쓰기의 전 과정을 보여주는 방식으로 작품을 완성한다. 박형서의 이러한 작업을 간과할 수 없는 까닭은 그의 시도가

단순히 실험을 위한 실험에 머무르지 않는다는 데에 있다. 이 작품에는 작가가 고심해 구축한 지적조작의 흔적이 역력하고 그것은 소설에 대한 독자나 평자의 관습적 인식에 충격을 준다. 그가 이런 방법론을 도입한 연유에는 분명 나름의 의도가 있을 터인데, 이는 전통적 소설의 형식적 측면을 비틀고 패러디해 탈장르화하고 기존의 소설 영역을 확장하려던 것으로 보인다. 이러한 그의 작업은 포스트모더니스트들이 소설의 탈장르화 실험에 매진했던 일들을 연상시키는 것이다.[16]

「논쟁의 기술」 또한 인문학적 의미가 충만한 소설이다. 논쟁은 하나의 현상에 이견을 지닌 자들이 자신의 주장을 개진하여 상대방을 설득시키는 말하기 방식이다. 그렇기에 논쟁에는 양자간의 치열한 설전이 오갈 수밖에 없는데 이는 학문의 영역에서도 마찬가지이다. 특히 명확한 해답과 결론이 도출되는 이공계열과 달리, 인문학적 담론에 관한 논쟁에는 오히려 결론보다 논의의 과정에 의미가 더 큰 경우도 많다. 대학 사회나 학회의 학술대회 같은 곳에서의 학술 토론이 그러하다.

'인문학 교실'에서 실력을 연마한 박형서 역시 그러한 과정을 필수적으로 겪었을 터이다. 작가는 그 논쟁의 과정을 소설화한다. 쟁론의 말하기 방식 즉 구어를 문장으로 소설화하기, '구어의 소설화'는 이전의 대화로만 이루어진 소설들에서 확인할 수 있다. 그런데 이 작품에는 논쟁으로 소설이 진행되는 터라 논자들 나름의 치밀한 논리가 전제되어

16) 김욱동은 포스트모더니즘 소설의 탈장르화, 혹은 장르 확산이 ① 장편소설과 단편소설의 장벽 붕괴 ② 시와 소설의 경계가 유동적 ③ 소설과 비문학 장르나 비예술 장르와 맺는 관련성 ④ 창작과 비평 사이의 연관성 ⑤ 창작과 학문의 영역 교합으로 나타나고 있다고 제시한다. 포스트모더니스트들의 소설의 탈장르화에 대한 논의는 김욱동, 『포스트모더니즘의 이론』, 민음사, 1994, 319－354쪽.

야 한다. 하지만 이 작품에서 두 교수는 자신들이 공부하고 연구한 지식을 바탕으로 진지한 지적 토론을 펼치기보다, 오로지 상대방을 제압하기 위한 목적으로 야비한 술수까지 동원한다. 그들 각자는 비록 치졸하더라도 나름의 논리적 토대를 바탕으로 논쟁을 벌인다.

교수인 그들 저마다의 논쟁 사술(邪術), '은근히 겁주기, 무시하기, 말허리 자르기, 괴상한 어법, 막나가기' 등등은 이 논쟁이 지적 토론이 아님을 단적으로 보여준다. 그들에게는 오로지 승리만이 목적인데 이는 플라톤의 『에우튀데모스(Euthydemos)』에 등장하는 소피스테스들의 말장난 같은 궤변을 연상시킨다. 플라톤이 경멸한 소피스테스들은 사이비 쟁론술로 언어의 다의성과 궤변, 말장난 등을 악용해 논쟁 상대자와 대중들을 현혹했다.[17] 당시의 소피스테스들처럼 「논쟁의 기술」 인물들 역시 논쟁이라는 명분하에 현란한 말의 향연을 펼친다. 박형서는 오직 논쟁에 승리하려는 두 논자들의 저열한 심리적 궤적을 놓치지 않고 따라잡으며, 이 글이 소설임을 독자에게 상기시킨다.

> 내 의도를 알아차렸는지, 현교수가 이마를 찡그리며 치사하게 굴지 말라는 표정을 지었다. 맞다. 사실 딴청 부리기는 논쟁을 코미디로 만들어버리는, 승자와 패자의 구분조차 무의미하게 만들어버리는 고약한 술수다. 하지만 논쟁에서 치사하지 않은 것이 어디 있는가 말이다. 방금 전에 현교수 자신도 괴상한 어법을 동원하는 치사한 짓을 하지 않았던가.
>
> — 「논쟁의 기술」, 『자정의 픽션』, 38쪽

---

17) 이에 대해서는 Platon, 『에우튀데모스』(김주일 옮김), 이제이북스, 2008.

이 작품에서 결국 논쟁의 패자는 상대를 살해한다. 작품에서 패자가 된 화자는 자기도 모르는 사이 현교수를 죽이고 마는 것이다. 작가는 이 장면을 갑옷을 입은 구 척 장수가 칼날을 휘둘러 현교수를 죽인다는 식의 환상적인 장면 처리를 하지만, 그 함의는 논쟁에 져 지적 열패감에 사로잡힌 화자의 치졸한 복수극에 불과한 것이다. 경위야 어떻든 패배를 인정하지 않는 학자들의 세계, 그것은 곧 수준 높은 학술적 토론의 과정보다 승패에만 집착하는 오늘날 지식인 사회의 풍경과 크게 다르지 않아 보인다.

박형서는 논문쓰기와 학술토론이라는, 강단 지식인 사회의 전유적 특권이자 의무를 통해 오늘날의 지식인 사회를 비판·풍자한다. 작가가 비판하는 것은 과거 지식인들의 필수조건인 현실참여 의지나 점차 몰락해가는 지식인의 위상에 관한 것이 아니다. 거대서사와 계몽적 이성이 위력을 상실하고 무지로 부당한 대접을 받을 필요가 없는 사회로 변모하는 현실에서 더 이상 지식인이 한 시대의 사표가 될 수 는 없다.[18] 대신 작가는 논문쓰기와 학술 토론의 소설화를 통해 지식인의 무능한 관념성과 현학성, 그리고 치졸한 승부욕 등을 통렬히 비꼰다. 그것은 역설적으로 이 시대 지식인의 정합한 윤리를 촉구하는 것이기도 하다.

이와 함께 작가 나름의 '다르게 쓰기'를 통한 소설의 형식 실험이나 외연 확장에의 노력은 박형서 소설세계의 한 축을 구축하는 데에 일조하고 있다.

---

18) Jean-François Lyotard, 『지식인의 종언』(이현복 편역), 문예출판사, 1993, 218－229쪽.

4. 일반독자와의 교감, 전문독자에 대한 비판과 조롱

범박하게 독자는 일반독자와 전문독자로 양분된다. 그들은 모두 작가가 생산한 문학 텍스트의 수신자라는 공통점이 있는데 양자의 수용방식에는 차이가 있다. 단순히 문학작품을 사랑하고 작가를 흠모하는 일반독자와 달리, 전문독자는 문학작품을 비판적으로 분석하여 나름의 가치평가를 내리는 역할을 담당한다. 그들은 문학에 관한 전문지식을 활용해 비평적 글이나 논문을 발표하기도 한다. 당연히 그들 사이에는 문학 텍스트에 대한 깊이있는 이해도와 작가에게 발휘하는 권위의 차이가 있다.

롤랑 바르트의 에세이 「저자의 죽음」은 해석의 과정이 작품에 대한 저자의 의도가 중심이었던 이전에 비해, 독자에게로 이전되었음을 확인해준다.[19] 독자반응비평 역시 텍스트 수용방식이 독서과정에 주목해 이루어지고 있음을 전한다. 이때 텍스트에 대한 무한 해석의 가능성은 열려 있다. 물론 이 방법에는 개별 작품에 대한 객관적 가치평가에 어려움을 야기한다는 문제점이 있다. 또한 대개의 일반독자가 작가를 선호하는 방식이 전문적 식견에 기반하지 않는다는 문제점도 있다. 그들은 작품 고유의 예술성에 도취되어 작가와 작품을 애호한다기보다는, 상업적 판매도와 작가의 명성, 매스컴의 보도 등에 휘둘리기 쉬운 것이다. 그럼에도 불구하고 바르트나 독자반응비평의 방식이 작품 해석의 주체로 독자를 존중한다는 사실만큼은 분명하다.

「아르판」에는 부르디외가 논한 '내적 위계화의 원칙'이 적용되는 '제

19) Roland Barthes, 앞의 책, 27－35쪽.

한생산의 하위장'에서 활동하는 제3세계 국가의 작가 아르판이 등장한다. 태국과 미안마 접경 고산지대의 '와카' 마을에 거주하며 한국의 <제3세계 작가축제>에 참석중인 아르판은 문학강연 후 판매된 책이 고작 일곱 권에 불과한 작가이다. "세상에서 고작 이백여 명이 말하고 예닐곱 명이 읽는 와카의 문자로 소설을" 쓰기에 이방의 독자들이 그의 작품에 관심을 갖기란 사실상 어려운 일이기도 하다. 이에 비해 아르판을 초대하고 함께 조를 이뤄 문학강연에 참석한 나의 작품집 『자정의 픽션』은 꽤 많은 판매고를 올렸다. 비록 "문학이라는 이름 아래 부수적으로 따라붙는 이런저런 행사들, 이를테면 순회강연이나 사인회 등이 필요악이라 생각"했음에도 작품의 화자인 내가 출판사나 독자와의 이해관계를 무시하기는 어려운 것이다.

이런 문학의 외적 환경에 소설가 화자 나는 자유롭지 못하다. 그런 쪽에 끌려 다니지 않으려 해도 업계와 독자들은 '외적 위계화의 원칙(principe de hiérachisation externe)'이 지배하는 '대량생산의 하위장(sous-champ de grande production)'으로 작가를 유도한다.[20] 「아르판」의 내가 아르판을 초청한 것이 '대량생산의 하위장'으로 추락하는 문학판에 대한 내밀한 저항이라고 밝히고 있으나, 그런 소극적 대항이 상업적으로 변해가는 시장의 상황을 제어하기는 어렵다. 이런 한국적 정황에 아르판은 놀라 다음과 같은 질문을 던지는 것이 당연하고, 그에 대한 화자의 생각은 작가-일반독자와의 관계를 직접적으로 함축한다.

---

20) 이는 앞에서 부르디외가 언급한 '제한생산의 하위장'과 '내적 위계화의 원칙'과 반대되는 개념이다. 즉 '외적 위계화의 원칙' 하에 '대량생산의 하위장'이 적용되는 문학장에서 작가는 작품의 자율성을 고수하기보다 사회적 평판과 상업적 성공에 좌우되어 대중과의 밀착관계를 유지하게 된다. 현택수, 앞의 글, 같은 쪽.

"그나저나, 당신은 대체 어떤 소설을 썼기에 사람들이 그렇게 좋아하나요?"

바로 그 질문이 나오길 기다리고 있었다. 많은 사람들이 좋아한다는 건 소통이 잘 된다는 뜻이다. 그리고 소통이란 모든 작가들의 영원한 화두다—사인회에 길게 늘어선 독자들과의 소통이건, 혹은 창 하나를 사이에 둔 내밀한 소통이건.

—「아르판」, 『끄라비』, 60쪽

나의 답변은 부르디외 식의 위계화 원칙이나 장의 개념에 크게 개의치 않는 듯한 인상을 준다. 하지만 나는 어떤 식으로든 작가—일반독자 사이에는 소통이 필요하다는 입장이고, 그런 점에서 「아르판」의 화자는 '대량생산의 하위장'을 수긍하는 쪽에 속하는 인물이다. 박형서가 '이야기꾼'으로 세간에 회자되고 작가 역시 "이야기란 재미있어야 한다고 믿"으며 "일단 재미가 있어야 이야기를 전달하건 말건 그다음 단계로 넘어갈 수 있"[21]다고 공언하는 것은 모두 독자 대중과의 소통을 염두에 둔 결과이다. 이야기의 재미에 대한 집착은 박형서에게 서사의 전달 방식에 고심하게 한다. 하여 작가는 어떤 이야기를 특이하고도 원활하게 소통하기 위한 방법론 모색을 위해 새로운 방식을 도입하고 차용하는 것이다. 박형서의 이와 같은 고투는 작가에게 간혹 "상상과 망상의 세계 혹은 무중력 공간으로 이탈하고, 해석의 가능성을 거절하며, 의미 혹은 전통적 주제의식을 결여"[22]한다는 평가를 받게 하는 제일의 원인이 된다.

---

21) 손보미, 앞의 글, 57쪽.

22) 박수현, 앞의 글, 424—425쪽.

박형서는 이러한 소설관, 혹은 창작관의 고수를 위해 전문독자들의 평에 크게 휘둘리지 않는다. 넓은 범주에서 문필업에 종사하는 동업 전문독자들인 작가나 비평가들의 평은 일반적으로 창작자들에게 적지 않은 중압감을 주는 것이 사실이다. 특히 텍스트를 정밀하게 분석·음미하고 그것의 가치평가를 하는 비평가들의 영향력은 크다. 그들은 작품 평가의 내공을 쌓기 위해 어마어마한 독서를 한다. 또 텍스트를 분석할 이론적 틀을 연마하기 위해 대체로 대학원에 진학해 학위를 받는다. 아울러 대학에서 학생들을 가르치며 자신의 지식과 연구를 심화시킨다. 작가의 입장에서는 그런 비평가들에게 고평을 받기가 녹록하지 않은 일이다. 그럼에도 작가와 비평가의 관계는 상보적일 수밖에 없다. 작가가 힘들게 써낸 작품을, 따뜻한 애정과 관심으로 섬밀하게 읽은 비평가의 격려와 조언은 작가에게 위안이 된다. 그런 이상적인 관계의 형성은 차기작에 반영되어 작가 작품의 질적 상승에 기여하기도 하는 것이다.[23]

그러나 박형서는 「「사랑 손님과 어머니」의 음란성 연구」를 의도적

---

23) 물론 작가와 평론가의 관계가 늘 긍정적으로 작동하지만은 않는다. 동종 업종에 종사하는 그들은 이래저래 자리를 함께할 경우가 많고, 그 안에서 자연스럽게 인간관계가 형성되어 작품에 냉철하게 작동되어야 할 잣대를 흐리게 하기도 한다. 여기에 학연, 지연 등으로 얽혀 '우리가 남이가'의 정서로 흐르게 되면 엄정한 작품 분별력은 상실되기 쉽다. 또 출판사와 연을 맺고 있는 평론가라면 책의 판매 전략에도 신경을 쓰지 않을 수 없다. 자신이 관여하는 출판사에서 출간한 책에 부실한 작품이라는 딱지를 붙이기는 쉽지 않은 노릇인 것이다. 2000년대 초반 소장 평론가들이 제기한 '주례사 비평' 논쟁은 일부 평론가들이 친분, 문학권력, 자본과 결탁해 작가의 텍스트 해석에 부정적인 영향을 끼치고 있는 점을 여실히 확인시켜준 바가 있다. 이에 대해서는 강준만·권성우, 『문학권력』, 개마고원, 2001 참조.

으로 '음란성'으로 연계하며 한국소설사의 비평적 위계에 이의제기를 한다. 서정성 짙은 「사랑 손님과 어머니」의 전통적 해석에 저항하는 그의 의도에는, 기존에 평가된 우리 소설들이 어쩌면 비평가들의 '해석의 오류'에서 비롯된 것일 수도 있음을 고발한다. 「「사랑 손님과 어머니」의 음란성 연구」에서 모모한 비평가들에 대한 의도적 무시는 곧 비평적 권위에 대한 폄훼인데, 가령 작품에 등장하는 김치원은 "가금류의 뇌를 가진 비평가이며 문장은 흑사병 수준"으로 폄하되고, 이팔오는 작품분석에 수식만 요란했을 뿐 정작 그것의 의미는 "겸손하게도 차후의 과제"로 미뤄놓았다고 조롱을 당한다. 뿐만 아니라 작가는 문학작품의 해석이 도식적인 문예비평론의 틀에 얽매여 있는 점도 가차 없이 비판한다. 특정한 '…주의(ism)'만으로는 작품의 전체적 양상을 파악할 수 없다는 것이다. 그것은 이 작품에서 역사주의, 형식주의, 구조주의비평으로는 '달걀'이 내재한 심원한 의미를 파악할 수 없다는 실례로 나타난다.

「사랑 손님과 어머니」의 음란성 연구」에서 비평가들은 '시대적 · 문화적 선입견'으로 작품을 제대로 파악하지 못하는 경우가 있고 '표면에 드러난 줄거리와 몇몇 묘사에 집착'하여 작품의 전체적 의미망을 통찰하지 못하는 우를 범하기도 한다. 그럼에도 '이론과 학술'을 무기로 그들은 자신의 권위를 작가의 작품에 행사하며 엘리트주의의 기득권을 유지시킨다. 이 작품이 「사랑 손님과 어머니」에 대한 논문 형식으로 씌어진 것도 '논문중심주의'로 모든 것이 평가되는 대학사회를 비판하려는 작가의 의도로 읽힌다. 이는 곧 전문독자들에 대한 조롱에서 대학으로 대표되는 지식인사회에 대한 통렬한 비판이라 할 수 있다.

5. '(인)문학 교실' 학습자가 살핀 문학장

박형서는 학부와 대학원에서 문학도의 교과 과정을 이수한 현역 작가이자 교수로 활동하고 있다. 오랜 기간 '(인)문학 교실'에서 학습하고 이후 교수자로서 경험한 이력은 작가에게 문학장 전반에 걸친 내용을 작품화하는 데에 유리한 상황을 마련해주었다.

그 중 본고에서 논한 박형서 소설에 나타난 문학장의 다양한 측면과 강단 지식인 사회의 모습은 어쩌면 그가 가장 잘 쓸 수 있는 주제일 수도 있다. 이는 작가가 오랜 기간 현장에서 학습하고 교수한 내용이기에 그렇다. 그 점을 바탕으로 박형서는 창작의 비의와 고통, 한 작가의 문학적 성장과정, 작품과 독자와의 문제, 창작 교수자로서의 방법론과 고충, 논문쓰기와 토론 과정의 소설화, 교수와 비평가로 대표되는 지식인 사회의 허울 비판 등을 살핀다.

박형서가 '(인)문학 교실'에서 부단히 수련한 결실은 꼭 전공자들만의 몫은 아닐 것이다. 비(인)문학 전공자들이 우리의 소설계를 풍성하게 하고 있다는 사실에는 당연히 이론의 여지가 없다. 그들 역시 나름의 방식으로 문학을 탐구하여 창작의 길에 들어섰을 것이고, 또 대학이나 창작교실 등에서 강의를 하고 있기도 할 터이다. 그러나 대학과 대학원이라는 제도권에서 보다 오랜 시간 깊이있게 문학에 고구하고, 창작과 교수를 겸하며 문학장을 살핀 박형서의 소설적 탐색은 현 시기 우리의 문학장 전반을 성실하게 살펴봤다는 가치를 지닌다. 그의 이러한 작업은 우리 문학장 내·외부에서 활동하는 종사자들에게 현실의 고찰과 성찰의 계기를 제공했다는 측면에서도 의미가 크다고 하겠다.

5
소설과 소설가에 대한 이모저모

1. 왜 쓰는가

예전에 열화당에서 출간된 『「나는 왜 문학을 하는가」 우리 시대 문학가 일흔한 명이 말하는…』이란 긴 제목의 책을 읽었던 기억이 떠오른다. 그 책에는 당시로서는 젊은 소설가 김연수에서부터 한국 문단의 거목 이청준에 이르기까지 세대를 초월한 작가들의 문학하는 이유가 진솔하게 나와 있다. 저마다의 다양한 고백에 고개가 절로 수그러졌는데, 윤흥길의 대답 중에 나오는 구절이 인상적이었던 터라 옮겨본다,

> 오래 전에 똑 같은 질문을 받은 적이 있다.
> '당신은 왜 문학을 하는가?'
> 1980년대 초에 프랑스의 『리베라시옹』이 창간 기념 특집으로 부록을 꾸미면서 각국의 사백여 문인들에게 던진 앙케트의 내용이다. 나중에 지상에 발표된 앙케트 결과는 다소 의외였다. 방귀깨나 뀌고 산다는, 존경받을 만한, 당대의 저명 문인들이 문학을 하는 이유가

예상했던 만큼 고상하거나 깊이 있는 내용이 아니었기 때문이다. 애인에게 잘 보이고 싶어서, 유명해지고 싶어서, 돈을 벌기 위해서 등등 상당수 문인들이 아주 현실적인 이유 때문에 문학을 한다고 답하고 있었다.[1](밑줄-인용자)

명망 있는 외국 작가들의 대답에 윤홍길은 "겨우 그 정도 알량한 이유로 문학에 임하면서 그것도 무슨 자랑이라도 떳떳이 밝히는가 싶어 처음에는 당혹스럽기도 했지만, 따지고 보면 맞는 말이기도 했다. 어쩌면 그쪽이 외려 더 솔직한 고백일지도 모른다"며 자신은 자기 존재를 세상에 증명하고 싶어 문학을 시작했다고 밝힌다.

저명 작가들의 글 쓰는 이유가 너무도 평범해 외려 독자가 당황스러울 지경이다. 그러나 사람마다 글을 쓰는 이유는 저마다 다를 터, 즉 이 세상의 작가에게 글 쓰는 이유를 물으면 그들의 수만큼 다른 답변이 나올 것이다. '왜 쓰는가'의 문제는 그토록 개인적이고 내밀한 것이기에 그렇다. 위의 책에 나온 몇 작가의 대답을 들어보아도 그것은 쉽사리 확인된다.

가령 김연수는 1968년 프랑스에서 학생운동이 극에 달했던 시절, 바리케이드 안쪽에 쓰인 낙서 가운데 'Ten days of happiness'를 거론하며, 문학을 하는 이유가 열흘 동안의 행복만으로도 충분하다고 말한다.[2] 또 배수아는 그 이유가 문학이 "혼자서 하는 작업"이고 "내면의 자유를 지향하는 일"이기 때문이라고 고백한다.[3] 이인성은 "역설적이지만, 나

1) 윤홍길, 「내 영혼의 빈 그릇을 채우기 위하여」, 『「나는 왜 문학을 하는가」 우리 시대 문학가 일흔 한 명이 말하는…』(한국일보 엮음), 열화당, 2004, 157쪽.
2) 김연수, 「Ten days of happiness」, 위의 책, 55쪽.
3) 배수아, 「엄격함에 사로잡힌 이유」, 위의 책, 117쪽.

는 그저, 내가 왜 문학을 하는지 모르기 때문에 언젠가는 알기 위해서 문학을 하는 듯싶다"[4]라는 알쏭달쏭한 말로 답을 대신했다.

몇몇 작가의 응답을 적었지만, 그 누구도 글을 쓰는 나름의 절박한 이유가 없겠는가? 그것을 작가들의 소설 속에서는 어떻게 드러나고 있는지를 살피는 것이 이 챕터의 목적이다. 작가들은 의식적으로, 혹은 무의식적으로 자신의 작품에 글을 쓰는 이유를 밝혀놓았다. 그것의 발견을 통해 독자는 작가의 내면에 한 걸음 더 다가갈 수 있을 터이다. 아울러 지금 소설을 쓰려 하는, 혹은 쓰고 있는 사람들에게는 자기점검의 시간이 될 수도 있을 것이다.

계속해서 최수철이 소설을 쓰는 이유는, 소설 쓰기 그 자체가 자신의 일상적 삶이기에 그렇다. 최수철에게 소설 쓰기란 "책을 읽고 사람을 만나고 그 사람들과 대화를 나누고, 그 과정에서 화두를 만들어 내고, 그리하여 그러한 존재행위의 전 과정이 자연스럽게 하나의 소설을 만들어 내는, 그러한 일상적 삶의 연장선상 같은 것"[5]이기에 특별히 '왜 쓰는가?'에 집착하지 않는다. 그에게는 소설 쓰기가 일상적 삶 그 자체이기에 특별히 그런 문제에 골몰할 필요조차 없는 것이 된다. 대신 그에게는 "소설을 왜 쓰기 시작했는가라기보다는 왜 계속 쓰는가"[6]가 더욱 중요한 문제이다. 최수철에게 소설을 쓰지 않는다는 것은 곧 일상적 삶의 붕괴와 마찬가지이기에, 지루하고 반복적이지만 소설 쓰기의 일상에서 벗어나기가 어렵다. 창작 동기보다 지속적인 소설 쓰기에 더욱

4) 이인성, 「자문자답」, 위의 책, 197쪽.
5) 최수철·김종회·한기 대담, 「최수철—역설, 암유, 새로운 형식실험과 반성적 글쓰기」, 『말·삶·글』(김정한 외 지음), 열음사, 1992, 360쪽.
6) 최수철, 『알몸과 육성』, 열음사, 1991, 13쪽.

방점을 두고 있는 작가의 언술은 다소 이질적인데, 이해 못 할 바는 아니다.

이에 비해 이승우의 답변은 고전적이다. 그래서인지 그의 대답에는 비장미가 흐르기까지 한다. 그는 세간에서 흔히 말하는 자기노출 본능 욕구 때문에 글을 쓴다는 말을 거부하고 대신, 자신을 위장하고 왜곡하기 위해 글을 쓴다고 본다. 『생의 이면』에서 박부길이 "가슴을 답답하게 가로막고 있는 그 무겁고 큰 덩어리를 어떻게든 떨어내고자 하는 욕망"[7]의 글쓰기는 곧 불행한 자신의 삶을 떨쳐버리고 싶어 하는 강한 의지와 다르지 않다.

최수철, 이승우와 비슷한 연배의 은희경은 한층 발랄한 대답을 내놓는다. 물론 그것이 진실이 아닐 수도 있겠지만. 아무튼 그의 대답은 다음과 같다.

> 소설을 왜 쓰냐는 질문에 이런 식으로 대답해왔다. ① 내가 누군지 알고나 살아야겠다는 생각에 ② 내 삶의 상투성에 넌더리가 나서 혹은 내가 하고 싶은 일을 하면서 살려고. 그 다음 말은 속으로만 중얼거렸다. ③ 신문광고를 보고 ④ 친구의 권유로.
>
> ③④번이 아니듯 ①②번 역시 정답이 아니었는지도 모른다. 가령 '어쩌다 보니'라든가 '재미있어서'가 더욱 진실에 가깝지 않았을까.[8]

신경숙이 『외딴방』에서 간절하게 토로한 소설 쓰기의 이유는 울림이 크다. 작가의 자전적 체험이 짙게 묻어나는 이 작품에서, 그는 낮에

---

7) 이승우, 『생의 이면』, 문이당, 2002, 293쪽.

8) 은희경, 「서문」, 『행복한 사람은 시계를 보지 않는다』, 창작과비평사, 1999, 7－8쪽.

는 회사 공원으로 일하고 밤에는 산업체 특별학급에서 공부하며 문학을 꿈꾸었다. 서울에서의 다양한, 그러나 힘겨웠던 체험은 글쓰기에의 욕망을 더욱 고취했고 마침내 그는 작가가 된다. 그런 그에게 글쓰기의 의미란 더욱 값지고 소중할 텐데 작가에게 글쓰기란 자신의 존재를 증명하는 유일한 방법이기에 그렇다. 하여 그에게 글쓰기란 자신의 전 존재를 거는 행위이다. 이때 그에게 '왜 쓰는가?' 하고 묻는 것은 별 의미가 없어 보인다. 글쓰기는 곧 그 자신이기 때문이다.

> 글쓰기, 내가 이토록 글쓰기에 마음을 매고 있는 것은, 이것으로만이, 나,라는 존재가 아무것도 아니라는 소외에서 벗어날 수 있다고 생각하기 때문은 아닌지.[9]

자신의 존재 이유를 증명할 수 있는 유일한 방식이 글쓰기인 것과 별반 다르지 않게, 배수아는 페터 한트케의 말을 인용하며 '왜 쓰는가?'에 대해 한 번 더 답한다. "단지 글을 쓰고 있을 때만이, 나는 비로소 내가 되며 진실로 집에 있는 듯이 느낀다."[10]

이 외에도 다양한 의견이 있는데, 장정일은 「개인기록」에서 문학이 직업이기에 쓴다고 한다. 직업을 가진 자는 당연히 수입이 있어야 한다. 그러나 시를 써서는 생계조차 위협받는다. 물론 소설을 쓴다고 해서 먹고사는 문제가 손쉽게 해결되는 것은 아니지만, 아무튼 시보다는 좀 나은 모양이다. 그가 시에서 소설, 희곡 등의 산문 장르로 옮겨간 이유 중 하나도 바로 거기에 있다. 또 천운영은 「젓가락여자」에 운동권

---

9) 신경숙, 『외딴방 1』, 문학동네, 1995, 16쪽.
10) 배수아, 『에세이스트의 책상』, 문학동네, 2003, 174쪽.

여학생을 등장시키는데, 그는 자타공인 차기 총여학생회장에 출마할 예정이었다. 그러던 중 돌연 "소설, 소설을 쓰겠다고. 다른 방식의 운동"11) 이 소설이라는 명분을 내걸고 글쓰기 전선에 뛰어든다.

저마다 사연도 각양각색이지만 나름의 어떤 절실함이 그들을 소설 쓰기로 이끈다는 공통점이 있다. 그 절실함은 '왜 쓰는가?'의 문제를 보다 진지하고 엄숙한 성지로 견인한다. 이에 비해 정말 어이없는 이유로 소설을 쓰는 이도 있으니, 그는 바로 박민규이다. 박민규의 글을 쓰는 이유에 정말이지 실소를 흘리지 않을 수 없다. 그의 견해를 들어보기로 하자.

> 심심하다. 정말 할 일이 없다. 아무리 생각해도 할 일을 떠올리지 못하다 나는 문득 '소설(小說)'을 떠올린다. 맞다 참, 그러고 보니 소설이란 게 있었지. 얼마나 심심했던지 나는 그때부터 부랴부랴 소설을 쓰기 시작한다.12)

이쯤이면 한동안 유행했던 말 그대로 '대략난감'이다. 소설을 쓰는 이유가 '심심해서라니……' 박민규의 우스갯소리 같은 언술의 파장은 그러나 작지 않은 듯하다. 소설 속의 상황이지만, 소설 창작 수업을 듣는 한 여학생이 바로 박민규와 같은 말을 거리낌없이 내뱉는다. 소설 합평 시간에 여교수의 칭찬에, 학생은 자신의 작품을 "쓰레기예요"라고 치부한다. 학생은 자신의 작품이 완전 창작이 아니라 여러 작가들의

---

11) 천운영, 「젓가락여자」, 『엄마도 아시다시피』, 문학과지성사, 2013, 94쪽.
12) 박민규, 「점점점点点点」, 『소설가로 산다는 것』(김훈 외 지음), 문학사상, 2013, 111쪽.

스타일과 구성을 짜깁기한 까닭에 그런 말을 했으나 여교수는 그에 격분해 외친다.

> "쓰레기를 왜 썼니? 그러면!"
> "그냥요."
> "그냥이 어딨어!"
> "심심해서요."
> "소설이 심심풀이야?"
> "왜 안되죠? 그러면!"[13)]

'왜 소설을 쓰는가?'의 절박했던 이유들이, 이제는 단지 '심심'해서 쓰는 여기 정도로 전락하고 만 것일까, 요즘은?

2. 소설작법은 배울 수 있는 것인가?

무라카미 하루키는 "'소설작법' 같은 것을 과연 대학교 강의실에서 배울 수 있는가' 하는 의견은 지나치게 일면적이라고 생각한다. 젊은 사람은 모든 것에서 무언가를 배워나가는 법이고, 그 장소가 대학교 강의실이라고 나쁠 건 없다"고 했다. 그래서일까, 오늘도 전국의 많은 국문과와 문예창작학과 학생들은 소설 이론과 작법을 공부하며 끙끙대고 있다. 그들의 강의실 풍경이 아스라하게 그려진다.

> 수업은 2학년 학생들을 대상으로 하는 <소설창작론2>였다. 발

---

13) 천운영, 「내가 쓴 것」, 『그녀의 눈물 사용법』, 창비, 2008, 167쪽.

> 표 학생이 써온 소설에 대해 토론하고 민 교수가 최종적으로 평가·정리하는 방식으로 진행되는 수업이었다. 중구난방, 좌충우돌, 종횡무진한 설전이 학생들 사이에서 벌어진다. 대개는 작품의 단점을 지적하는데 발표자에게는 그것이 커다란 자극제가 되었다. 그런 연유로 이 수업은 학생들의 참여도가 높았다. 열기가 너무 뜨거워 수업 후 발표 학생이 간혹 술에 곤죽이 되거나 토론자와 치고받는 불상사가 발생하기도 하지만, 이런 방식이 당사자에게 더할 나위 없는 약이 된다는 점은 기왕의 선배들이 입증했다.[14]

비록 지금은 대학이 취업학원으로 전락했지만, 그래도 국문과와 문예창작학과의 열렬 작가 지망생들은 여전히 위와 같은 방식으로 문학을 공부하고 있다. 이것뿐만이 아니다. 열정적인 교수는 학생들의 습작품을 날카로운 메스로 갈기갈기 찢어발기기도 한다. 그는 습작생에게 다음과 같은 모진 말로 상처를 주기도 한다.

> "소설은 울분을 토해내는 게 아니야. 냉정해져. 질척대지 말고. 자기연민 같은 건 버려. 자기변명도."
>
> "…… 한 세계를 제 몸에 받아들여 소화시킨 다음 다시 세상에 내놓는 것. 소설을 쓴다는 건 그런 거야. 내 안에 든 걸 그대로 토해내는 건 소설이 아니야. 절대로. 알겠니?"[15]

해마다 신춘문예와 문학지의 응모자 수는 증가 추세라 한다. 작가가 '황금알을 낳는 거위'가 아닌 것은 이미 널리 공인된 터, 그럼에도 불구

---

14) 김병덕, 「지식인의 언어생활」, 『지식인의 언어생활』, 자음과모음, 2012, 39쪽.
15) 천운영, 「내가 쓴 것」, 앞의 책, 162-163쪽.

하고 작가 지망생들의 수는 늘어만 가고 있다. 그들은 국문과나 문창과 강의실, 문화센터. 도서관의 창작교실, 아니면 몇몇 작가들에게의 사숙(私塾) 등의 경로로 문학에의 열망을 성취하기 위해 애를 쓰는데, 그 정경을 김솔의 「소설 작법」에서 확인할 수 있다.

"주로 중산층 인물들의 권태와 부조리한 윤리 의식을 고발하는데 지면을 많이 할애했던" 도메크라는 가명의 작가는 사설 강의실을 개설해 소설창작 지망자를 지도하고 있다. 그는 수강자들에게 "불멸하는 문학의 위대함과 작가로서의 고단한 삶과 평론가와 출판 편집자들의 무능"을 늘 역설한다. 작가 등용문을 통과하지 못한, 그래서 콤플렉스로 잔뜩 주눅이 든 수강생들은 아직 자신의 존재감을 드러내기에는 턱없이 부족하다. 다만 그들에게는 등단이라는 관문을 거쳐, 어서 빨리 유명한 작가로 발돋움하기만을 간절히 바랄 따름이다. 그들의 정체성이 작품에는 다음과 같이 그려져 있다.

> 강의실엔 이미 스무 명가량의 사람들이 앉아 있었다. 하나같이 나이와 성별이 모호한 그들은 독자의 역할을 대사 없이 사라지는 단역배우 정도로 여기고, 스스로 작가가 되어 자신들이 읽고 싶은 이야기들을 글로 퍼뜨리기 위한 공인 자격증을 얻으려고 모여들었다. (중략) 하지만 우리 앞에는 형형한 혁명가의 광채를 지닌 자들 대신 갖가지 콤플렉스로 고통을 받고 있는 사회 부적격자들만이 서로를 경계하며 사시나무처럼 앉아 있었을 따름이다.[16]

---

16) 김솔, 「소설 작법」, 『제3회 웹진문지문학상 수상작품집』(김솔 외 지음), 문학과지성사, 2013, 36쪽.

또 누군가는 골방에 틀어박혀 홀로 소설을 공부하고 있을지 모른다. 작가를 갈망하지만 그것을 타인에게 드러내지는 않고 은밀히 "누구보다 열심히 읽고 쓰는"[17] 습작생의 주요한 무기 중 하나는 소설작법 책이다. 시중에 나와 있는 작법서를 총망라해, 방구석에 쌓아두고 읽기와 쓰기를 반복한다. 이제 그의 머리에는 수많은 저자들의 소설작법론이 차곡차곡 저장되어 있다. 수다한 작법론을 차용하고 조립하여 그는 언제든지 한 편의 작품을 만들 수도 있다. 능수능란한 소설창작 기계가 되었으나, 그럼에도 그의 마음 한 구석은 늘 불안하다. 그 불안의 정체는 무엇일까?

> 원인을 찾는 건 그렇게 어렵지 않았어. 나의 불안은 다름 아닌, 내가 서점에서 구할 수 있는 온갖 작법 책을 다 읽어치웠다는 것, 그리고 나처럼 언 방에 웅크리고 있을 다른 무명작가들도, 내가 읽은 소설 작법을 다 읽었으며, 내가 알고 있는 것을 다 깨우치고 있다는 것.[18]

문제는 예술작품의 필수요소인 참신성과 작가의 개성이 묻어나지 않는다는 것. 마치 소설 공장에서 일정한 공정을 거쳐 제작된 몰개성한 작품의 산출로는 예술품의 가치를 지닐 수 없다는 강박으로 불안이 표출된 것이다. 이와 같은 기성품에 부족한 2%가 무엇인지는 정확히 알 수 없다. 하지만 아무튼 조립된 작품으로는 예술적 향취를 방향하기

17) 구경미, 「은자와 함께」, 『게으름을 죽여라』, 문학동네, 2009, 187쪽.
18) 장정일, 「'소설 작법 책'에 대한 근본적인 의문」, 『작가가 작가에게』(James Scott Bell 지음, 한유주 옮김), 정은문고, 2011, 9쪽.

가 어렵다는 것만큼은 명백한 사실이다.

그러면 "소설에 목숨을 건" 독학자의 열정으로 소설작법을 익혀야 한다는 말인가? 이해경의 『그녀는 조용히 살고 있다』에는 소설 문외한이 소설 쓰기에 전전긍긍하는 과정이 잘 드러나 있다. 여기 회사에 사표를 던진 사내가 있다. 예상과 달리 삽시간에 수리된 사표로 당황스럽던 주인공은, 자신보다 먼저 퇴직한 전직동료 M에게서 소설을 써보라는 권유를 받는다. 그 사실을 집에 알리자 아내 역시 흔쾌히 소설을 쓰라고 제안하고 글쓰기에 좋은 환경을 마련해주기 위해 이사까지 감행한다. 평범한 회사원이었던 그는 일약 소설가 지망생으로 신분이 바뀐다.

소설을 쓰기 위해서는 우선 소설이 무엇인지를 알아야 한다. "도대체, 과연, 소설은…… 무엇"인가를 알기 위해 그는 도서관으로 향한다. 하지만 소설을 논한 고담준론의 책들을 읽고 또 읽어도 소설의 정체를 알 수가 없다. "소설을 알기 위해서는 소설을 읽을 수밖에 없겠다는 생각"으로 소설을 독파했으나 "소설 속에서도 소설은 제 모습을 나타내지 않았던 것"을 참담히 발견했을 따름이다. 하여 그의 소설 쓰기는 위기에 봉착할 수밖에 없다. 독학으로 익히고자 했던 소설작법에 무릎을 꿇고 만 셈이다.

아울러 소설창작에 대한 독학의 위험성을 장정일은 다음과 같이 경고하는데, 이는 비단 창작에만 해당하는 것은 아닐 터이다.

> 독학자는 자신이 세상에서 최고라는 착각에 빠지기 쉽다. 하여 독학자가 세상에 대하여 키우는 것은 시기와 질투와 원한과 독선과 오만이다.[19)]

3. 안 써지는 소설, 써야만 하는 소설

소설가의 일은 소설을 쓰는 일이다. 그러나 나름으로 완벽한 집필 계획을 세우고 작업에 들어가도 일은 뜻대로 진척되지 않는다. 작품을 쓰는 중에 무수히 떠오르는 상념들은 기존의 얼개를 헝클어뜨린다. 뿐인가, 왠지 인물에 개성이 없어 보이고, 구성은 단조로워 보이기만 하고, 문장 역시 마음에 들지 않는다. 그때 멍하니 바라보는 컴퓨터 화면은 검은 아가리를 벌리고 소설가를 빨아들일 것만 같은 진창이다. 쉬지 않고 깜빡거리는 커서도 왠지 마음에 들지 않는다.

'그래, 잠시 쉬었다 하자. 릴랙스, 릴랙스……'

마음의 평온을 갈구하지만, 긴 숨을 몰아쉬기도 전에 휴대폰 벨이 득달같이 울린다. 원고를 넘겨야 할 잡지사의 편집자이다. 받지 말까, 순간 갈등에 빠진다. 열댓 번을 울어대던 벨소리가 멈춘다. 소설가는 그제서야 담배 한 대를 피기 위해 밖으로 나간다. 그 순간 울리는 문자 도착 벨소리. 아, 광속으로 찍어 보낸 편집자의 문자 메시지이다. '알겠어요, 알겠다고요!' 소설가는 속으로 울부짖는다. 담배고 뭐고 원고부터 어떻게 해보자는 심사로 그는 다시 책상 앞에 앉는다. 자신이 조금 전에 피를 뚝뚝 흘리며 쌓아올렸던 문장들이 재처럼 바스락거린다. 그냥 삭제 키를 눌러버리고 새로 쓸까? 뜻대로 써지지 않는 소설 앞에 절망하는 신경숙의 『외딴방』 한 대목의 유혹은 강렬하다.

처음부터 다시…… 처음부터…… 처음부터…… 다시…… 처음

---

19) 장정일, 「개인기록」, 『나의 나』(최윤 외 지음), 문학동네, 1996, 52쪽.

부터…… 다시…… 처음부터 다시……[20]

그러나 차마 지우지는 못한다. 혹시 실마리가 풀려 일필휘지로 자판을 두들겨댈, 그 가능성 거의 제로인 가녀린 기대를 품고서 말이다.

어디서부터가 문제인가? 흔히 말하는, 모든 작가들이 필수적으로 겪는 '백지 공포증' 차원의 문제만은 아니다. 그리고 게으름의 문제도 아니다. 노력하고 있으나 글이 안 써진다는 것, 그것이 전부이다. 이토록 큰 벽에 꽉 막혀 문장이 정체되어 있는 것은 나의 의식의 문제인가? 그러고 보니 이승우는 작품에 이렇게 썼던 듯하다. "좀처럼 앞으로 나아가지 않고, 자꾸만 멈칫거리는 문장들은 나의 소극적인 의식의 투사이다"[21]라고.

'소극적 의식의 투사', 어려운 말이다. 단순히 의식을 적극적으로 바꾼다고 해서 막혔던 글이 술술 풀리는 것도 아닐 터이다. 아마도 이승우의 그 말은 자신이 쓰는 글에 대한 자기 확신의 결여 정도로 이해하면 될까? 그것은 작품을 쓰는 동안 작가들이 무수히 겪는 일이다. 작가는 자신의 작품에 매진하는 동안에도 마음 한쪽에서는 강렬한 실패에의 예감에 시달린다. 내가 소설을 장악하지 못하고, 거꾸로 "소설이 작가인 나를 지배하고, 내가 만들어 낸 인물들이 나를 압박하기 시작한 뒤부터 내 존재는 점점 미약"[22]해졌기에, 집필 중인 소설의 실패는 자명하다.

자, 잠시 다른 일을 하며 기분을 바꿔보자. 최수철은 글을 쓰다 생각

---

20) 신경숙, 『외딴방 2』, 문학동네, 1995, 233쪽.
21) 이승우, 앞의 책, 145쪽.
22) 백가흠, 「힌트는 도련님」, 『힌트는 도련님』, 문학과지성사, 2011, 120쪽.

이 막히면 "나는 노래를 부르거나 휘파람을 불기도 하고 손톱을 깎고 심지어 전기면도기로 면도를 하기도 하며 의자에서 일어나서 방안을 왔다갔다하기도 하고 다른 사람들이 하는 일을 기웃거리며 쓸데없이 참견을 하기도 한다."[23] 백가흠처럼 "일부러 일을 만들어 샌드위치나 김밥 같은 것을 만들"[24]어 볼까?

그러고 있는 판인데 다시 전화벨이 울린다. 예의 잡지사 편집자이다. 전화를 받는다면 구구한 변명을 늘어놓을 수밖에 없다. 다음과 같이 말이다.

> 음, ……제가 일산으로 이사도 했구요. 그래서 시간 부족, ……정말 잘 써서, 거의 다 썼었거든요. 처음 썼던 소설처럼, 써보려고. 아니, 그보다 훨씬 좋은 소설이 거의 다 됐는데. 처음에는 나도 메타소설이나 써볼까 하다가 그게…… 음, ……그게 시간이 지나면서 횟집 이야기로 바뀌었는데, 알레고리가 안 만들어지고, ……아이러니도 없고, ……마음에 들지는 않고……[25]

편집자에게 구구한 변명을 늘어놓아도 결국 글빚은 남는다. 새로운 마음으로 작품에 임하기 위해 부득불 여행을 떠나기도 하는 이유가 거기에 있다. 하지만 일상적 삶의 궤도에서 벗어나기란 쉽지 않은 노릇이다. 그러니 말이 여행이지 소설에 대한 부담과 꺼림칙한 심사는 여전하다. 어쩌면 그 행위는 "화급한 날들 중의 하루나 이틀을 온전하게 내던"지는, 작품 성공에의 확률이 극히 희박한 도박에 가깝기도 하다. 양귀자가 "글이 써지지 않아서, 혹은 좋은 글을 찾아서 여행을 떠난다는 동

---

23) 최수철, 『알몸과 육성』, 열음사, 1991, 163－164쪽.
24) 백가흠, 앞의 책, 106쪽.
25) 위의 책, 132쪽.

업자들"에게 우려를 금치 못하는 이유 중 하나도, 그것이 삶의 필요와는 무관해보이기 때문이다.

그럼에도 여행을 떠날 때, 작가들은 대개 어디로 향하는가? 무작정 짐을 꾸려 괴로운 글의 감옥에서 발길 닿는 대로 이동할 수도 있다. 답답한 현실에서의 일탈이니 그 편이 가장 자유롭고 자연스러워 보인다. 그러나 작가의 마음 깊은 곳에서는 발길을 제동한다. 자신의 의식 깊숙한 곳에 내장되어 있는 어떤 장소, 비록 길 위에 서 있기는 해도 정향감(定向感)을 제공하는 그곳으로 향하기 일쑤인데, 그 대표적인 곳은 바로 고향이다. 그렇지 않으면 자신의 기억에 인상 깊게 뿌리내려 있는 의미있는 어떤 곳으로 이동하곤 한다.

「숨은 꽃」의 소설가 화자에게 그곳은, 육 개월 전에 왔던 적이 있는 귀신사(歸神寺)이다. 「페스트에 걸린 남자」에서 자신을 소설창작에 지쳐버린 '늙은 표범'이라 칭하는 소설가 주인공은 고향인 춘천으로 향한다. 그 역시 "소설은 구상 단계에서부터 수많은 난관에 부딪혀"26) 갈팡질팡하는 상황이었다. 또 지지부진한 소설을 뒤로하고 방학 때는 프랑스로 날아가 홀로 돌아다닌다.

다행히 「숨은 꽃」의 주인공은 귀신사에서 돌아와 작품을 써보려는 마음을 다잡는다. 「페스트에 걸린 남자」의 소설가 역시 몇 차례의 여행이 작품 완성에 도움을 주었다. 물론 모두 그렇게 긍정적인 결과만 얻는 것은 아니라는 사실을 명심해야 한다.

여행이라기 말하기는 좀 무엇하지만, 다음과 같은 예외는 있다. 평소 여행을 많이 하는 윤대녕은 소설이 잘 되고 안 되고의 여부를 떠나 집

---

26) 최수철, 「페스트에 걸린 남자」, 『갓길에서의 짧은 잠』, 문학과지성사, 2012, 199쪽.

밖에서 많은 소설을 쓴다고 한다. "절이나 어디 산장에 가서 한 달 있으면 단편 한 편밖에 못 써요. 당연히 원고료로는 안 되죠."[27] 그럼에도 부지런히 집을 나서는 연유는 작가의 특이한 체질에서 비롯되는 경우인 듯하다.

4. 소설의 제목과 첫 문장

소설의 제목은 일종의 관문과 같다. 그것은 호화로울 수도 있고 소박할 수도 있다. 또 위풍당당 위용을 자랑할 수도 있고 세월의 풍상에 휩쓸려 빛바랜 모습일 수도 있다. 관문의 형태야 어떻든, 처음 입성하는 방문객에게 그것의 인상은 문 뒤의 풍경을 그려볼 수 있게 한다. 물론 관문의 이미지와 내부의 실제가 맞지 않을 수도 있지만, 대개의 관문은 안쪽 정경의 상징인 경우가 많다.

소설의 제목 역시 그렇다. 작가나 작품에 대한 정보가 전무할 때 독자들이 책을 선택하는 기준 중 하나는 제목의 호감도이다. 그러니 작가가 쓴 작품의 내용을 압축·상징하고 여기에 더하여 독자의 흥미와 호기심을 불러일으키는 제목에 골몰하는 것은 당연하다. 원고 쓰기도 힘겨운 판이지만, 작가들은 시종일관 제목에도 공을 들여야 한다. 물론 처음 선택한 제목이 바뀔 수도 있고, 경우에 따라서는 편집자에 의해 완전히 새로운 제목으로 탈바꿈하는 경우도 있기는 하지만 말이다.

매우 희귀한 상황이겠지만, 작품을 쓰기 시작할 때부터 제목이 딱 정해지면 그보다 좋을 수 없다. 그런 요행을 위해 적절한 제목이 떠오르

27) 정홍수·최수철·윤대녕·은희경 좌담, 「우리 시대, 소설가로 산다는 것」, 『문예중앙』, 2007 가을, 259쪽.

지 않더라도 작가들은 소설을 쓰기 전부터 제목을 생각한다. 최수철 역시 그렇다. 그는 『알몸과 육성』의 "첫 단어를 쓰기 시작하면서부터 소설 제목을 생각"했다. 골몰했음에도 그는 결국 제목을 찾아내지는 못한다. 그리고 작품은 거의 결말을 향해 달려가고 있다. 그럼에도 제목을 결정하지 못해 불안하다.

> 하지만 조금 정확히 말하자면 나는 소설이 끝나고 난 후라기보다는, 소설이 거의 끝부분에 이르렀을 때쯤에 제목을 결정하곤 하였다. 그런데 이번에는 이 글의 마무리를 지어가야 할 즈음인 지금에도 아직 제목 근처에 접근조차 하지 못하고 있다. 나는 조금씩 초조해지고 있다. 지금쯤 제목이 얻어져야 결말을 안정되게 맺어 놓을 수 있기 때문이다.[28]

제목을 짓지 못해 괴로워하는 작가는 또 있다. 이기호의 「갈팡질팡하다가 내 이럴 줄 알았지」의 첫 문장이 "소설 제목을 생각한다"인 이유도 작품을 시작하면서도 제목을 못 정한 까닭이다. 그러면서 그는 작품을 "매번 다 쓴 다음에야 겨우, 정말이지 겨우, 제목을 정한"다고 한탄한다. 아니나 다를까 작가는 버나드 쇼의 묘비에 쓰인 글귀를 차용해 '갈팡질팡하다가 내 이럴 줄 알았지'라는 제목을 힘겹게 정한다.

한유주의 「허구 0」에는 제목 짓기의 강박증이 엿보인다. 작품의 화자는 글을 쓰는 중에 무시로 제목에 대해 고민한다. 그는 일단 "제목이 될 단어들의 조합에 대해 생각"하고 '원예도감'이나 '부정한 사물들' 같은 제목을 떠올렸다 지워버린다. 또 <산울림>의 '아마 늦은 여름이

---

28) 최수철, 『알몸과 육성』, 30쪽.

었을 거야'라는 노래를 듣다 동명의 제목을 차용할까 생각한다. 그렇게 고심하다 마침내 '유사 감정어 사전'이란 제목으로 결정한다. 그러나 6일 후 어렵사리 정한 제목을 폐기하고 제목을 바꾸기로 한다. 최종적으로 제목은 앞의 제목들과 아무 연관이 없어 보이는 '허구 0'으로 낙착된다.

경우에 따라서는 작가가 힘들게 지은 제목이 타의에 의해 바뀔 수도 있다. 이런 경우는 대개 편집자의 권고에 의해서 이루어지는 경우가 많다. 물론 작가가 거부할 권리가 있기는 하다. 하지만 안목있는 편집인의 제안이라면 따르는 것도 나쁘지는 않을 것이다. 그는 아무래도 작가보다, 작품의 문학성을 부각하고 대중성도 염두에 둘 수 있는 전문가이기 때문이다.

5. 소설가의 독서

영상문화 시대에 독서 인구가 점점 줄어들고 있다는 우울한 사실은 이제 더 이상 특별한 일이 아니다. 게다가 손안에 들어오는 다양한 스마트 기기들은 독서층의 감소를 더욱 부추기고 있지만, 정말이지 독서는 인간의 이성적 능력을 증진시키는 지름길이다. 독서를 통해 인간은 이해 · 비판 · 창의력을 기르고 실제의 삶에 적용한다. 뿐만 아니라 인간의 감성을 길어올리는 것도 독서를 통해 가능하다. 훌륭한 문학예술 작품이 섬밀하게 흔드는 감각의 촉수는 팍팍한 현실에서 잊고 지내던 인간 본연의 오욕칠정을 자극한다.

이처럼 독서는 인간의 삶에 필수불가결한 요소인데, 소설가에게는 더없이 중요하다. 우리는 앞선 세대의 소설가들이 얼마나 독서에 열중했는가를 잘 알고 있다. 그들의 자전소설이나 에세이에는 거의 어김없이 자신의 독서 탐닉이 밝혀져 있다. 학교 공부를 등한시하는 한이 있더라도 책읽기만큼은 몰두했던 그들이었다. 즉 그들에게 독서는 "정신을 단련하고 내면을 창조하거나 발견하기 위해 통과해야 할 필수적 관문"[29]이었던 셈이다. 장정일의 경우처럼 "아버지가 무서웠고 너무 미웠기 때문"[30]에 책읽기에 빠져든 특별한 경우도 있기는 하지만 말이다.

선배작가들이 그러했듯이, 오늘의 많은 소설가들도 책에 흠뻑 빠진 어린 시절을 보냈다. 춘천에서 태어나고 성장한 최수철은 초등학생 시절 다락방에서 많은 위안을 얻곤 했다. 자전적 요소가 강한 「낮고 희뿌연 천장」에서 그는 "틈만 나면, 천장 낮은 다락방으로 올라가" 자신이 "이해하지도 못하는 책들을 뒤적"였다고 고백한다.

소설가 박부길의 생을 추적하는 이승우의 『생의 이면』에도 독서에 몰입하는 유년의 주인공이 등장한다. 바닷가에 사는 어린 박부길은 다른 아이들과 잘 어울리지 못하고 외톨이로 지내는 날이 부지기수이다. 그때 그가 주로 하는 일은 상념에 잠기거나 책을 읽는 것이었다. 초등학교 4학년 때 이미 그는 "코넌 도일의 추리소설을 읽었고, 헤르만 헤세와 앙드레 지드와 «삼국지»를 독파했다. 또 6학년 때는 동네에서 나돌던 무협지를 빠짐없이 섭렵"하기도 했다. 무진장의 독서를 했던 그 시기를 박부길은 다음과 같이 회상한다.

---

29) 소영현, 『분열하는 감각들』, 문학과지성사, 2010, 131쪽.
30) 장정일, 「개인기록」, 앞의 책, 48쪽.

"소나 양들이 풀을 뜯어 먹듯이 나는 책을 뜯어 먹었던 거지요. 닥치는 대로 우선 집어삼키고, 나중에 되새김질을 하는 그 짐승들처럼 나 역시 허겁지겁 집어넣고 보는 식이었던가 봐요……"31)

박부길의 왕성한 독서욕은 고등학교 시절에도 멈추지 않는다. 이번에는 동네의 헌책방 순례를 통해 별의별 책을 다 읽었지만, 독서에 체계가 없었던 것은 유년기와 다르지 않다. 그 체계 없는 독서 행위는 작품에 '진지성이 결여된 책 읽기'로 표현되고 있는데, 이는 대학에 진학해 도서관에서 게걸스럽게 책들을 '먹어 치운' 것과도 다르지 않다. 박부길의 잡식성 독서 습관은 성석제의 「홀림」에 등장하는 주인공에게도 마찬가지이다. 작품의 주인공 역시 어린 시절에 다양한 분야의 독서 체험을 가지고 있다. 그로 인해 그는 또래에 비해 조숙할 수밖에 없어, 동네 대본소를 찾아다니며 무협지에 심취한다.

위의 무계획적인 남독에 비해 한유주의 독서 체험은 「K에게」에 비교적 소상하게 나온다. 그는 어릴 때 다섯 권 한 질로 된 백과사전에 열중했다. 그 다음으로 그는 아동용 세계문학전집을 탐독한다. 그리고 좀 더 성장한 후에는 '번역된 책'을 집중해 읽었는데, 이는 "작가와 독자, 번역자까지 세 사람이 마주 보고 있는 기분" 때문이었다. 그렇기에 그는 국내 작품들에는 불편을 느꼈다.

등단을 하고 작품을 발표하는 작가가 된 이후에도 소설가들은 읽고 쓰기에 열성적이다. 한유주의 「허구 0」에 나오는 소설가인 화자 '나'는 끊임없이 쓰고 읽는다. 미국 브루클린에 가 있는 나는, 이국의 땅에서

---

31) 이승우, 앞의 책, 21—22쪽.

여행 대신 온통 쓰고 읽는 일에 집중한다. 나는 "아침에 커피를 마시면서 *The Rose Garden*의 서문을 읽고" "*The Cat Inside*의 나머지 분량을 마저 읽을" 계획을 짠다. 또 지하철로 이동하는 사이 "*Noon*에 실려 있는 클랜시 마틴의 단편"을 반나마 정독한다. 숙소에 배달된 흥미로운 포르노 소설 "*The School for Sin*을 조금 읽기"도 한다. 그리고 폴 누제의 *Journal*을 구입하여 완독할 예정이다.

작가들은 대개 양적으로 많이 읽지만, 나름의 독서 기준에 부합하는 책을 선별하는 것에 주의를 기울이기도 한다. 최수철의 경우, "나는 내게 고문을 가하는 글을 읽기를 선호한다. 고문의 고통은 그 글이 나의 기존 관념으로부터 비켜서서 어긋나 있다고 느껴질 때 종종 생겨난다"[32]고 여기며 '글 읽기의 괴로움'을 기꺼이 감수한다.

그러면 소설가들의 독서 체험은 어떤 의미를 지니는 것일까? 그들의 유년 시절 독서는 아마도 책 읽기 그 자체에 황홀하게 빠져들었던 때문으로 보인다. 유년기에 그들의 남독은 내용보다 물질로서의 책 그 자체에 심탐(深耽)한 결과이다. 마치 어떤 아이가 로봇이라는 물체에 열중하듯이 말이다. 도서라는 물자체로의 경사, 그것이 그들에게 탐독의 촉매제 역할을 했다.

독서에의 심취는 자연스럽게 글쓰기의 욕망으로 전화한다. 배수아의 『에세이스트의 책상』에는 독일어 지도 교사가 화자의 궁극적 욕구에 대해 질문하는 장면이 나온다. 한국에서는 작가인 화자는 "읽고, 마침내는 쓰게 되는 것"이라 대답한다. 그 말에 독일인 교사는 "그것은 불가능할지도 몰라. 그러나 시도해볼 수는 있겠지"[33] 라고 한다. 애독자

32) 최수철, 앞의 책, 16쪽.

나 다독가 모두가 글을 쓰고 싶어 하거나, 작문 능력이 탁월한 것은 물론 아니다. 하지만 책과의 친연성이 글쓰기의 욕망을 추동하는 것은 자연스럽다. 『나비가 되어 날아간 소년』을 읽고 장래에 작가를 꿈꾸는 성석제의 「홀림」에 나오는 아이처럼 말이다. 이처럼 독서와 글쓰기에 대한 각고의 노력이 작가 지망생을 소설가로 만드는 지름길인 것은 분명하다.

열독의 과정을 거쳐 소설가가 되면, 그들은 또 방대한 양의 독서에 몰입한다. 책 읽는 것을 좋아하는 그들은, 작품을 쓰다 기분 전환의 방편으로 책에 몰두한다. 또 독서를 통해 자신의 창작에 자극을 받기도 한다. 대가들의 고전, 동료나 선후배들의 최근작 등을 읽으며 '자기세계'를 점검하기도 하는 것이다.[34] 또 경쟁자로서 상대 작가들의 소설기법을 배우기도 하는데, 그것은 대체로 다음과 같은 것들이다.

> 유난히 주의 깊은 독자들은(대개의 작가들도 여기에 속한다) 이야기를 풀어 나가는 스타일이 어떤지, 어떤 비유법을 사용했는지, 문장의 길이와 발음상의 음역이 어떤 방식으로 변환하고 있는지, 어떤 부분에서는 생략하고 버리고 어떤 부분에서는 기묘하게 보일 정도로 상세하게 묘사했는지, 어떤 테마를 어떤 방식으로 다루었는지 등을 유심히 살핀다. 그리고 자신의 작품에 사용할 수 있을 만한 재료들을 어떤 식으로든 발견하게 된다.[35]

---

33) 배수아, 앞의 책, 105쪽.

34) 작가가 된 후 한국소설을 읽게 되었다는 장정일은 이를 두고 "'동료 작가들은 어떤 것을 쓰나' 하는 염탐질"로 표현한다. 장정일, 앞의 글, 67쪽.

35) Rolf-Bernhard Essig, 『글쓰기의 기쁨』(배수아 옮김), 김영사, 2010, 34－35쪽.

다만 과도한 독서에 주의해야할 점도 있다는 사실을 명심하자. 작가의 독서중독은, 다른 이들의 책에서 너무도 다양한 창작의 가능성들을 세례 받을 수 있다. 이때 도리어 작가는 자신만의 개성적인 글을 쓸 수 없게 될 수도 있다. 자신 고유의 스타일을 잊고 다른 작가들을 흉내나 내다 작가 생명이 끝장날 수도 있는 것이다.

6. 소설가와 평론가

자신이 발표한 작품을 많은 독자가 읽어주는 것만큼 작가로서의 큰 기쁨은 없다. 불특정 다수인 독자 대중과의 원활한 소통은 작품을 완성하기 위해 기울였던 각고의 노력을 상쇄하기에 충분하다. 이제 작가의 이름은 대중에게 회자되고, 혹 거리를 지나칠 때마다 누군가가 그에게 아는 척을 하고 사인을 원하기도 한다. 기나긴 무명의 터널에서 막 빠져나와, 푸른 하늘처럼 두둥실 떠 있는 자신의 위상에 작가는 자기도 모르게 어깨를 들썩거릴지도 모른다. 콧노래도 절로 난다.

작품을 열심히 읽어주는 또 한 부류 앞에서는 그저 어깨춤만 덩실거릴 수가 없다. 동료 작가들이나 문학 평론가 앞에서가 그런 경우이다. 넓은 범주에서는 문필업에 종사하는 동업자로 묶을 수 있지만, 범위를 좁히면 소설가와 평론가는 소설과 평론의 장르로 분화되어 서로가 전혀 다른 장르의 글을 쓰게 된다. 말 그대로 평론가는 텍스트를 정밀하게 분석 · 음미하고 그것의 가치평가를 하는 사람들이다. 사전적 의미는 그렇지만, 그 작업이 내포하고 있는 의미는 상당하다. 한 작가가 힘들게 써낸 작품을 평론하기 위해서는 엄청난 수련이 필요하기에 그렇다. 평론가들은 내공을 쌓기 위해 어마어마한 독서를 한다. 또 텍스트를 분석할 이론적 틀을 연마하기 위해 대체로 대학원에 진학해 박사학위를 받는다. 아울러 대학에서 학생들을 가르치며 자신의 연구를 꾸준히 심화시킨다. 적어도 삼사십 대까지 그들 인생의 거개는 공부로 채워진다. 그러니 그들의 전문적인 식견이 존중되지 않을 수 없다.

그런 관계는 백가흠의 「그래서」에서도 확인된다. 이 작품에 등장하는 불퉁한 성격의 늙은 평론가는, 후배 소설가와 별다른 교류가 없음에도 많은 문학적 영향을 끼치는 인물이다. 하여 젊은 작가는 평론가에게 "갈피를 잡지 못하는 자기 문학에 선생의 글이 좋은 귀감이 되고 있다"[36]는 감사의 말을 전한다. 피차 생면부지였지만 소설가와 평론가가 이런 식으로 만나기도 하는 것이다.

문단 지형에서 작가들은 평론가 눈치 보기에서 자유로운가. 유감스럽게도 그렇지 못한 현실이다. 우리 소설사에서 이인성과 함께 상당히 이질적이고 난해한 작품을 쓰는 작가로 평판이 난 최수철조차도 평론가의 권위적인 시선에서 얽매여 있음을 고백하고 있다. 그는 『알몸과 육성』에서 작가가 된 이후, "쓰고 싶은 대로 쓰고 있는 것이 아니라, 써야 하는 대로 쓰고 있는 것"[37]이라며 자신의 처지를 한탄한다. 소설에 '써야 하는 대로'의 법은 없다. 하지만 좋은 소설이라는 일정한 기준은 존재하여 그 규범에 맞게 작가는 작품을 '제작'하고 있다고 넋두리한다. 작가가 갇힌 규범은 소설 이론과 소설 작법에 의거해 만들어진 틀일진대, 이는 평론가들이 작품을 평가하는 중요한 기준이 된다.

---

36) 백가흠, 「그래서」, 앞의 책, 91쪽.
37) 최수철, 앞의 책, 93쪽.

전업 소설가 십년 차인 김종광 역시 스스로 폐기한 장편 «소설가 아무개»에서 이제껏의 소설 작업이 결국 '눈치보기'에 불과했다며 통탄을 한다. 눈치 보기 대상은 비단 평론가뿐이 아닌데, 그는 그것을 작가의 숙명으로 규정한다.

> "그랬던 것 같아. 눈치를 너무 많이 봤어. 평론가, 동료 소설가, 독자, 기자, 어버이, 아내 그 모두의 눈치를 보았지. 그래서 말인데, 내가 쓰면 또 눈치를 볼 거야. 눈치는 작가의 숙명 같은 것인가 봐."[38]

김종광이 평론가를 비롯한 많은 이들의 눈치를 본 것에 자탄하고 있을 때, 평론가의 권위를 조롱하는 이도 있다.

그럼에도 불구하고 작가와 평론가가 보족적 관계에 있는 것을 부인하기 어렵다. 그 가운데에서 작가는 평론가의 존재 이유에 대한 명확한 기준 설정이 필요하다. 그것이 평론가의 권위에 굴복하지 않고 작가의 자존을 세우는 방법이다. 그러면 최종적으로 작가에게 평론가는 무엇이어야 하는가? 저마다의 정의가 있을 수 있겠지만, 여기에서는 최수철의 글을 인용하고자 한다.

> 나는 그들을 나의 글쓰기의 한 와중에서 정면으로 마주 대해야 하는 대상으로 여기고 있는 것이다.[39]

평론가의 평이나 권위에 굴하지 않고, 그들의 안목을 뛰어넘는 작품

---

38) 김종광, 「소설가 십 년차의 풍월」, 『소설가로 산다는 것』(김훈 외 지음), 문학사상, 2011, 69쪽.

39) 최수철, 앞의 글, 157쪽.

을 쓰겠다는 작가의 결연한 의지가 엿보인다. 평론가와 맞부딪치는 글쓰기, 그것은 최고급 독자와의 일전에서 지지 않겠다는 '소설가의 각오'이기도 하다.

7. 배고픈 소설가들

출간할 때마다 책이 잘 팔리거나 안정된 직장을 갖고 창작을 병행하지 않으면, 이 땅의 문인 대다수는 생활고에 시달릴 수밖에 없다. 우울하게도 문인의 처우가 개선될 여지는 희박해 보인다. 다양한 매체의 발달로 독서인구는 감소 추세이고, 정규직 취업도 갈수록 어려워지는 상황이기 때문이다. 그런 현황을 잘 알고 있을 터임에도 작가 지망생들이 꾸준히 늘어가도 있는 것은 신기한 노릇이다. 아마도 그들에게는 문학으로 돈을 벌어 생계를 꾸리려는 의식이 없을지도 모르겠다.

전통적으로 우리나라에서 작가는 지사나 문사의 풍모가 강했다. 또 그들은 불의와 생활고에 굴하지 않는 이들로 대접 받았다. 심오한 정신으로 작품을 생산하고 때로는 일탈 행위도 불사한다는 측면에서 그들은 일상인과는 약간 다른 삶을 영위하는 사람들로 여겨지기도 했다. 작가들의 그런 초상과 삶의 방식은 그들에게 어느 정도의 경제적 곤궁을 오히려 자연스럽게 받아들이게까지 했다. 그런 문사 지향의 전통은 여전히 작가 지망생들에게 각인되어 있는 듯하다. 그것을 기꺼이 감수하고 작가의 길에 들어서겠다는 의지는 가상하나 현실은 상상 이상으로 냉혹하다.

2013년 12월 한국작가회의 산하 문인 복지위원회가 소속 문인 307

명을 대상으로 설문조사를 했다. 그 결과는 오늘날 우리 사회에서 문인이 겪는 경제적 고통이 얼마나 심각한지를 단적으로 대변한다. 설문에서 월평균 소득 50만원 이하가 42%(129명)로 가장 많았다. 이어 50－100만원이 31.9%(98명), 100－200만원이 7.8%(24명), 300－500만원이 3.6%(11명), 500만원 이상이 1%(1명)으로 나타났다. 이는 보건복지부가 고시한 '2013년 4인 가구 월 최저생계비' 154만 6399원에도 못 미치는 수입으로 대다수 작가들이 생활을 한다는 의미이다. 월평균 소득과 별개로 순수 창작 원고료 및 인세 수입은 월평균 30만원 이하가 63.8%(196명), 30－50만원 13.4%(41명), 50－100만원 12.7%(39명), 100－200만원 8.5%(26명), 200만원 이상 1.6%(5%)이다.[40]

설문자 대다수가 가정을 꾸리고 있다는 점을 감안하면, 그들 거개가 생계문제에 곤혹을 치르고 있음은 자명하다. 별도의 직업을 갖지 않은 작가들은 작품과 잡문의 원고료만으로 생계를 해결해야 하는 현실에서 전업 작가를 꿈꾸기란 언감생심이다. 열정으로 오로지 문학에만 몰두하려 해도 주위의 사정은 그리 한가하지 않은 것이다. 특히 등단 초기 대부분의 작가에게는 원고 청탁도 많지 않다. 또 특별한 경우를 제외하고는, 창작집을 한두 권 냈다고 해서 편집인과 독자의 뇌리에 각인이 되지도 않는다. 그때 어쩔 수없이 전업의 꿈을 접고 일자리를 찾아 나설 수밖에 없다.

작가들의 열악한 현실을 분명히 알고 있음에도 글을 쓰려는 사람은 늘어만 간다. 조금 과장되기는 했지만, 구경미는 「독평사」에서 "성인 남녀 중 절반은 글을 쓰지" 않을까 추정하는데, 그들이 쓰는 글 대개는

---

40) http://www.mediaus.co.kr/news/articleView.html?idxno=38893

소설에 치중된다. 그들은 인터넷의 보급으로 글쓰기가 쉬어져 각종 사이트를 만들어 서로의 글을 돌려 읽고 평을 한다. 그러나 실제 그들은 글을 통해 자신이 "원하는 것과 이루고 싶은 것"[41]을 채우려는 내밀한 욕망을 간직하고 있다.

그 쓰라린 현실이 드러나는 다음의 작품을 보자. 윤고은의 「인베이더 그래픽」에는 신춘문예에 등단했으나, 몇 달 후 취업을 종용하는 아버지의 성화에 못 이겨 취직을 하는 주인공이 등장한다. 하지만 그는 출판사와 기획사를 다니는 이년 여 동안 "단 한 편의 소설도 쓰지 못"[42] 한 채 결국 사직을 한다. 사회 전 분야에 경쟁이 치열한 우리나라의 현실에서 과중한 회사 업무를 마치고 창작을 하기가 얼마나 힘겨운 일인지는 쉽사리 짐작이 간다. 이 작품에서 주인공은 아버지에게 백화점에 취직했다는 거짓말을 하고 그곳 화장실 등에서 소설을 쓰며 창작욕을 불태우지만, 현실에서의 많은 이들은 문학의 꿈을 접기가 부지기수이다.

운이 좋아 등단 후 제법 많은 원고 청탁을 받는 경우도 있기는 하다. 장정일은 신춘문예 희곡부분에 당선하고 또 첫 시집을 낸 해에 제법 여러 군데에서 원고를 청탁 받았다. 그래봐야 여성지나 사보 원고 등의 잡문이었으나 아무튼 쓰지 않을 수 없는 처지였다. 그러나 그 결과는 스스로가 참담함을 느낄 지경이다.

알려지지 않은 사실이지만 신춘문예 희곡 부문에 당선하고 또 첫

---

41) 구경미, 「독평사」, 앞의 책, 48쪽.
42) 윤고은, 「인베이더 그래픽」, 『1인용 식탁』, 문학과지성사, 2010, 104쪽.

> 시집이 나왔던 87년부터 나는 여성지나 사보 등으로부터 콩트나 수필 따위를 써달라는 수많은 청탁을 받았고, 자신을 너무 잘 알고 있는 관계로 그 청탁에 응하지 말아야 했는데 목구멍이 포도청이라고 머리칼을 쥐어뜯으며 청탁 받은 원고지 열서너 매짜리의 글을 파서 보내었으나 최초의 수필 청탁이었던 『샘터』를 필두로 고료만 보내오고 글은 실리지 않는 웃기지도 않는 일이 수차례 일어나고 그럴 때마다 부끄러움을 느꼈다.[43] (밑줄은 인용자)

'목구멍이 포도청'이라는 어구가 무엇보다도 눈에 띈다. 특별한 직업 없이 오직 원고료만으로 생활을 해야 하는, 그래서 자기의 취향과는 전혀 맞지 않은 글을 써야 했던 젊은 작가의 비애가 물씬 묻어난다. 이십 대 초에 "문학이 직업이 아니라면 구역질이 난다"[44]라고 늘 중얼거렸던 장정일이 시에서 소설로 장르 전환을 하게 된 것도 경제적 이유가 컸다고 하니 작가에게 경제문제의 압박은 실로 어마어마하다고 하겠다.

등단 연차가 좀 된 작가들의 삶은 풍족한 것일까? 짐작하겠지만, 전혀 그렇지 않다. 구효서는 작품에 등단 오 년차 전업 작가를 화자로 등장시킨다. 경제적 문제에 있어서만큼은 그 역시 자조적일 수밖에 없다. "한 해에 단편을 (그럴 수는 없겠지만 하여튼) 한 열 편 정도 쓴다고 하자. 문예지에 연재도 한다고 하자. 이만하면 작가로선 대성공이다. 아내는 그러나 납득하지 못한다. 원고료로 따져보자. 가장 많이 주는 계간지 원고료로 계산해도 다 합해 8백만 원이다. 일 년 열두 달을 8백만

43) 장정일, 「개인기록」, 앞의 책, 47쪽.
44) 위의 책, 60쪽.

원 가지고 살 수 있어?"[45] 작가인 나는 살 수 있다고 하지만 아내는 아예 고개를 내돌린다. 그런 상황이니 '잘 팔리는 소설'을 구상한다는 핑계로 소설가 화자는 집을 나선다.

김종광은 자신의 등단 십 년째를 맞으며 «소설가 아무개»를 전작으로 썼다. 하지만 이 작품은 발표하지 않고 자진 폐기하였다고 한다. 폐기의 이유는 차치하고, 아무튼 그 작품이 부분 발췌된 글에서 십년 차 전업 소설가의 경제적 처지를 "스스로 전업 소설가라고 뻐겼지만, 월수입 백만 원 이하였다는 것을 고려할 때, 돈을 한 푼도 못 버는 달도 많았다는 것을 감안할 때, 그것은 곧 백수나 다름없는 상태"[46]일 것이라고 자조한다.

오로지 소설 하나만으로 먹고 살아야 하는, 하지만 생활의 곤궁을 견뎌내기가 결코 쉽지 않아 곤혹스러운 전업 작가의 넋두리와 생존을 향한 몸부림은 그래서 안쓰럽기만 하다.

> 소설다운 소설을 써보겠다는 순수한 의지 따위는 이미 오래 전에 바래 없어졌는지도 모릅니다. 하지만 소설로 생존해야만 한다는 엄연한 현실 앞에서는 그저 맥을 놓고 있을 수만도 없지요. 먹고 사는 일이 중요하다면, 내 소설들이 앞으로도 끊임없는 수요를 창출할 수 있도록 해야 하는 것입니다. 그러기 위해선 어쩔 수 없이 소설다운 소설을 생각해야 되고 오늘도 창가에 서서 아, 또 무슨 얘기를 쓸까 고민해야 하는 것입니다. 사람들의 눈에 뜨일 소설을 쓰지 않으면 안 된다는 말입니다.[47]

---

45) 구효서, 「깡통따개가 없는 마을」, 『깡통따개가 없는 마을』, 세계사, 1995, 14쪽.
46) 김종광, 앞의 책, 70쪽.
47) 구효서, 「작가의 말」, 앞의 책, 6쪽.

위의 진솔한 언술은 우리나라 전업 작가 대부분의 괴로운 심사일 것이다. 그런 판국에 부부 전업 작가들도 있으니 놀랄 수밖에 없다. 윤이형은 자전소설 「맘」에서 "결혼을 하고, 남편(소설가—박상 : 인용자)과 합쳐 고정수입 0원인 전업작가 부부가"[48] 된 것이다.

경제적 어려움은 작가들이 다양한 일을 병행하며 틈틈이 창작을 하게 하는 주요 계기가 된다. 그들이 대체로 일하는 직종은 신문이나 잡지사 기자, 출판·편집인, 문화센터나 대학 강사, 교수 등이다.

경우에 따라 등단 자격증이 취업에 도움이 되는 때도 있기는 하다. 회사에서 '문장력과 구성력'을 갖춘 직원을 채용할 때가 그렇다. 편혜영의 「20세기 이력서」에 마침 그러한 정황이 나온다. 이력서의 자격 및 수상란에 '신춘문예 당선'을 기술한 작품 주인공은 당당히 입사에 성공한다. 하지만 문학과 무관한 삶을 사는 회사 사람들은 면접에서 "지금도 소설을 쓰십니까?" 하고 묻는데, 이는 입사에 성공해도 계속 소설을 쓰겠냐는 의구와 다르지 않다. 주인공의 친구 한 역시 등단을 세상살이의 한 방편 정도로 치부한다. 한의 "역시 현대는 자격증 시대야"[49]라는 말은, 작가에 대한 그의 인식 수준을 정확히 대변한다고 할 수 있다. 운 좋게 교수라는 정규직에 작가가 취업을 해도 어려움은 있다. 조직생활은 작가들이 한껏 누려야 하는 정신적·신체적 자유를 구속하는 족쇄이기 때문이다. 교수 작가인 이승우는 그 곤란을 다음과 같이 토로한다.

---

48) 윤이형, 「맘」, 『큰 늑대 파랑』, 창비, 2011, 285쪽.
49) 편혜영, 「20세기 이력서」, 『자전소설 4』(방현석 외 지음), 강, 2010, 313쪽.

저도 편한 밥 좀 먹어보려고 작년부터 조선대학교 문예창작학과에 직장을 얻었습니다. 편할 줄 알았는데, 별로 편하지 않더라구요. 저는 20년 가까이 다른 직업을 갖지 않고 글만 쓰며 살았기 때문에, 어떤 집단의 일원으로 사는 삶에 익숙하지가 않습니다. 전체의 일부가 되어 산다는 것이 결코 쉽지 않다는 사실을 체감하며 지내고 있습니다. 정체성에 대한 고민도 있습니다. 그래서 창작하는 것과 학생들을 가르치는 일 사이에서 갈등하면서, 이게 과연 내 일인가 고민도 하면서 지내고 있습니다.50)

안정된 교수직을 얻었으나 규율에 얽매여야 하는 작가의 진솔한 토로에 공감이 간다. 그러나 한국의 문인 대개가 직업도 없이 혹 있더라도 비정규직에서 근무하며 창작을 병행하는 상황에서, 그래도 그 나름으로는 절실한 문제이기는 하겠으나, 행복한 고민에 빠져 있다고 볼 수도 있겠다.

정말 어려운 이들은 원고료와 인세에만 의존해 사는 작가들이다. 때로 운이 좋아 정부나 기업의 창작지원금을 받거나 유수한 문학상 수상으로 상금을 받는 경우도 있겠지만, 그 수혜금의 혜택도 잠시, 이후로 그들은 그야 말로 생활과 창작에 막대한 고통을 받을 것이기 때문이다.

위의 한국작가회의가 문제제기한 문인들의 처우 개선에 관한 해결책은 그러나 요원하게 보인다. 문인이나 예술가에 대한 처우 개선은 국가가 담당할 수 있는 한에서 최대한 보장해주는 것이 마땅하다. 하지만 복지문제로 갑론을박하는 상황에서 문인에게만 특별한 혜택이 돌아가야 하는가에 대한 반론이 있을 수 있다. 또 "작가가 된 것은 자신의 의

50) 이청준 · 이승우 · 김화영 대담, 「이청준 · 이승우」, 『한국문학의 사생활』, 문학동네, 2005, 40쪽.

지였지, 누가 시켜서 된 게 아니"[51]라는 지적에 이르면 마땅한 반박거리도 궁색해진다.

그렇다고 문학성을 포기하고 대중의 입맛에만 맞추는 작품을 쓸 수도 없다. 컨베이어 벨트에서 조립 생산하듯, 기성의 제품을 마구 찍어내기도 작가정신에 꺼려진다. 문학에 매진하는 작가들은 "일찍부터 먹고 사는 모든 문제를 책상 앞에서 해결하려"[52] 작정을 하고 덤벼들었던 별종들이기 때문이다. 하여 문학을 외면하고서는 그 무엇에서도 삶의 의미를 찾을 수 없다. 작가들은 오늘도 작품에 혼신의 힘을 다한다. "쓰지 않으면 아무것도 없다"고 소설가 이동하는 결연하게 말했던 적이 있다. 문학은 그렇게 한 사람의 인생 전부를 담보로 한다. 그렇다고 생활의 면에서 나아지는 것은 별로 없음에도 말이다.

남는 문제는 이제 하나이다. 자, 이 험난한 자본주의의 세상에서 생활과 소설의 문제를 어떻게 슬기롭게 해결해야 할 것인가?

8. 소설가와 술

한국의 대표적인 주류(酒流) 문인으로 수주 변영로를 첫 손에 꼽는 이가 많을 것이다. 실제 수주의 『명정 40년』에는, 당대 문인 중 최고의 술꾼이던 선생의 취중 인생이 진솔하게 그려져 있다. 이 뿐인가, 고고한 선비의 기개로 범접을 용납지 않을 듯한, 시인이자 『지조론』의 저자인 조지훈 선생은 일찍이 주도(酒道) 18단계를 설파하였다. 이 단계에

---

51) Rolf-Bernhard Essig, 앞의 책, 34－35쪽.

52) 최수철, 「얼음의 도가니」, 『내 정신의 그믐』, 문학과지성사, 1995, 75쪽.

대입하여 선생은 스스로를 "내 비록 학주(學酒—술의 진경을 배우는 1급 단계)의 소졸(小卒)이지만 아마추어 주원(酒院)의 사범쯤은 능히 감당할 수도 있건만 20년 정진에 겨우 초급으로 이미 몸은 관주(觀酒—술을 보고 즐거워하되 마실 수 없는 단계인 8단)의 경에 있으니, 돌돌(咄咄), 인생사 한도 많음이여!"라고, 건강 탓에 술을 마시지 못하는 현실을 아쉬워하고 있다.

술로 인한 문인들의 해프닝은 상상을 초월할 정도로 다양하겠으나, 가장 뇌리에 남는 사건은 소설가 김하기의 '취중 월북'이다. 작가는 중국에서 술을 마시다 갑자기 사라진다. 택시를 타고 두만강가로 간 그는, 만취 상태에서 강을 헤엄쳐 북한 쪽으로 건너가다 물살에 휩쓸려 떠내려갔는데, 천운으로 북측 강변에 몸이 닿아 목숨을 건질 수 있었다. '작가의 월북' 등등으로 세간의 이목을 끌었던 이 사건은, 그러나 소설가의 대취가 빚어낸 한바탕 소극이었다.

이 외에도 술과 예술가에 관한 이야깃거리는 동서고금을 막론하고 풍성히 흘러넘친다. 취중에 그림그리기를 좋아해 별명이 취화사(醉畵師)였던 조선시대의 김홍도, 도수가 50도가 넘는 압생트주를 즐겨마셨던 고흐, '샤고 마또'라는 술을 너무 좋아해 손녀의 이름마저 마고로 지었던 술꾼 헤밍웨이 등등 예술가들의 술에 관한 일화는 너무도 다채롭다.

그러니 이 시대의 소설가들에게도 술은 창작의 불쏘시개로, 혹은 괴로움으로 그리고 기타 등등의 여러 연유로 끊임없는 사랑을 받고 있는 매혹의 액체이다. 그 유력한 증거로 먼저 최수철을 들어도 무방할 것이다. 그의 작품에는 곳곳에 술 마시는 장면이 나오거니와 자신의 육성으로도 창작과 술의 연관성을 밝히기도 했다. 매번 그러는 것은 아니지만 그는 자주 포도주를 마시며 소설을 쓴다고 한다. 집필을 시작하고 천천히 포도주를 마시다가 취기가 오르면 글쓰기를 멈추고 마저 남은 술을 마시는 일로 그날의 글쓰기를 끝낸다. 그러면 글쓰기로 인한 스트레스가 풀리기도 하고, 열심히 일한 자신에게 상을 준다는 느낌이 든다고 한다.[53] 또 술이 그에게는 창작의 연료가 되기도 하는데, "술을 마시면 무의식의 뚜껑이 약해져서, 영감이 평소보다 강하게 작동"[54]되기도 한단다.

작가의 그런 광경은 실제 작품에도 나타난다. 소설 창작 과정이 비교적 상세하게 드러나 있는 「페스트에 걸린 남자」에서, 정신적 · 육체적 슬럼프를 겪고 있는 작품의 주인공은 작가 최수철의 모습으로 보인다. 그는 이 작품을 쓰기 위해 고군분투하고 있는데, 2부를 쓸 때에는 파리의 기숙사촌에서 "포도주를 마시면서 2부의 후반부를 붙들고 씨름"하고 있었다. 동시에 이 작품에서는 술이 창작에 결정적인 방해물이 될 수 있음을 알려주기도 한다.

> 때로 생각이 막히면 바닷가에 앉아서 술을 마시고 낮잠을 잔 뒤 밤에 일어나 새벽이 올 때까지 글을 썼다. 그러다가 바다를 바라보며 술 마시는 시간이 점점 길어지더니, 어느 날 글쓰기가 뚝 멈춰버렸다.
>
> 그와 동시에 모든 것에 대해 의욕이 사라져버렸다……[55]

---

53) 정홍수 · 최수철 · 은희경 · 윤대녕 좌담, 앞의 책, 같은 쪽.

54) 위의 글, 260쪽.

55) 최수철, 「페스트에 걸린 남자」, 『갓길에서의 짧은 잠』, 문학과지성사, 2012, 214쪽.

이런 위험성 때문인지 위의 좌담에 함께 자리했던 은희경, 윤대녕은 음주 패턴이 달라 이채롭다. 윤대녕은 항상 작품을 끝내고 술을 마시는 반면, 은희경은 규칙적으로 작업을 하고 잠들기 전에 약간의 술을 마신다고 한다. 이는 아마도 작가의 기질과 생활습관의 차이에서 비롯되는 일로 생각된다.

위 연배의 작가들보다 젊은 한유주 역시 글을 쓰다 술을 마신다. 그는 자신이 쓰는 글을 "계속해서 쓰기 위해서는, 생각할 시간이 더 필요하다고 생각한다 혹은 생각하지 않는다"[56]라는 이유로 맥주를 마신다. 또 구경미는 「노는 인간」에서 자신의 원고를 읽은 후배의 조언에 골똘하며 캔맥주를 마셔댄다. 어쨌거나 결국 그들이 술을 마시는 이유가 창작과 관련되어 있는 것만큼은 분명하다.

56) 한유주, 「허구 0」, 『얼음의 책』, 문학과지성사, 2009, 12쪽.

2부

현실의 장

1
노인들의 삶과 생의 비경 탐색
류주현론

1. 류주현의 만년작에 나타나는 특성

묵사(默史) 류주현은 다작의 작가이다. 「통한 오백년의 대서사시」라는 평론으로 작가의 작품세계를 밝힌 장문평은, 류주현이 등단 삼십 년 차이던 1978년에 이미 "어쩌면 우리의 현대문학사상 최다작의 작가"로 기록될지 모른다고 예견했다. 실제 류주현이 국내 최다작을 발표한 작가인지는 알 수 없으나, 그는 1982년 작고하기 전까지 왕성한 창작열로, "단편 93편, 중편 5편, 일반 장편 16종, 장편 역사소설 8종"[1]에 이르는 방대한 작품들을 산출했다.

무수한 작품을 생산한 작가답게, 류주현 소설에는 실로 다양한 인간 군상이 등장한다. 이제는 진부한 말이 되었지만, 류주현은 '소설은 곧 인간학(人間學)'이라는 어구의 진면목을 작품으로 실증한 작가이다. 그

1) 박덕규, 「지역 문학공간으로 만날 류주현 문학 되짚기」, 『제2회 묵사 류주현 문학 심포지움』 자료, 묵사 류주현 문학상 운영위원회, 2022, 12쪽.

의 작품에 나타나는 많은 역사적 실존인물과 상황, 당대의 세태에 휘둘리는 장삼이사들의 삶, 치기 어린 히피적 삶을 사는 젊은이들, 현실과 환상의 교묘한 교차 속에 살아가는 인물, 한 분야에 몰두하는 지식인, 혹은 전문가 등등 류주현 소설에서 저마다의 숨결로 자신의 목소리를 내는 인물들은 부지기수이다.

이 천태만상의 인간들이 빚어내는 목소리를 다기하게 소설화한 류주현이기에, 한 평론가는 그의 "문학세계에서는 좀처럼 그러한 통일된 분위기나 개성을 포착하기가 어렵다"[2]라고 분석의 어려움을 토로한다. 그러나 작가는 진작부터 "제멋대로의 <멋>을 나는 좋아한다"며 고골리, 고리키, 체호프, 까뮈, 카프카, 알란 포우, 헤밍웨이 등등의 많은 작가들 작품을 읽었지만 "그 중의 누구 하나에게 나는 사숙하지 못했다"고 밝힌다. 그러면서 류주현은 "나는 유사한 이념의 작품을 계속해서 쓸 것 같지 않다"고 공표했다.[3]

말 그대로 류주현은 다채로운 작품세계를 펼친 작가이나, 그럼에도 그는 "정통 문학권에서는 크게 인정받지 못한 소설가"[4]로 인식되고 있다. 류주현 소설에 대한 정밀한 관심 부족이나 학술적 연구의 미비는 몇 가지 연유에서 기인할 것이다. 우선 작가가 생산한 수다한 작품들이 모두 수작일 수는 없다는 점이다. 여기에 결정적으로 작가가 1960년대에 들어 신문연재소설에 집중한 점, 1970년대에는 신문, 문예지, 여성지에 연재를 병행한 사실도 주요한 요인이 된다. 기실 과거의 문단 풍

---

2) 천이두, 「대하의 흐름과 개성－류주현론」, 『한국단편문학대계7』(한국문인협회 엮음), 삼성출판사, 1977, 446쪽.
3) 류주현, 「방황하고 있다」, 『현대한국문학전집2』(백철 외 엮음), 신구문화사, 1965, 503－504쪽.
4) 이승하, 『유주현 작품집』(이승하 엮음), 지식을만드는지식, 2010, 11쪽.

토상, 신문이나 여성지에 발표된 작품들은 대체로 대중적이고 상업적이라고 치부하는 편협한 시각이 지배적이었던 것이다. 그리고 후대 연구자들의 게으름도 한몫을 한다고 보인다. 일단 후학들에게 다작의 작가들은 연구 진입장벽이 높다. 류주현의 방대한 작품들을 섬세히 읽고 분석하여, 연구자들이 나름의 담론을 개진하는 일은 여간한 공력 없이는 성취하기 힘들다.

그러나 류주현이 한국 소설사에서 재조명되어야 할 이유는 분명하다. 작가의 중·단편에서 다시 주목해야 할 작품이 적지 않다는 점, 근대사를 중심으로 역사소설이 대중에게 큰 호응을 받았다는 점, 그리고 신문과 잡지의 연재소설로 당대의 풍속과 세태를 반영했다는 점에서 우선 그러하다.[5)]

이에 더해 작가 이력과 생물학적 나이의 증가에 비례해서인지, 류주현의 말년 작품들에는 이전보다 한층 심원한 세계가 펼쳐져 있어 주목을 요한다. 시기적으로는 작가의 50대 중반 나이에 발표된 작품들이 그러한데, 이 기간은 류주현이 일체의 집필을 중단하기 전인 1975－1978년 사이의 짧은 몇 해에 불과하지만, 이때의 작품들에는 이전에 비해 노인의 삶과 지혜, 생에 대한 강렬한 의지 혹은 집착, 생사의 비의성, 그리고 현실과 사후세계에 대한 불교적 세계관이 짙게 배어 있다.

중·단편 소설로만 한정해 살필 때 류주현의 문학적 성숙과 완성은, 작가 만년에 발표된 「신의 눈초리」, 「죽음이 보이는 안경」, 「소복 입은 묵시」, 「어느 하오의 혼돈」, 「환상의 현장」 등의 작품에서 최고조로 발휘되었다고 보인다. 이런 찬사는 거론한 작품들에 드러나는 작가의 인

5) 박덕규, 앞의 글, 17쪽.

생관이나 세계관의 확인으로만 가능한 것이 아니다. 이 작품들에는 작가의 심원한 통찰력은 물론, 소설미학적 장치나 기법의 구사가 한층 완숙하고 돌올하게 부각되어 있는 것이다.

이 글에서는 류주현 만년작에 주로 나타나는 노인들의 삶과 신비로운 생사의 비경을 살펴보고자 한다. 그 작업을 통해 독자들은 류주현 중·단편의 한 특장을 심도있게 이해할 수 있을 것이다.

2. 노인의 쓸쓸한 삶과 세상사에 발휘되는 지혜

에드워드 사이드는 『말년의 양식에 관하여』에서, 인간이 "시간에 맞게 늙어가는 것, 그것이 바로 시의성"이라 말하며, 거기에 부합하는 예술작품의 예를 셰익스피어의 말년작 『템페스트』, 『겨울 이야기』 소포클레스의 『콜로누스의 오이디프스』 등에서 찾는다.[6]

류주현 만년작들에는 에드워드 사이드가 언급한 위의 '시의성'에 부합하는 인물들이 적잖게 등장한다. 이 시기에 류주현은 지천명 중반의 나이였으나, 작품에 등장하는 인물들은 작가보다도 한참 고령인 노인들도 많다. 그래서인지 작가의 작품에는 세상사의 이치에 순응하며 순리대로 살아가는 인물들이 많이 보인다.

류주현의 만년작이 발표되던 1970년대 중·후반기에는 대다수 노인들의 존재가 역동적이지 못했다. 산업화와 도시화의 물결이 한국 사회 전체를 휘감고 있고 가족 해체의 일면이 엿보이기는 한 세태였으나, 여전히 노인들 대다수는 한 가문의 어른으로서 체통을 유지하며 자신의

6) Edward W. Said, 『말년의 양식에 관하여』(장호연 옮김), 마티, 2008, 1장 참조.

욕망을 다스려야 했던 것이다. 그렇게 살아가다 노인들은 점점 '뒷방 늙은이'로 전락하며 어쩔 수 없는 죽음을 맞이하게 된다. 이는 당대에 여전히 중시되던 유교적 전통에서 그들이 자유로울 수 없었던 까닭에서 연유한다.

작가가 1955년에 발표한 「노염(老焰)」은 이 글을 전개하는 데에 시발점이 될 만한 작품이다. 이 소설에 상처(喪妻)한 56세의 노작가 청암이 등장하는 것이 우선 그렇고, 작품 전반에는 늙은이의 우수와 쓸쓸함이 지배적 정조로 흐르고 있다. 청암은 자신의 연재소설 삽화를 그리는 친구의 딸인 지원에 은근한 마음을 두고 있다. 그러나 지원은 청암의 소설이 구식이라는 말도 넌지시 던지는 당돌함을 지닌 처자이다. 그런 그에게 청암은 어쩌면 인생 마지막일 정념을 내밀히 불태우지만 결국은 체념할 수밖에 없다. 그런 억제가 체면을 유지해야 하는 당대 노인이 할 수 있는 최선이고 '시간에 맞게 늙어가는 것'이다. 결국 꽃다운 청춘들은 동년배의 이성을 만나 사랑에 빠지고 결혼을 하게 되는 것이 세상사의 이치일 터, 작품의 제목처럼 연정의 불길이 당겨져도 노인의 그 불꽃은 타오르지 못한다.

작가 나이 34세에 쓴, 이제 등단 7년차의 한창 패기만만할 작가가 어떤 모티프에 착안해 이런 노년의 세계를 그렸을까 싶은 「노염」처럼, 21년의 시차를 두고 1976년에 발표된 「독고선생(獨孤先生)」 역시 제목에서부터 외로움의 냄새가 물씬 풍긴다. 작품의 독고선생은 "삼십여 년 동안 어린애들 틈에서 살아오다가 정년퇴직"을 한 전직 교장 선생님이다. 문제는 그가 일손을 놓자마자, 전에는 자신이 있었던 건강에 이상이 생기기 시작하는 것이다. 독고선생은 자신의 영육(靈肉) 변화가 '외롭고 단조로운 나날'의 연속에서 비롯되었다고 판단한다. 여전히 수족이 멀쩡하고 일에 대한 욕심도 있는데 현실적으로는 시간만 남아돈다. 어떤 일이라도 하며 죽는 날까지 가고픈 독고선생이지만, 현실적으로는 녹록하지 않다.

그는 성공한 예전의 제자들을 찾아 '수위' 자리라도 부탁을 하지만 일은 성사되지 않는다. 이 무료하고 단조로운 일상에서 수면제에 의지해야만 잠에 빠져들 수 있는 독고선생에게 하루하루의 연속은 어쩌면 천형처럼 벗어날 수 없는 굴레와 다르지 않다. 독고선생의 수면제 상복을 걱정하는 약사가 연애라도 해보라 권유하지만, 독고선생은 그것을 순리에 벗어나는 일로 여긴다. 그가 약사에게 "이 나이에 연앨?"이라 반문하는 것은, 바로 그 일이 세월의 흐름에 맞게 늙어가는 노인의 삶에서 크게 어긋나는 것으로 생각하기 때문이다. 당시에 노인의 연애란 주책으로 치부될 가능성이 농후했던 것이 사실이다.

나이와 세상의 시선 때문에 자신의 욕망을 억제하지만, 한 인간에게 세월의 흐름은 세상사의 지혜를 고이게 하는 옹달샘이 되기도 한다. 이를 통해 노인은 시속에서 벌어지는 난관을 슬기롭게 극복하고 화평을 가능하게 한다. 「배덕(背德)의 묘(墓)」의 주인공이 바로 그렇다. 나이 80대의 노인은 열여섯 살에 미주로 이민을 가 고생 끝에 성공해, 농화학자로 일가를 이룬 오십대의 아들과 함께 귀국한다. 정말 오랜만의 입국이니 우선 오산에 있는 아내의 산소부터 찾는데, 묘를 관리하던 사촌은 이미 죽었다. 더욱 경악할 일은 이미 뼈가 묻힌, 주인공의 아내 묏자리에 죽은 사촌동생의 시신이 들어가 있는 것이다. 그 자리에 새로 상석과 비석까지 놓은 사촌동생의 묘와는 달리 주인공 아내의 무덤은 흔적만 흐릿하게 남은 폐총(廢塚)이 되어 있었다. 주인공의 조카가 자기 아버지의 묘는 관리를 잘 하고, 주인공 아내의 묘는 방치했던 까닭이다.

천인공노할 상황에서 고령의 주인공은 이 비정상적인 사태를 아예 모른 척한다. 주인공은 잘 가꾸어 놓은 사촌동생의 묘를 자기 아내의 묘로 인정하는 체하는 것이다. 그에 더해 주인공은 다음의 말을 조카에게 넌지시 던지며 슬기롭게 문제 해결을 모색한다.

> "첫첫, 어째 정작 자네 아비 무덤을 이 꼴로 만들어 놓았는가? 형세가 견딜만하다면서 내 아내의 무덤과는 너무나 대조적일세. 아무리 내가 자네 집안을 먹고 살만하게 도와줬다 하더라도 이래서는 못쓰지. 아까 그 무덤과 이 무덤이 어디 한 자손의 무덤이랄 수가 있나."[7)]

그러면서 주인공은 조카에게 "자네 아버지 묘소를 손질하는 데에 쓰"라며 비용을 준다. 절대 다른 데에 사용하지 말라는 간곡한 당부와 함께 말이다. 자칫하면 사촌조카와의 큰 불상사로 이어졌을 일을 순간적인 기지로 대처하는 원숙함은, 살아온 물리적 시간의 축적이 노인에게 가져다준 '시의성'과 다르지 않다. 그리고 이러한 기지는 세상 풍파를 온몸으로 겪으며 지혜를 체득한 노인이 아니고서는 얻기 힘든 것이다.

「어떤 파양(破壤)」에는 작품의 결말에서 일견 기존의 유교적 질서에서 탈피하는 노인이 등장해 이채롭다. 하지만 보다 주의 깊게 보아야 할 것은 역시 세상사에 대한 노인들의 넉넉한 품이다. 이 작품에 나타

7) 류주현, 「배덕의 묘」, 『류주현대표선집6』, 경미문화사, 1980, 239쪽.

나는 주요한 갈등은 집안의 종손을 미국으로 유학 보내느냐에 있다. 별채 뒤쪽에 조상의 사당까지 모시고 있는 김문현은 팔순을 넘긴 노부(老父)와 아들 도식 사이에 유학 문제로 고심하는 인물이다. 전통적 유교사상에 완고한 그의 아버지는 종손인 손자의 유학에 완강히 반대를 하고, 도식은 사당이나 지키며 사는 종손의 굴레에서 벗어나 미국으로 향하고 싶어 한다. 그러나 노부는, 이 시대는 공부보다 돈이 최고라는 점과 손자가 집안을 이을 유일한 남자라는 이유로 완고하게 고집을 피운다.[8)]

김문현은 양측의 주장에 어정쩡하게 서 있는 모양새이지만, 속내는 아들의 편으로 기울어 있다. 그가 동생네에 있는 아버지를 찾아가 도식의 유학 허락을 설득하는 것이 바로 그 증거이다. 그러나 결국 뜻을 이루지 못하자 그는 마치 원인불명의 화재가 발생한 것처럼 꾸며 사당을 불태운다. 방화 해결이 아쉽기는 하나, 이 장면은 김문현의 도식 유학 승낙을 상징적으로 보여주고 있다. 세상의 이치를 아는 노년 인물의 이런 행동을 자식사랑이라는 말로 이해하기는 어려우나, 김문현으로서는 아버지의 뜻을 거스르지 않는 한에서 찾아낸 최선의 묘책일 수밖에 없다.

마찬가지로 고령의 김문현 아버지는 겉으로는 돈과 종손이라는 명분으로 도식의 유학을 반대하지만, 그 내면에는 아들에 대한 은근한 부정이 깔려 있음을 알 수 있다. 노친은 손자에게 "할아버지 자신보다도 늙으신 아버지(김문현-인용자)를 두고 집을 떠나다니 말도 안 된다"

---

8) 시대의 변모와 함께 가치관의 변화로 인한 세대 간의 갈등은 노인이 주요 인물로 등장하는 소설에서 흔히 찾을 수 있는데, 이를 이재선은 '노년학적 소설'로 설정한다. 이재선, 『현대한국소설사』, 민음사, 1991, 288쪽.

는 깊은 속내를 드러내는 것이다. 이러한 우회어법이야말로 노인의 지혜가 발휘된 자식 사랑법이 아닐 수 없다.

3. 강렬한 삶의 의지와 생명의 비의 포착

「죽음이 보이는 안경」은 신산한 권지철의 생애가 우선 흥미롭거니와, 이 외에도 개성적 인물 창출, 예측불허의 구성을 통한 독자의 가독성 증폭, 인간의 삶과 죽음에 대한 심오한 사유, 예술가 소설로 읽힐 가능성 등등을 포함해 좋은 작품의 요소를 골고루 지니고 있다고 생각된다.

여기에 본고와 관련해 주목할 점은, 자신의 친자식을 버려가면서까지 생존을 희구한 권홍철(본명－지철)의 강렬한 집념인데, 이처럼 생에 대한 그의 의지는 동물적 본능과 다르지 않다. 권지철－권광훈(본명－광연) 부자의 돌이킬 수 없는 상황에는 6 · 25 전쟁의 비극이 전제된다. 혼란한 전쟁 시기에 권지철은 척추 결핵염으로 기동조차 불가능한 상태였다. 하여 그와 아들은 양주의 작은집에서 9 · 28 수복 때까지 납작 엎드려 지내고 있는데 문제의 '만세사건'이 벌어진다. 인민군 치하에서 신음하다 전세가 역전되어 태극기가 휘날리게 된 서울 성북역의 유엔군 초소로 사람들은 탈출을 감행한다. 그 대열에 지철과 광연 부자도 끼어 있었는데, 아버지가 거동을 못해 아들이 등에 업고 초소를 향해 달려야 했다. 그러나 먼저 탈출한 아낙네가 광연을 '지독한 공산당'이라 국군에게 일러바치자마자 총알이 날아든다. 피격된 광연은 메밀밭 두렁으로 곤두박질치고 "가슴에서 펑펑 쏟아지는 선지피"를 흘린다.

이런 일촉즉발의 정황에서 놀라운 것은 지철의 반응이다. 그는 아들의 고통을 외면한 채, 어떻게든 자신만은 살아야겠다는 본능적 집착으로 "유엔군 만세, 만세, 만세!"를 외쳐댄다. 이 사건의 전모를 알고 있는 박병성 화백은 당시의 상황에 자신이 견해를 다음과 같이 덧붙인다.

> " (……) 자식은 메밀밭둑에 쓰러진 채 피투성이로 움직이지 않는데도 애비는 뒤돌아보지도 않고 뛰기 시작하는 그 장면이 눈에 선해요. 이젠 살았다는 생각에서 없는 힘이 솟았을 겝니다. 순전히 순간적인 행동이었겠지요. 죽음에 대한 공포와 생명에 대한 애착이 함께 똘똘 뭉쳐 그로 하여금 그런 용감한 행동을 하게 한 것이 아니겠소."[9)]

이 강렬한 생의 의지와 실천은 생존의 위기 앞에 선 연약한 인간이 할 수 있는 유일한 무기이다. 게다가 전쟁이라는 극한의 한계상황 앞에 서라면 좌고우면하기가 더욱 어렵다. 말 그대로 "실존은 본질에 앞서"는 것이다. 그러나 이후 이 사건은 권지철을 홍철로 개명하게 만들고, 아예 "세상에서 자취를 감추"게 한다. 이제 그는 이전과는 완전히 다른 양태의 삶을 사는 사람으로 바뀌게 된다. 지철은 부자간의 정마저 짓밟고, 자신만 살겠다는 몰염치, 혹은 삶에의 맹렬한 집착에 심한 자괴감을 느끼며 종적을 감추는 것이다. 그러나 지철 자신도 모르게 발현된 맹목적 생의 의지는 부자의 정보다 질긴 인간의 가장 진솔하고 본래적 모습이 아닐 수 없다.

삶에 대한 강한 애착을 드러내는 인물은 「신의 눈초리」에도 등장한다. 이 작품 역시 생명에 대한 부자간의 대립적 상황이 연출되어 있다. 이 갈등은 강인규와 "오십대 후반으로 보이는 우람한 체구를 가진" 중

---

9) 류주현, 「죽음이 보이는 안경」, 앞의 책, 201쪽.

풍환자 그의 아버지 사이에서 발생한다. 50대에 발병하여 좌측 수족이 마비가 된 강인규의 아버지는 집에서나마 강한 재활 의지를 보이며 날마다 걷기와 팔 들어올리기 등의 운동을 한다. 생에의 강한 집념으로 눈을 부릅뜨고 재활 의지를 불태우는 그의 모습은 그러나 "왼켠은 반쯤 벌려진 채 동공이 굳은 대로였고, 입을 꼭 다물었다곤 하지만 왼켠 입마구리가 위로 바짝 치켜진 채 흉하게 씰그러졌으므로 걸다란 침이 그리로 줄줄 흐르"는 추한 상태였다. 그럼에도 그는 열심히 운동을 하고 뒤뚱거리며 걷다 넘어지기도 하는데, 그때 그의 눈초리에는 마치 '운명 직전 죽음과 겨루는' 것처럼 분노와 비장이 서려 있다. 그런 아버지에 강인규의 불만은 크다. 강인규는 아버지의 회복을 응원하기는커녕 삶에 대한 '치사스런 집착'이라며 되레 멸시하기까지 한다.

부자간의 이런 극명한 대조는 목숨에 대한 인식의 차이에서 비롯한다. 중증 환자인 아버지로서는 당연히 불시에 다가올지 모르는 죽음을 두려워하고 또 그것을 뛰어넘기 위해 부단히 애를 쓰지만, 아직은 한창인 나이의 강인규는 목숨에 대한 집착을 치사한 구걸로 여긴다. 하여 강인규는 불구의 몸으로 생의 의지를 불태우는 아버지를 인간이 아닌 '원시적인 욕망과 집념으로 일그러진 추한 괴물'로까지 폄훼하는 것이다.

강인규의 이러한 태도는 두 가지 이유에서 비롯하는데, 그 하나는 위에서 언급한 내용 그대로이다. 또 하나는 강인규의 배금주의적 태도에 있음이 작품에서 확인된다. 가발공장으로 돈을 번 그는 인간의 생명마저도 효용성에 기반해 이해한다. 그것은 자기 아버지의 경우라도 다르지 않다. 그는 병든 자신의 아버지를 "목욕탕 바닥에서 수집한 여자들의 거웃털의 이용가치만도 못한 한 인간"으로 모멸까지 하는 것이다.

그러면서 동창인 화자에게 자신의 속내를 다음과 같이 털어놓는다.

> "살아 봤자 아무 쓸모도 가치도 없는 생명두 보호해야 할까. 그저 순전히 동물적인 인간의 생명도 말일세. 오히려 남에게 피해만 입히게 될 존재, 그런 존재의 생명도 보호해 줘야 하고 그런 인생두 존귀한 것일까?"[10)]

물론 강인규의 이런 극단적인 언사 속에는 아버지에 대한 자신의 착잡한 심사가 포함되어 있다. 그럼에도 그가 아버지를 향해 "저렇게까지 해서 쓸모없는 생명을 연장해보려는 동물적 욕망"이라 하거나 아버지처럼 '생명에 대해 치사스런 집착'을 갖지 않겠다는 결의는 인간의 생사를 도구적 관점에서 보고 있기에 가능한 것이다.

목숨에 대한 부자간의 대립적 양상과 함께 「신의 눈초리」에서 중요하게 봐야 할 지점은 과연 인간의 생명을 주관하는 자가 누구인가에 대한 류주현의 묵직한 질문이다. 작가는 소설의 결말에서 그 답안을 독자들에게 사유하라고 촉구하는 듯하다. 작품에서 느닷없는 죽음을 먼저 맞이하는 사람은 바로 삶에 자신만만했던 강인규이다. 그는 복상사(腹上死)로, 자신의 뜻과는 전혀 무관하게 저세상 사람이 된다.

"존재하는 모든 것은 아무 이유 없이 태어나서 연약함 속에 존재를 이어가다 우연히 죽는다"고 말한 이는 사르트르이다. 정말이지 강인규는 너무도 '우연히' 죽음을 맞이했다. 이처럼 인간의 의지와 무관하게 생사를 관할하는 이는 바로 절대자라고 류주현은 강변한다. 인간의 생사여탈을 주관하는 그 절대자에게는 그러나 온정 따위라곤 없다. 비정

10) 류주현, 「신의 눈초리」, 위의 책, 80쪽.

한 눈초리로 인간의 생사에 관여할 따름이다.[11] 이때 인간은 세상사를 온전히 이해할 수 없다는, 절망적인 불가지론자로 전락할 수밖에 없다. 작가의 이러한 시각은, 우리가 실증적이고 과학적인 세계관에 입각해 생과 사, 그리고 사후의 세계를 해석하는 통념에 의문을 제기하는 원천이 된다.

4. 삶과 죽음의 중첩, 불교적 세계관의 투영

나이 사십도 되기 전에 신경쇠약으로 고생한 류주현은 이후에도 방대한 집필로 인한 과로로 건강이 안 좋았고, 그러다 1978년에는 척추골절로 집필자체가 완전히 중단된 상태였다. 병마에 시달리는 인물들은 작가의 작품 다수에 그대로 반영되어 있는데, 그것은 작가 류주현의 의식과 실상이 투영된 결과물이다. 와병의 시련은 자연스럽게 작가의 시선을 '삶의 의미'와 '죽음'에 대해 숙고하는 시간을 마련하게 한다. 이는 류주현 소설에 삶의 비의를 관할하는 자가 인간이 아닐 수도 있다는 통찰로 이어진다.[12]

여기에 류주현은 인간사 순환의 근원이나 사후 세계에 대한 나름의

11) 이에 비해 김상선은 실존주의적 입장에서 작품 말미에 나오는 어구 '신의 눈초리'를 해석한다. 그는 '신의 눈초리'를 "외부적이며 감각적인 것이 아니라, 내부적이며 정신적인 인간 본연의 생명을, 그리고 원시적인 인간의 순수성을" 의미하는 것으로 파악한다. 이런 그의 시각은 생사에 관여하는 절대자 대신 인간 본연의 의지적 입장에 보다 무게를 둔 것으로 보인다. 김상선, 「류주현의 극한의식」, 『류주현 연구』(오인문 엮음), 40－41쪽.

12) 류주현 연보에는, 이 시기 작가의 작품들이 "인간의 영혼과 본질성, 내재적 존엄성 등을 다루기 시작한 제 3기 문학"으로 구분되어 있다. 오인문, 「류주현 연보」, 위의 책, 298쪽.

질문과 답안으로 자신의 사유를 더욱 심화한다. 이는 에드워드 사이드가 말한, 작가들이 말년에 세상사의 '풀리지 않는 모순'에 집중한 '말년성'과 궤를 같이 하는 것인데, 그는 "사람은 나이가 들면 더 현명해지고, 예술가들이 경력의 말년에 이르러 얻게 되는 독특한 특징의 인식과 형식이 과연 존재할까?"[13]라는 질문을 던진다.

이제 류주현은 몇몇 작품들을 통해, 과학의 발전과 무관하게 도무지 알 수 없는 생과 사의 비경 속으로 탐조등을 밝힌다. 그 첫째는 작가가 삶과 죽음이 연속적으로 중첩되어 있는 양상을 살피는 것이다.

「어느 하오의 혼돈」은 제목에서처럼 혼란의 양상이 종잡을 수 없게 펼쳐져 있다. 스물네 살 맹인 여성 안마사와의 만남으로 시작되는 이 혼돈은, 시간적으로는 신라시대부터 현재까지, 공간적으로는 한국은 물론 중국으로까지 종횡무진으로 펼쳐진다. 작품 화자의 혼몽은 안마사의 "아이 담배 냄새"로부터 시작된다. 몸을 내맡긴 중년 사내 주인공은, 안마사와 이야기를 나누며 점차 현실과 환상의 경계를 넘어서는 미궁으로 빠져든다.

안마사는 이 안마소를 처음 찾은 사내의 몸을 자주 만진 일이 있는 것 같다고 한다. 그러면서 선천적으로 맹인이라 이제껏 눈으로는 아무것도 본 적이 없는 여자는 "그렇지만 볼 수 있어요. 이따금씩 같은 얼굴들, 같은 장소, 같은 얼굴이긴 해두요"라는 알쏭달쏭한 말과 함께 자기 역시 "꿈인지 생시인지 분간할 수 없는 환상에 빠질 때가 있"다며 말을 잇는다.

우선 그는 신라시대에 서라벌에서 멀지 않은 산골 화전민의 딸로 살

13) Edward W. Said, 앞의 책, 같은 장.

았던 시절을 이야기한다. 그때 그는 소지왕(炤知王)의 총애를 받는 벽화(碧花)로서의 삶을 살았다. 이어 그는 고려시대에 원(元)나라로 가 순제(順帝)의 사랑을 받는 궁인(宮人) 기(奇)씨의 생을 영위했다. 다음으로 그는 조선시대 성종(成宗) 때 연산군의 어머니 폐비로 살다 사약을 받고 죽은 일을 말한다. 일제시대에 그는 요사스러운 일제의 첩자로 살다 후에 반민특위에 체포된 배정자(裵貞子)가 바로 자신이었다고 한다.

놀라운 것은 맹인인 그가 하는 말이 사료에 나와 있는 내용과 일치한다는 점이다. 소설의 화자는 이 사실에 커다란 혼돈을 느낀다. 안마사의 말이 단순히 남의 이야기나 대중매체를 통해 들은 이야기라 일축하기에는 역사적 정황과 사실성이 너무도 정확하기 때문이다. 하여 화자는 안마사의 말을 "불교의 윤회설이나 환생설을 이용한 각본"으로 치부하려 한다. 소설이 발표된 당시인 1977년을 기준으로 볼 때, 최첨단의 과학적 지식과 기술이 총합된 학문이랄 수 있는 전자공학과 교수인 화자로서는 그렇게 무시하는 것이 최선의 대응일 수 있다.

하지만 여안마사가 전생에 자신의 딸이었을 수도 있다는 사실을 확인하는 순간 화자는 걷잡을 수 없는 혼란에 휩싸인다. 그를 처음 만났을 때 여자가 했던 "아이 담배 냄새"는 공과대학 강사로 일하던 당시 골초였던 자신의 체취이며, 그의 몸을 전에 만져본 적이 있는 것 같다는 안마사의 말은 화자가 어릴 적 딸을 데리고 목욕탕에 데려가 서로 몸의 때를 밀어주었던 당시의 감촉을 섬세하게 기억해낸 산물이다. 거기에 화자를 혼돈의 도가니로 몰고 간 것은, "감기를 앓다가 페니실린 쇼크로 갑자기" 죽은 둘째딸과의 연관성이다. 여덟 살에 죽은 화자의 딸은 스물세 살의 맹인 안마사로 환생해 있다는 시간적 아귀가 맞아떨어지기 때문이다. 둘째딸이 전생에 배정자로서 살다 죽은 것도 햇수로 정확하게 일치한다.

안마사의 연속된 환생의 삶이 소설적 장치일 수 있으나, 아무튼 이 가공할 사실 앞에 화자는 "인간의 영혼이나 그 존재 자체는 실증주의로는 이해될 수 없으며 이해하려 해서도 안 된다"는 준엄한 각성을 한다. 그런 한편으로 화자는 여전히 혼란스러운 심사를 밝힌다.

> 나는 이제 그 여자(안마사—인용자)로 말미암아 종생토록 뭔가 생각하며 살아가야 한다는 하나의 존재적 실체로서의 숙명을 바로 그 여자가 그렇게 해서 내게 깨우쳐 준 것이라고 생각한다.
>
> 그렇더라도 내겐 너무 벅찬 문제라서 아무것도 모르겠다.
>
> 진정 뭐가 뭔지 모르겠다. 인간 그거, 그 존재, 그리고 우리들 서로의 인연 그거, 뭐가 뭔지를 정말 모르겠다.[14]

인간과 세계, 우주의 섭리에 대한 이해 불가의 이 심경 토로는, 생사와 사후세계에의 실증 역시 미궁일 수밖에 없다는 것과 다르지 않다. 이 절망적 불가지론의 입장으로는 세상만사의 본질을 꿰뚫을 수 없다. 신의 존재 여부는 차치하고라도, 인간사에서도 그것은 마찬가지이다.

비록 「어느 하오의 혼돈」에서 생사의 중첩과 삶의 순환에 대한 이해의 고역스러움을 고백하기는 하지만, 류주현은 그 난경을 짚어보려는 노력도 게을리 하지 않았던 듯하다. 이 점 역시 말년의 류주현 작품에 나타나는 커다란 특징인데, 이는 병마에 시달리며 사후세계에 작가 나름으로 고민한 결과물이 아닐까 싶다. 그리고 아마도 그 해법을 작가는

14) 류주현, 「어느 하오의 혼돈」, 앞의 책, 26쪽.

불교에서 찾으려고 한 듯하다. 연재소설 건으로 투병중인 류주현을 자주 찾았던 정규웅은, 작가가 "궁극적으로 윤회설을 믿고 있었던 듯이 보였다"15)고 언급한 바 있거니와, 1977년 발표작 「죽음이 보이는 안경」에서는 그 흔적이 여실히 발견된다.

류주현의 중·단편 중 많은 이들에게 고평되는 이 작품에는, 인간의 힘으로는 도저히 조종할 수 없는 불가사의한 인연의 끈이 서술되어 있다. 제주도 만장굴에서 죽은 권지철의 유골을 고고학자인 증손자 권정환이 확인하게 되는 것이 우선 그렇다. 그는 동굴에서 증조부의 유품인 안경 알 두 개와 지갑을 슬쩍 훔친다. 지갑 속의 주민등록증은 망자가 권정환과 혈족임을 알려주고, 권정환은 묵고 있는 호텔 로비에 걸려 있는, 작품에 'CHUL'이라 사인이 되어 있는 권지철의 그림을 우연히 보게 된다. 그리고 권정환은 자신의 안경에 유품 안경알 하나를 끼워 넣는 것으로 생면부지 증조부와의 인연을 잇는다.16)

소설미학적으로는 작위적 구성이랄 수도 있는 위의 상황은, 그러나 누구의 의지로 삶의 인연이 맺어지는가의 관점에서 보면 이야기가 전혀 달라지게 된다. 류주현은 바로 그 인간의 힘으로 어찌할 수 없는 인연을 「죽음이 보이는 안경」에서 보여주고 있다. 이것은 그 인과성을 실증할 수는 없으나, 불교의 인연설과 맥이 닿아 있을 터이다.

---

15) 김용성, 「「신의 눈초리」의 柳周鉉」, 오인문 엮음, 앞의 책, 162쪽.

16) 홍기돈은 권정환이 자신의 안경에 권지철의 안경알 하나를 끼워 넣는 행위를 '삶과 죽음이 중첩된 양상'으로 보고 있다. 이는 고고학자 권정환이 자신의 원래 안경알로는 삶을, 증조부의 안경알로는 죽음을 보는 상징으로 활용된다는 것이다. 그리고 홍기돈은 권정환의 이 행위를 「죽음이 보이는 안경」에 인연설과 연기설이 그려진 단서로 파악한다. 홍기돈, 「삶에 대한 인식의 두 경향: 연기설(緣起說) 속의 주체와 '완전한 자유'를 지향하는 주체—류주현 소설집 『죽음이 보이는 眼鏡』에 대하여」, 『이상리뷰 17호』, 이상문학회, 2021, 12, 281쪽.

류주현이 불교의 연기설(緣起說)을 믿고 있었다는 사실은 앞에서 밝힌 바 있고, 그가 "고미술품에 관심을 갖지 시작"[17]한 점도 확인이 가능하다. 작가가 파이프를 물고 지긋한 눈길로 백자를 바라보는 사진이나, 궁궐 담장의 벽화를 감상하는 생존시의 근영(近影)들은 곧 고미술에 대한 그의 남다른 안목을 입증한다 하겠다.

그 중 불교미술품이 대거 등장하는 작품은 「환상의 현장」이다. 작가가 건강상의 이유로 일체의 집필을 중단하기 직전인 1978년에 발표된 이 작품에는, 불교미술품에 대한 류주현의 조예가 짙게 배어 있다. 옵셋 인쇄소 '상속 사장'인 달호는 현실적 돈벌이에는 별 관심이 없는 인물이다. 대신 그는 금강동자상, 석조불두(石彫佛頭), 지장보살, 부도명왕, 사천왕상, 마귀상, 탱화[佛畵], '절에서 써 오던 목기' 등으로 가득한 아파트 안에 틀어박혀 '병적인 폐쇄 생활'을 하는 기이한 인물이다.

그럼에도 달호는 나름의 소신은 뚜렷해, 누가 불교 미술품 수집 동기를 물으면 다음과 같이 답한다.

> "한국 사람이 불교적인 것으로 미를 발견 못하면 어디서 그걸 발견할 수 있다는 겁니까. 나두 한국인이니 그저 좋아서 모으는 거죠."[18]

달호의 이와 같은 언술은 한국인의 삶이 불교와 밀접하게 연관될 수밖에 없음을 의미한다. 주지하다시피 불교는 고구려 소수림왕 2년(372년)에 중국으로부터 전래되었다. 그러나 이는 왕실을 기준으로 한 내용이고 실제 민간에서는 그보다도 전에 불교가 유입되었다고 연구자들

---

17) 오인문, 「류주현 연보」, 앞의 책, 297쪽.
18) 류주현, 「환상의 현장」, 앞의 책, 43쪽.

은 본다.[19] 이후 불교는 우리 문화 융성에 커다란 영향을 끼쳤고 유력 종교로 현재까지도 역할을 계속하고 있다. 유구한 역사를 함께한 불교의 특징이 삶에 반영되어 있음은 당연하다. 달호가 이웃집 여인을 망원경으로 훔쳐보며 “전생에서 이승을 보는 것 같고 이승에서 전생을 보는 것 같기도”하다는 점을 느끼는 것은, 그것이 곧 환각일 수도 있지만 다른 한편으로는 불교적 세계관에 입각한 세상사의 이해일 수도 있다.

이는 달호 자신이 “저 불상 중에 하나가 나 자신인 것처럼 착각”을 한다고 고백하는 것과도 연관이 있다. 불교에서는 누구나 성불(成佛)하여 부처가 될 수 있다고 가르친다. 인간의 무지로 닫힌 불성을 깨우쳐 얻으면 어떤 중생이라도 부처의 경지에 이를 수 있기 때문이다. 달호 역시 신경쇠약으로 고생하는 일개 중생이지만 그 역시 성불을 하기 위한 노력을 멈추지는 않는다.

그 증거는 달호가 “국보적인 불상 하나 깎을” 염으로 가득하다는 점에서 확인된다. 목각상에 대한 달호의 포부는, “언젠가는 심장이 뛰는 살아 있는 예술적 불상을 조각”하려는 것이다. 그 불상은 이제 단순한 사물로서의 조각상이 아니다. 그것에는 “나무토막 속에 자비로운 피가 흐르고 숭고한 정신과 법덕이 깃든 불상”, 즉 인간과 다르지 않은 불상이 될 터이다. 그 경지에 이르기 위해 부단한 수련이 무엇보다 중요할 것은 자명하다.

거기에 또 하나, 그 지고한 예술적 완성을 통해 너바나(nirvana)의 세계로 입사하는 것은, 이승에서는 실현하기 불가능한 일이기도 하다. 부처의 죽음을 의미하는 열반이라는 단어는 본래 깨달음의 뜻으로 사용

---

19) 김정빈・글/최병용・그림, 『만화로 보는 불교이야기3』, 고려원미디어, 1998, 194쪽.

되었다. 불가에서는 인간의 완전한 깨달음이 현세계에서는 불가능하다고 본다. 즉 완전한 깨달음은 사후세계에서 추구하고 이것을 '무여열반(無餘涅槃)'이라 칭한다.[20]

류주현은 생의 완성을 사후세계에서 찾으려 한 것일까? 아울러 자신의 예술적 완성도 '무여열반'을 통해 얻으려 한 것일까? 유독 병치레가 많았던 작가가, 병고 속에서 말년에 통찰한 바가 이것일까? 섣불리 예단하기는 어려운 일이다. 하지만 「환상의 현장」에서 달호가 앞집 여자를 보다 호신불(護身佛)을 손에 쥐고 아파트에서 추락하며 가슴으로 <반야심경>을 듣는 것이, 곧 이승과 저승의 중첩이자 생과사의 경계와 혼돈을 넘어서는 불교적 세계관과의 완전한 합일이 아닐 수 없다고 본다면, 작가 류주현 역시 이와 같은 삶을 종래에는 추구했던 것이 아니었을까 하는 심증은 간다.

20) 山口 益 외, 『현대인의 불교학』(정병조 옮김), 불교시대사, 1992, 64－65쪽 참조.

2
조해일, 희망을 이야기한 작가

1. 왕십리 아이에서 피어난 희망의 단초

무학대사가 조선의 새 도읍지로 태조 이성계에 추천하려던 곳, 그러나 결국 수도의 사대문 밖으로 밀려난 비운의 공간 왕십리는, 본격적인 개발이 되기 전 서울 사람들이 먹는 채소 대부분이 재배되는 농토에 불과했다. 그곳에서는 채소의 거름으로 인분을 사용했는데, 한밤중 기동차에 그것을 싣고 달리면 파리들이 새까맣게 달라붙는 것은 당연지사. 하여 언제부터인지 왕십리에서 채소를 키우던 사람들은 '똥파리'라는 오명까지 뒤집어쓰게 되었다.

도시화의 물결이 서서히 밀려오던 1970년대 초에도 도심에서 비껴선 왕십리의 서민과 빈민들의 삶이 힘겨웠을 것은 자명하다. 곤궁한 처지에 육체노동으로 생계를 이어가는 대부분의 그들은 하루하루의 생활이 곤혹스럽기만 하다. 조해일의 등단작 「매일 죽는 사람」의 주인공은 '매일 죽어야'만 일당을 벌어 생활을 할 수 있는 엑스트라 배우이다.

「뿔」에서는 오로지 몸뚱이로만 돈을 벌어 사는 왕십리 역전의 지게꾼이 등장한다. 「방」에는 "평 반짜리 방 하나에 반 평짜리 부엌 하나씩 달린 연립(聯立) 셋방에 사는 가난뱅이들"이 나온다. 작품에 그들의 실거주지가 어디인지는 분명하지 않으나, 저마다는 왕십리로 제유되는 빈곤의 공간에서 변두리적인 삶을 꾸리며 살아간다.

위에 언급한 작품들에서 확인이 되듯, 조해일은 도심 언저리 서민의 고단함을 그린 작가이다. 그런 점에서 조해일은 도시 주변부의 한 공간을 상징하는 왕십리의 작가라 할 수 있다. 동두천 미군부대 부근에서 고단하게 살아가는 민초들을 그린 「아메리카」나 '이화'로 기억되는 『겨울여자』를 많은 사람들이 회자한다 해도 조해일은 역시 도심 가장자리의 삶을 묘파한 왕십리의 작가이다.

실제로 그는 왕십리 일대를 배경으로 한 중편소설 「왕십리」와 함께, 소설 주인공이 왕십리에서 흑석동으로 거처를 옮기는 장면을 그린 「뿔」을 쓰기도 했다. 「왕십리」에서 작가는 그곳 사람들이 "나무판자도 모자라서인 듯 천막 조각이나 헝겊 누더기, 또는 종이 상자 같은 것까지 이어붙인" 판잣집에서 저탄장(貯炭場)의 '석탄 빛깔인 듯'한 공기를 들이마시고 '찌든 땀 냄새'를 풍기며 살아간다고 사실적으로 묘사했다.

각각의 작품에는 고달픈 삶의 풍경이 그려져 있지만, 조해일은 왕십리 똥파리들이 희망의 끈마저 놓고 있지는 않다고 여긴다. 그 따뜻한 시선이 조해일 소설을 반짝거리게 하는데, 이런 양상은 「매일 죽는 사람」에서부터 확인할 수 있다. 이 작품에는 거개의 직장인들이 쉬는 일요일, 재수가 좋아 영화에서 두 번쯤 죽고 거금 육백 원을 손에 쥔 주인공이 나온다. 영화 엑스트라 일을 한 그는 끈이 끊어져 한쪽 구두가 벗겨진 상태인 줄도 모르고 막차 버스에서 하차한다. 맨발인 "오른쪽 다리가 경직이라도 일으킨 듯 뻣뻣하고 불편했으나" 귀가를 위해 그는 안간힘을 쓰며 걷는다.

쥐뿔도 없는 살림살이에 아내는 임신 7개월, 그리고 한쪽 구두마저 잃어버린 형편…… 이 당혹스러운 처지에서 "누구나 매일매일 조금씩은 죽어가며 살고 있다. 어린 아이들조차 그러하다. 아내의 뱃속에서 자라고 있을 태아도 이를테면 죽음의 싹이다"라고 염세적인 시름에 젖어드는 것은 자연스럽다. 하루하루의 곤핍한 생활에 무슨 휘황찬란한 상념의 나래가 펼쳐지겠는가?

그럼에도 「매일 죽는 사람」의 결말은 비관적이지 않다. 한쪽 구두를 분실했지만 소설의 주인공은 "아, 나의 또 하나의 발은 아직 살아 있었구나! 이 발은 그리고 따뜻하고 편안하구나! 이것은 튼튼하구나! 마치 반석과도 같구나" 하고 자위한다. 체념의 늪에서 피어난 작고 소중한 생의 의지는, 부정적으로만 생각했던 아내 뱃속의 태아에 대한 인식도 변모케 한다. 이제 그는 아내의 '뱃속에 태아가 하고 있을 몸짓'을 상상하며 "그래, 그건 죽음의 싹이 아니다. 그렇게 불러서는 안 돼"라고 인식을 전환하는 것이다.

절망적 상황에서 의식적으로나마 긍정의 힘을 떠올리는 주인공의 태도가 어느 평론가의 말처럼 '하나의 사족 같은 것'일 수는 없다. 막연하기는 해도, 그 희망에 대한 기대감은 사그라지지 않는 불씨처럼 소중하다. 특히 태아에 대한 심중의 변화는 「이상한 도시의 명명이」에서 '명명(明明)이'의 작명과도 연관된다. '명명이'라는 이름은 아이가 '밝고 맑은 마음씨'를 갖고 세상의 '혼돈과 만나지 않게 되었으면 하는' 바람으로 지어진 것인데, 이는 「매일 죽는 사람」의 태아에 대한 애정으로부터 발원한 것이라 하겠다.

물론 왕십리 키즈(kids) 모두가 '명명이'의 이름대로 밝고 올바르게만 성장하는 것은 아니다. 「멘드롱 따또」에 나오는 부대 선참자들의 가학적 폭력과 그에 동조하는 내무반원들, 「패(霸)」의 학창 시절 교활한 반장인 나에게 수난을 당하다 군대에서는 선임자가 되어 가공할 폭력으로 복수하는 차인규, 「나의 사랑하는 생활」에서 매춘으로 학비도 마련하고 자유롭게 섹스를 즐기는 여대생, 도둑질에 남편 앞에서 아내를 겁탈하는 「무쇠탈」의 극악무도한 범죄자들은 사회의 보편적 규율에 해악을 끼치는 괴물들이다. 그들의 삶은 작가가 「매일 죽는 사람」에서 보인 태아에 대한 기대와 희망이 크게 어긋난 경우이지만, 예나 지금이나 세상이 선량한 사람들로만 구성되지 않는다는 사실은 명백하고, 악인들의 준동 또한 도처에서 확인되는 것이 실상이다.

세상이 악행의 구렁텅이에서 허우적거릴 때, 위의 '명명이'처럼 순수하고 건강한 인물들의 가치는 도드라진다. 특히 순진무구한 아이들의 존재는 세상에 희망의 빛을 던져준다. 「내 친구 해적」에 나오는 '해적'은 올바른 사회를 희구하는 사람들에게 그 염원의 단초를 표상해주는 인물이다. 해적은 소설의 주인공인 내가 전란에 피난살이를 하던 항구도시의 고등학교에서 알게 된 친구이다. 이후 나와 막역지우가 된 해적의 학창시절은 생에 대한 활력과 건강함이 가득하다.

> 그가 솟아오르려는 해면이 엷은 빛으로 바뀌고 물방울을 튕기며 드디어 그의 머리가 해면 밖으로 튀어나온다. 해면에 반사되는 눈부신 햇빛 속에 젖은 얼굴을 쳐들고 그는 휘파람을 한번 휘익 분다. 그

러고는 무엇인가 손에 쥔 것을 흰 이로 물어뜯는다. (중략—인용자) 멍게를 이빨로 물어뜯어서 그 견고한 껍질을 깨뜨리는 소리다. 알맹이를 꺼내서 그는 물위에 뜬 채로 그것을 대강 바닷물에 헹군다. 그러고는 번쩍이는 상반신을 해면 밖으로 솟구치며 나를 향해 던진다.

—「내 친구 해적」 중에서

바다에 들어가 각종 해조류와 어패류를 수확해 수면 위로 오르는 해적의 역동적 모습이다. 해적의 이 건강한 생명력은 「매일 죽는 사람」의 태아가 출생해 올바르게 자라고 있다는 하나의 예가 된다. 해적 같은 아이들은 이후 건전한 영육의 고양을 위해 노력할 것이다. 그리고 그들은 성인이 되어 설혹 가난한 왕십리 똥파리의 삶을 살지라도, 자기 정체성을 확립하고 공공의 이익을 위해 노력하는 참다운 인간으로 우뚝 설 터이다.

올바른 인간으로 성장한 성인들의 의로운 삶은 다음 장에서 논할 것인데, 이런 점을 염두에 두면 조해일은 어둡고 힘든 시대에 희망을 이야기한 작가라 할 수 있다. 그리고 그 토대는 당연히 왕십리로 제유되는 공간에서 살아가는 가난한 자들과 그들의 아이들이다.

2. 똥파리들의 자존심과 공공선(公共善)의 지향

왕십리 키즈에서 똥파리로 성장한 사람들 대개는 여전히 별반 가진 것 없이 남루한 생을 꾸려간다. 경제적으로는 늘상 빈한하지만 조해일 소설에 등장하는 주요 인물들은 나름의 '자기세계'를 고수한다. 김병익은 이를 두고 조해일 소설에 나타나는 '양식화의 아름다움'을 언급한다. 「뿔」에서 지게꾼이 뒷걸음질로 짐을 옮기는 장면에서 그 특성을 포착한 김병익의 언술은 타당한데, 이를 좀더 내면화하여 살피면 조해일 소설의 몇몇 인물에 독특한 아비투스(habitus)가 발견된다는 사실은 흥미롭다. 범박하게 말해, 아비투스는 특정한 환경의 영향 하에 발현되는 인간의 무의식적 행위의 총체라 할 수 있다. 이를 통해 인간 저마다의 취향, 습관, 본성 등이 표출되는데, 이는 곧 타인과 자아를 구별 짓는 중요한 요소가 된다.

조해일은 등단작 「매일 죽는 사람」에서부터 유다른 아비투스를 내장한 인물을 등장시키고 있다. 이 소설의 주인공은 특이하게도 생활세계에서 유용할 편리한 방식들에 호의를 보이지 않는다. 오히려 그는 "간단하게 처리되는 일 전반에 대해 증오심을 품고 있"을 정도이다. 이 희한한 인물이 처한 사회·경제적 어려움은 이미 앞에서 이야기한 바가 있다. 그럼에도 그는 융통성이라곤 전혀 없는 벽창호처럼 비실용적인 삶의 방식을 고수하려 한다.

또한 「뿔」의 지게꾼은 외견상으로 역행(逆行)을 통해 자신의 남다른 존재감을 드러낸다. 그러나 이 소설에서 지게꾼의 본래면목이 드러나는 지점은 한강대교에서 여자 걸인의 양은 동냥그릇을 걷어차는 장면에서이다. 찬 공기 속에서 아기에게 젖을 물리며 행인들의 온정을 기대하는 불쌍한 여인의, 어쩌면 그의 유일한 호구지책일 동냥그릇을 내차는 일은 매몰차고 잔인한 일이 아닐 수 없다. 그 바람에 여인은 구걸로 벌었던 몇 푼의 동전마저 잃을 처지가 되었다.

이 상황에서 이삿짐을 의뢰한 가순호가 영문을 알 수 없는 것은, 광포하게 일그러진 표정으로 동냥그릇을 걷어찬 지게꾼의 얼굴이 "온통 눈물로 뒤범벅이 되"었다는 점이다. 또 그 순간에 가순호는 지게꾼에게서 "정말 아름다운 얼굴을 본 것"으로 생각한다. 일상의 통념으로 보자면 지게꾼의 행위는 무뢰한의 악행일 터인데, 지게꾼과 가순호는 이심전심으로 내면의 남다른 공감을 하고 있다.

그 교류의 실체는 무엇일까? 그것은 건강한 똥파리들에 잠재되어 있던 아비투스가 무의식적으로 발현된 것이 아닐까? 없이 살아도 어떻게든 자립하려 노력하는 것이 삶을 존중하고 스스로를 높이는 유일한 길이라는 사실을 둘은 무언으로 주고받는 듯하다. 생활에 대한 이런 자세는 빈자(貧者)에 대한 섣부른 연민과 동정이 올바른 일이 아닐 수도 있다는 점을 역설한다. 조해일의 이런 냉정한 진단은 가난뱅이 똥파리들에게 단순한 편의에 점염되지 말고 자립의 힘과 자존심을 갖출 것을 웅변한다. 그때 개인의 행복과 공공의 선이 확립될 수 있다고 작가는 확신한다. 사회 · 경제적 위치와 무관하게, 자존감과 자립 의지가 확립된 개인들이라야 세상에 떳떳하게 고개를 들 수 있다는 것이다. 아울러 그럴 때에라야 부조리한 인간과 세계에 자신의 목소리를 당당하게 낼 수도 있다고 작가는 본다.

그런 관점으로 볼 때, 「통일절소묘」에 나오는 '자기가 자기로 되자는 운동'은 인간 그 자체에 대한 존귀한 자각과 실천이, 개인과 사회에 얼마나 지대한 영향력을 행사할 수 있는가를 여실히 증명하는 적절한 예라 할 수 있다.

'돈이 자꾸 나오는 지갑(또는 날아다니고 말하는 지갑) 이야기'라는 부제가 붙은 「이상한 도시의 명명이」에서 '명명이'는, 이제 막 스무 살이 된 청년이다. 그는 외삼촌에게 지갑을 선물 받는데, 신기하게도 이

지갑에는 지폐를 비울 때마다 오백 원 권이 새롭게 들어앉아 있곤 한다. 게다가 이 지갑은 인간과 말도 하고 양탄자처럼 사람을 태우고 날아다니기도 한다. 이 작품에서 '명명이'는 지폐를 타고 날아다니며 밀수까지 하는 부자, 부정한 대출을 해주는 은행가, 학문적 양심을 저버리고 정부 입장에 선 보고서를 쓰는 경제학 교수, 돈이 없으면 적기에 의료 도움조차 받을 수 없는 가난한 사람들을 보며 사회 곳곳의 부패상을 목격한다.

공상 같은 이야기이지만, 이 소설의 요체는 '명명이'가 온갖 부정을 목도하고 문제의 그 지갑을 불태워버린다는 데에 있다. '명명이'는 자기의 지갑에서 생기는 불로소득이 실제로는 타인의 몫을 수탈해서 채워지는 것이라는 사실을 체감했기에 단호한 결단을 내릴 수 있었다. 공익의 가치는 부정한 방식으로 자신의 이익만 챙기지 않을 때에라야 훼손되지 않는다고 그는 굳게 믿는다. '명명이'의 이런 진정성이 세상물정 모르는 철부지 짓으로 폄훼될 수는 없다. 중요한 것은 세상에 대한 '명명이'의 올바른 분별력과 불의에 굴하지 않겠다는 삶의 태도인데, 이야말로 삶에 대한 '명명이'의 아비투스가 어떤 것인지를 명확히 일러준다.

공공의 선을 위해 노력하는 인물은 「심리학자들」에서도 확인된다. 이 작품에는 시외버스 안에서 불량배들의 횡포에 맞서다 폭력을 당하는 청년이 등장한다. 버스 안 소매치기 일당의 위압에 다른 승객들이 피해자의 억울한 사정을 외면하고 방기할 때 청년은 단독으로 분연히 항거한다. 그 청년이 영웅적 면모를 지닌 인물은 아니다. 그는 당대의 일상에서 쉽사리 마주칠 수 있는 평범한 세인 중 하나에 불과하다. 아니 오히려 작품에 묘사된 그는 "얼굴빛이 간장 계통의 질환이 있는 듯 거무스레 죽어 있고 얼핏 순직해 보이기 쉬운 커다란 두 눈만이 이마 밑에서 또록또록 어두운 빛을 발하는, 어딘지 몹시 허약해 보이는" 청년으로, "나이는 스물두셋 정도, 검정 물감을 들인 군대 작업복을 입고 있"다. 청년의 허약한 외모나 허름한 의복은 그의 경제적 현실을 암시한다. 아마도 그는 지체 높은 고관대작의 자제는 결코 아닐 것이고, 70년대에 생활고에 시달리는, 즉 왕십리 똥파리적 삶을 사는 많은 젊은이들 중 하나일 것이 분명하다.

그러나 그는 행패를 부리는 일당에게 멱살을 잡히고 얻어맞으면서도 불의에 끝까지 맞선다. 버스 안 피해자에 방관하던 승객들은 청년의 "우리는…… 사람이 아닙니까!"라는 마지막 외침을 시발로 하나둘씩 힘을 모아 불량배들을 제압한다. 울분에 찬 청년의 고함은 인간의 자존감 수호에 대한 비장한 항변인데, 이를 기화로 버스 안 승객들은 자신의 존재가치를 자각하고 불의를 응징한다.

「내 친구 해적」에서의 해적 역시 갖은 고난을 겪고 성장했음에도 공공의 이익을 위해 헌신하는 인물이다. 반신불수 아버지와 행상을 하는 늙은 계모를 봉양하기 위해, 여름에는 바다에서 해산물을 캐고 나머지 계절에는 이런저런 공장을 전전하며 생활하는 해적은 오랜 친구인 나에게 돈을 차용하려 한다. 그 자신도 곤궁한 처지이나 빌린 돈을 "구두닦이 소년들과 공장이나 작업장 같은 데서 사귀었던 동료들"의 거처 확보를 위해 사용하려는 목적에서이다.

개인의 헌신을 통해 공동체의 이익을 실천하는 인물은 「1998년」의 남궁 동식을 통해서도 만날 수 있다. 1973년 7월에 발표된 이 작품에 드러난 정치적 함의는, 박정희 정권에 맞선 당대의 여타 작품들에 비해 결코 뒤지지 않는다. 조해일은 알레고리 기법을 사용해 당시의 정치 상황을, 하늘이 내려앉는 돌발적인 기상이변으로 인한 당황과 기상국 직원의 통제, 그리고 그에 대한 순응 및 저항의 장면으로 빗대고 있다. 작품 속의 그 긴박한 사태에서 교장과 다수의 교사들은 일신의 보위만을 신경 쓴다. 그 상황에 되레 울분을 토하고 대항하려는 이는 고등학생들이다. 이와 더불어 기상이변에 대한 학교 당국의 결정에 반하는 남궁 동식과 뜻을 같이 하는 이들이 적게나마 존재한다. 남궁 동식 역시 불의의 상황에 행동해야 한다는 사명감은 크지만 그 결정이 쉬운 것만은 아니다. 그 고민의 근원은 가족에 있다.

> "가족들에 대해 생각해봤어?"
> 하고 김은식이 고개 숙인 채 말했다. 모두들 다시 눈자위가 붉어지면서 눈길을 깔았다. 남궁 동식은 눈을 감았다. 어둠 속에, 어머니의 쭈그러진 얼굴과 결막염에 걸린 짐짐한 눈, 그리고 동식을 위로하는 세 동생의 혈색 나쁜 얼굴들이 떠올랐다. 그들이 때가 낀 얼굴로 바람 부는 거리에 옹송그리고 나앉은 환영이 보였다.
>
> ―「1998년」 중에서

정의를 위해 앞장서려는 동식에게, 투쟁을 함께하는 동료들의 걱정과 위로의 말이다. 작품에 묘사된 동식 가족들의 외양은, 저 1970년대 왕십리 똥파리들의 전형적인 모습이다. 남궁 동식 역시 그런 부모 슬하에서 성장해, 그래도 번듯한 고등학교 교사가 되었으니 가족들의 기대가 여간만 크지 않을 터이다. 하지만 현재 동식은 생활과 정의 중 하나를 선택해야 하는 갈림길에 서 있다. 고뇌하는 동식에게 연민의 정이 느껴지는 것은 인지상정이다. 그럼에도 결국 동식은 부당한 현실에 맞서기를 거부하지 않는다. 그는 당시의 정보기관원으로 유추가 가능한 사람들에게 협박과 회유를 당해도 결연한 의지를 굽히지 않는다.

이 역시 똥파리의 자존감과 자강 의지가 튼실한 초석으로 작용한 결과이다. 현실적으로 수다한 난관이 존재하지만 공공의 선을 위해 인간이라는 존재의 자존감을 내팽개치지는 말아야 한다는 고귀한 가치. 조해일은 왕십리 똥파리들 특유의 아비투스와 자존감, 그리고 그것이 그들의 삶에 투영되는 양상을 몇몇의 작품에서 선연하게 보여주고 있다.

3. 엄혹한 정치 현실과 희망 가득한 미래

조해일은 「「매일 죽는 사람」들의 시대」라는 글에서, "작가가 작가임을 스스로 포기하지 않는 이상 자기가 살고 있는 사회, 몸담고 있는 공동체에 대해서 분명한 자각과 책임을, 즉 공동체가 파산하는 것을 방지하고 그 공동체를 되도록 더 좋은 공동체로 만들어야겠"다는 진중한 발언을 한 적이 있다.

말대로 똥파리들의 삶을 작품화하여 나름의 작가적 소명을 실천한 그는, '더 좋은 공동체'에 대한 갈망을 정치적인 측면에도 적극 반영했다. 「1998년」에 나타난 지배층의 불의에 대한 저항은 앞에서 언급한 그대로이다. 이와 함께 작가는 우리 사회가 더욱 긍정적인 쪽으로 진일보하기 위해서는 다음 두 가지의 난제가 시급히 해결되어야 한다고 보는데, 그 첫 번째는 남북의 통일이다. 한국전쟁이 휴전된 지 20여 년이 지난 1970년대 초에도, 여전히 화해의 물꼬를 트지 못하고 첨예한 대치 상황에 있는 것을 작가는 안타까워한다. 분단된 조국의 통일은 한민족

공동체가 가장 이상적으로 발전할 수 있는 계기가 될 것이다. 그러나 남북의 긴장 상태는 여전히 조화로운 공동체를 가로막고 있다.

작가는 이러한 시대상황에서 1971년 8월 「통일절 소묘」를 발표한다. 이 소설은 당시로서는 언감생심이기만 했을 남북의 통일이 실현된 지 삼년 후의 통일절을 배경으로 하고 있다. 정치적 알레고리를 활용하여 가상의 통일을 상정한 것은 엄혹한 냉전 체제에서 필화를 피할 목적이었을 터이다. 이 작품에서 작가는 통일된 이상국가에서 국민들의 행복한 삶을 촘촘히 그려놓고 있다. 이제 이념의 갈등과 분단의 고통에서 벗어난 남과 북의 선남선녀들은 자유롭게 서울과 평양을 오가며 데이트를 한다. 또 분단시대에는 전시용 격납고였던 곳에서 아이들이 뛰놀고 남북 어디에서나 인성 교육이 실현된다. 대립이 종지된 군대 초소에서도 비상상황은 없다. 그런 온전하고 평화로운 일상의 흐름으로 국민 모두는 여유롭다.

통일이 된 시대에서의 삶은 분단시대의 굴절된 삶과 대조할 때 더욱 부각된다. '부끄러운 것들로 가득 찬 쓰레기통'의 시대라 칭한 분단 시대 일부 사람들의 행태를 작가는 다음과 같이 비판한다.

> 사람보다 돈을, 벌어 모으는 것보다 써서 흩뜨리는 것을, 못 입은 속참보다 잘 입은 속빔을, 권력 없는 정의보다 권력있는 불의를, 깨끗한 패배보다는 더러운 승리를, 옳은 것을 지키려는 괴로움보다는 잘못된 편에 서는 편안함을 숭상하는 사람들이 사회에 널리 퍼져 있었다.
>
> —「통일절소묘」 중에서

이에 비해 '자기가 자기로 되자'는 운동에 매진하여 마침내 통일과 함께 이루어낸 사람들은 사익만 추구하지 않는다. 그들의 삶은 본래적이고 올곧다.

> 돈으로서의 자기에서 사람으로서의 자기로, 겉만 차리려는 사치스러운 자기에서 속을 갖추려는 근검한 자기로, 저만 잘 살려던 자기에서 함께 잘 살려는 자기로, 잘못된 편에 서서 편안히 하던 자기에서 본래의 옳은 것을 지키는 괴로움을 택하는 자기로……
>
> —「통일절소묘」 중에서

위의 두 인용문 차이에서 보듯, 통일 이후의 국민들이 보다 더 좋은 공동체에서 올바른 가치관을 지향하며 살고 있다는 점은 명확하다. 그들은 조해일이 「뿔」, 「1998년」, 그리고 「이상한 도시의 명명이」에서 강조한 똥파리들의 자존, 자립, 자강을 확립한 삶의 표본처럼 보인다. 작가의 이 간절한 염원이 작품 발표 당시는 물론 지금까지 성취되지는 못했다. 하지만 조해일은 언젠가 반드시 실현될 미래의 통일상을 통해 보다 이상적인 공동체에 대한 간절한 희망의 끈을 놓지 않고 있다.

조해일이 공동체의 발전을 위해 고민하는 또 하나는 시위와 진압 상황과 연관되어 있다. 작가는 1979년 『창작과비평』 겨울호에 「자동차와 사람이 싸우면 누가 이기나」라는 의미심장한 작품을 발표한다. 이 작품 역시 다분히 정치적 성격을 띠고 있다. 주지하다시피, 1979년은 한국사회에서 정치적 격동으로 혼란스러웠던 한 해였다. 박정희 피살 사건인 10 · 26이 있었고, 그해 12월에는 사회 안정을 명분으로 내세운 전두환, 노태우 중심의 신군부 쿠테타가 있었다. 물론 그 와중에는 곪아터진 유신체제의 비민주성과 폭압적 정치 행태가 사회에 암운을 드리우고 있었다.

작품에서 조해일은 당시의 집권층에 비판의 화살을 정면으로 날리지는 않는다. 그는 알레고리 기법을 사용해 '자동차 한 사람 한 대 갖기 협회'와 '걷기를 좋아하는 사람 협회'원들 사이의 갈등으로 당시의 정치상황을 치환한다. 그러나 독자들이 '자동차…' 쪽이 당시의 억압적 정치권력을 행사하는 비민주적 지배층이라는 것을 간파하기란 어렵지 않다.

'자동차…' 측의 무자비한 억압이 심해질수록 '걷기…' 쪽의 응전 역시 폭력적으로 변모한다. 조해일은 이 문제의 근원적 책임이 '자동차…' 쪽에 있다고 보는 한편으로, 폭력적 진압에 어떻게 대응하는 것이 가장 올바른가 하는 문제에도 관심을 기울인다. 그는 "눈에는 눈, 이에는 이" 식의 대항을 주문하는 '걷기…' 쪽 대다수의 주장 대신 그들이 좋아하는 일, 즉 걷기를 통한 투쟁 방식에 최종적으로 손을 들어준다. 당시의 폭압적 정권에, 일견 비겁한 소극적 투쟁이라 비난 받을 수도 있지만, '걷기…' 측 김영식 대의원이 제안한 방법론은 남다른 의미를 지닌다. 그는 폭력의 악화 반대를 주창하는 간디이즘(Gandhiism)을 넘어선, 하나의 축제 같은 시위를 모색하는데 그 계획은 다음과 같다.

"실은 저도 조금 비현실적인 생각을 해보고 있습니다. 따라서 확신을 가질 수 있는 생각은 못 됩니다. 대강 이렇습니다. 내일 정오를 기해, 모든 시민, 아니 통신이 가능한 모든 회원들에게 연락을 취해서, 일제히 자동차 도로로 나오게 한다. 그리고 걷는다, 모든 곳에서, 모든 걷기 좋아하는 시민들이, 지쳐 쓰러질 때까지, 즐겁게, 행복한 마음으로, 좋아하는 일을 마음껏 할 수 있다는 행복한 마음으로, 전투적인 태도를 취하거나 긴장할 필요 없이, 보무당당할 필요 없이,

그저 유쾌한 걸음걸이로, 더러는 담소도 나누면서, 콧노래도 흥얼거리면서, 요컨대 걷기를 즐기면서, 모든 도로 위를, 강아지도 데리고, 아이들도 데리고, 유모차도 밀면서…… 뭐 대충 이런 어리석은 생각을 해보았습니다."

—「자동차와 사람이 싸우면 누가 이기나」 중에서

최루탄, 폭력 진압, 불법 강제연행, 짱돌, 화염병 등이 떠오르는 70-80년대의 시위 현장과는 너무도 다른, 시민들의 시위 방식이 인상적인 대목이다. 당시의 군부 체제 하에서 이러한 시위문화가 보장되었을 리는 만무하다. 그러나 진압 세력과 시위대의 '불과 불'이 맞붙는 극단적 상황은 결국, 조해일이 말한 대로 '공동체의 파산'밖에 없다. 대신 선택한 조해일 식의 순치된 저항방식은 무모할 정도로 순수하여 몽상적으로 보일 수 있다. 이를 우려한 염무웅은, 비록 조해일이 "현실적 모순과 사회악으로부터 거의 동화적이고 환상적인 방식으로 초월하고자 하는데, 이것은 자칫하면 현실적 문제의식과 결별하는 첫걸음이 될 수도 있는 것"이라는 따가운 지적을 했다.

하지만 조해일에게 중요한 것은 '더 좋은 공동체'의 실현이다. 그것이 지금 당장 현실이 될 수 없는 먼 미래의 일일지라도, 작가의 절실한 염원을 작품화하는 것이 비판 받아야 할 이유는 없다. 당시의 폭압적 정치상황을 현실의 측면에서 도외시한다는 비판을 염두에 두고서라도 말이다.

그리고 우리는 조해일이 희망한 집회의 모습을 37년이 지난 후에 직접 경험한 적이 있지 않은가? 2016년 촛불집회 때의 양상이 위의 인용문에 나온 그대로가 아니었던가? 비폭력의 평화롭고 자유로운, 그러면서도 시민의 성숙한 면모가 여과 없이 표출되었던 당시의 집회. 헌정질서 수호와 적폐청산을 하기 위해 거리로 나선 수많은 시위의 주체들은 '걷기…' 쪽 방식과 궤를 같이 하는 사람들이었다. 또한 그들은 이 시대의 평범한 시민들이지만, 예전 똥파리들의 유전자를 이어받아 고고한 자존감과 공공선에의 열망이 가득한 존재들이다. 그런 그들은 2016년 엄동에 한데 어우러져 목청껏 자신들의 속내를 외치는 일에 게으름을 피우지 않았다.

2020년 작고한 조해일이 촛불집회의 시민들을 보며 어떤 생각을 했을까 하는 궁금증이 든다. 문학의 예시적 기능이 실현되는 것을 보며 흐뭇한 미소를 지었을까? 혹여 이런 상념에 젖어든 적은 없었을까?

'힘겨운 시기였으나 왕십리 아이에서 똥파리들의 삶을 거쳐 오늘의 시민들에 이르기까지 그들의 희망을 이야기하기를 정말 잘했다. 그래, 누가 뭐라 해도 나는 희망을 이야기한 작가이다'라는 행복한 소회.

3
부조리한 현실에의 대항과 무정부주의적 글쓰기로의 이월
최수철론

1. 1980년대의 정치 · 사회적 현실과 최수철 소설의 상관성

최수철은 1981년 조선일보 신춘문예에 「맹점」으로 등단한 작가이다. 1980년 광주의 처참한 비극이 한국사회 전반에 암울하게 드리워진 상황에서, 그는 신춘문예 심사위원들의 언급처럼 '좀 색다른' 작품으로 문단에 데뷔한다. 부조리한 사회를 고발하고 비판하는 당시의 많은 작품들과 변별되는 최수철의 등단작은 곧 작가의 특장으로 확립되는데, 이는 1993년 이상문학상 수상작인 「얼음의 도가니」에서 정점을 찍는다. 당시 심사위원 이어령은 이 작품에서 '이야기 기법의 개혁'을 발견하고, 최일남은 작가의 작품을 당시의 소설 주류와는 일정하게 거리를 두고 홀로 "저만치 서 있는" 김소월의 「산유화」 한 구절에 빗대고 있으며, 이재선은 「얼음의 도가니」를 "상당히 새로운 이야기하기 형태의 작품"으로 규정하면서 "반(反)전통적인 실험주의의 독자적인 색채가 역연히 드러나 있는 작품"이라 부연한다. 또 박완서는 최수철의 '독특하고 고집스런 글쓰기'에 감탄하고 있다.[1)]

여러 평자들의 언급대로, 1980년대 한국소설사에서 최수철이 이인성과 함께 독특한 자기세계를 구축한 대표적인 작가라는 점에 이론의 여지는 없어 보인다. 이와 같은 최수철 소설의 특이성은 다음의 이유들로부터 비롯된다고 판단되는데, 그 첫째 요소는 최수철의 '역설 지향의 문학적 태도'에서 발원한다. 작가는 "문학의 몫 중에 현실을 뒤집어 보여주는 것이 중요하다고 보고, 그렇기 때문에 끊임없이 기성의 상식을 전복시켜 보여주는 데에 집착"[2)]한다고 밝힌다. 다음으로는 불문학 전공자로서의 영향 관계이다. 물론 작가가 의식적으로 영향을 받은 것은 아니다. 하지만 최수철의 말대로 그의 많은 초기작은 자신이 공부했던 "누보로망의 일반적인 양식과 이념에 맥이 닿게 된 것"이 사실이다.[3)] 이와 함께 최수철의 '이데올로기에 대한 혐오증'을 들 수 있다. 김윤식은 작가의 대표작 중 하나인 『어느 무정부주의자의 사랑』 4부작에 수록된 「속 깊은 서랍」을 논하면서, 최수철의 이데올로기 허위성 고발과 이데올로기 중심주의에 대한 도전을 포착한다.[4)]

이와 같은 작가의 발언이나 평자들의 견해는 최수철 글쓰기의 특장을 간명하게 보여주는 동시에 작가의 소설 세계를 밝히는데 일정 부분

---

1) 각 심사위원들의 평은 이어령 외, 「심사평」, 『1993 이상문학상 수상작품집』(최수철 외 지음), 문학사상사, 1993, 407-421쪽.
2) 최수철 · 김종회 · 한기 대담, 「역설, 암유, 새로운 형식실험과 반성적 글쓰기」, 『말 · 삶 · 글』(김정한 외 지음), 열음사, 1992, 371쪽.
3) 위의 책, 364-365쪽.
4) 김윤식, 「무정부주의와 허무주의」, 『한국문학』, 1991, 5 · 6월호, 326-335쪽.

유효한 틀을 제공한다. 그 결과 최수철은 일상적 생활세계에서의 삶과 글쓰기에, 미세하면서도 낯선 방식으로 탐조한 작품들을 양산한 작가로 평가받고 있다. 하지만 이런 다수의 논의는 최수철 소설 세계의 특징 구명에 기여하는 동시에, 작가가 엄혹한 현실을 도외시했다는 비판을 받게 하는 요인이 되기도 한다.

이제껏 최수철의 일부 소설과 현실의 상관성을 논한 평자가 없는 것은 아니다.[5] 작가 역시 자신의 작업이 현실과 유리되어 있지 않다는 측면을 강조하기도 했다.[6] 최수철의 말대로 오랜 기간 작가가 집중한 소설의 궤적은 당대의 현실과 일정한 연관성을 맺고 있음을 확인해준다. 즉 최수철의 소설적 특성이 시대의 정치 현실과 무관하지는 않다는 것이다. 이는 시대의 이념에 억압받지 않으려는 작가의 개성과 사유의 자유를 초석으로 하여, 사회에 만연된 상부구조의 억압과 근거 없는 낙관

---

5) 최수철 소설이 당대의 정치 · 사회적 상황과 연관되어 있다는 점을 논의한 글로는 박인홍, 「벽화 그리는 남자의 알몸과 육성」, 『한국문학』, 1992, 1-2월호, 48-49, 52쪽; 이경호, 「무정부주의자의 오로라, 혹은 벽화」, 『문학과사회』, 1992 겨울, 1460-1464쪽; 정과리, 「주체성으로 위장된 획일적 익명성의 세계」, 『우리시대 우리작가32』, 동아, 1992, 403쪽; 문흥술, 「인간다운 삶을 지향하는 소설」, 『문학사상』, 2012, 1, 46-50쪽; 오양호, 『신세대 문학과 소설의 현장』, 집문당 2002, 285-288쪽 등이 있다. 논자들의 글이 최수철 소설 평가에 사장되어 있던 면모를 발견하고 논의를 개진했다는 점에 의의가 있다. 그러나 그것이 단일 작품이나 창작집 한 권 분석으로 끝나 논의의 심화와 확장이 결여되었다는 아쉬움을 주는데, 이는 작가의 방대한 작품들을 한 궤에 묶어 제한된 지면에 언급하기 어려웠으리라는 점에서 야기된 문제라 생각된다.

6) 최수철은 자신이 『고래 뱃속에서』 연작을 쓰면서 "내 나름의 현실인식을 본격적으로 표출하기 시작"했다고 밝힌다. 다만 그는 자신의 "현실인식을 민중문학류의 방법으로만 표출할 것이 아니라 내 나름의 방법, 즉 예를 들자면 카프카와 같은 방식으로 거기에 임해 보자라는 생각을 했다"고 말한다. 최수철 · 김종회 · 한기 대담, 앞의 글, 377쪽.

적 전망의 과잉에 대한 불신, 그리고 집단 이데올로기의 강제로 질식당하는 개인의 일상적 삶에 대한 거부로 이어져 언어와 글쓰기에 대한 진중한 탐색으로 연결된다.

거친 구호와 강렬한 함성이 아닌, 작가가 낮은 목소리로 그리고 나름의 개성적 방식으로 초기작에서부터 줄곧 외친 이러한 부분들이 독자나 평자들에게 선명하게 드러나지는 않는다. 아마도 그 점이 최수철 소설에 드러난 현실성을 부각하지 못한 제일의 요인이 될 것이다. 그러나 당대의 정치·사회적 현실에 작가의 의식이 투영된 작품들을 고찰하면 최수철의 작품세계 한 축이 어떻게 시대 상황과 접맥되어 모색되고 구축되었는가를 확인할 수 있다고 판단된다.

본고에서는 그 점에 주목하여 최수철의 소설을 살피고자 한다. 긴 작가 이력에 비해 비교적 초기작들에 해당되는 일련의 작품군 분석 과정은, 최수철 소설 곳곳에 내장된 작가의 의식과 글쓰기의 의미가 당대 현실과 어떤 연관성을 맺고 있는가를 밝히는 동시에, 그의 작업이 이후 무정부주의적 글쓰기로 이월하여 개인에 집중하게 되는 연유를 제공하게 될 것이다.

2. 억압적 상부구조에 대한 절망과 거부

상부구조는 사회구성체에서 생산관계 위에 세워진 정치적·법률적·종교적·예술적·철학적 제도와 조직의 총체로, 여기에는 사회의식과 이데올로기가 포함된다.[7] 상부구조는 평범한 사람들의 생활무대인 토

---

7) F. Konstaninov, 「토대와 상부구조」, 『토대/상부구조론 입문』(F. Konstaninov 외

대와 적절하게 조응할 때 국가의 안녕과 국리민복을 이룰 수 있다. 그러나 최수철이 등단한 시기부터 현재까지 여전한 상부구조와 토대의 부조화는 사회 곳곳에서 파열음을 야기한다. 특히 최수철이 작가 생활을 시작한 무렵의 군사정권 체제에서는 그 양상이 한결 심각하여 국민의 삶의 질을 하락시켰다.

최수철은 이러한 상황에서 '고래 뱃속'이라는 어휘로 당시의 답답하고 암담한 한국사회의 현실을 표현했다. 작가에게 '고래 뱃속'은 "서로에게 더욱 짐승 같은 모습을 노출시키고 살아가"야 하는 환멸의 공간이다. 이 공간에서는 "온갖 종류의 이데올로기들이 그야말로 소용돌이를 일으키고 있고"(『즐거운 지옥의 나날』), 역사조차도 정치적 "각 진영의 그 오분대기조들 사이에서 벌어진 싸움의 점철"에 불과하다. 또 많은 사람들이 어렵게 사는 근인은 "노동과 자본과 사회 구조의 모순된 문제들"이 산적한 까닭이다. 정치 체제도 암울하기는 마찬가지여서 국가는 오로지 정치에 "빌붙어 기생하는 무리들에 힘입어"(이상 『녹은 소금, 썩은 생강』) 유지될 따름이다.

이런 현실에서 당시 우리 소설계는 토대에서 벌어지는 다양한 문제점들을 반영한 많은 작품들을 생산하였고, 그런 적극적 참여의 결과로 현실의 다양한 문제점을 환기하고 개선하는 데 나름의 역할을 담당했다. 그런 한편으로 1990년대 초반까지 당대의 상황을 비판ㆍ고발한 우리의 소설들이 도식적 구성, 안일한 결말, 이분법적 선악구도, 전망의

지음/편집실 편역), 학민사, 1986, 9쪽 참조. 물론 사회주의권의 붕괴 이후 맑스주의의 재구성과 확장에 관한 논의가 다양하게 전개되고 있다. 그럼에도 그 근간이 토대와 상부구조에 있다는 사실은 여전히 유효하다. 이에 대해서는 이재유, 「'토대-상부구조론'의 해체와 재구성」, 『시대와 철학』 18, 한국철학사상연구회, 2007, 6, 397-404쪽 참조.

과잉에 함몰한 경우가 많았던 것도 사실이다. 이러한 문학적 풍토에서 작가는 일단 나름의 사회의식을 확보하고 응전의 방식을 마련하는데 그것은 좀더 본질적이고 성찰적이다.

> 이제 나는 우리가 처해 있는 이런 역경의 시기 속에서 글쓰는 일을 하게 되었다는 사실을 고통스러워하거나 나를 포함한 다른 사람들이 불행한 세대에 속한다는 식으로 단순하게 생각하지는 않는 것이다. 물론 그렇게 생각하는 와중에서도 어떤 사람들은 직접 시대와의 치열한 싸움터로 뛰어들 수 있겠지만, 우선 나는 내가 억압을 받는 상황 속에 들어 있게 된 덕분에 문학 자체의 회로 속에 갇혀서 맴을 도는 오류랄까 한계랄까 하는 것에서 일찌감치 벗어나서 나름대로 대사회인식을 얻을 수 있었던 것으로 생각하고 있다. 내가 사회의 문제와 맞닥뜨리는 것은 이런 생각들 이후의 일인 것이며, 따라서 오히려 내게 있어 나의 처지가 많은 것을 일깨워주는 역할을 하고 있을 뿐만 아니라 나아가 내게 문학과 사회간의 어떤 이념적인 반성의 일단을 얻게끔 해주기도 하는 것이다.
>
> —『알몸과 육성』, 221쪽

현실에 대한 최수철의 느리고 반성적인 대응방식은 일견 소극적으로 보인다. 그리고 그것은 작가의 작품에 현실대응이 간접적이고 우회적인 방식으로 행해진다는 평가를 낳게 된다.[8] 하지만 그의 소설적 대

8) 한기는 최수철이 현실 문제에 다분히 "간접적이고 우회적인 방식으로 접근"한다고 파악하는데, 이에 대해 최수철은 "현실과의 싸움에서 가장 본질적인 것은 역시 이데올로기 싸움"이라 여긴다. 최수철 · 김종회 · 한기 대담, 앞의 글, 377쪽. 작가의 이러한 발언은 자신의 작품이 "80년대 사회사의 문맥에서 전적으로 벗어나 있었던 것은 아니"었음에 대한 항변이라 할 수 있다. 그러나 상부구조에 대한 최수철 방식의 대응은, 정치 · 사회적으로 긴박했던 80년대에 강렬한 저항을 드러내는 여타 작가들의 작품들에 비해 소극적으로 보이게 하는 것이 사실이다.

항은 현상에의 매몰 대신 한층 본질적이라는 사실을 주목해야 한다. 그는 토대의 사회적 현상에 단순히 몰두하는 대신 보다 근원적인 문제에 초점을 맞추어 현실의 여러 문제를 살피는데, 그것은 정치, 언론, 법과 같은 상부구조에 대한 소설적 고찰이다.

1985년 발간된 최수철의 첫 소설집에 수록된 「어젯밤에 들었던 총성에 대해 말씀드리겠습니다」는 정치적 정황이 어떻게 국민에게 영향을 끼치는지가 잘 드러난 작품이다. 이 작품은 두루 알고 있는 1979년의 정치적 격변과는 외견상 거리가 있다. 소설은 변두리 삼류 여관에 들어 있는 세 사람이 들은 두 발의 총소리에 대한 상이한 반응들이 독자의 궁금증을 유발하는 것으로 시작된다. 개인의 무기 소지가 엄격히 규제되는 한국사회의 현실에서 두 발의 총소리는 심상치 않은 일이 분명하다. 게다가 이 작품의 주요 인물 중 하나인 '런닝바람의 사내'가 중위로 전역했다는 점은 독자들에게 정치적 상상력을 촉발시킨다. 두 발의 권총 소리는 분명 누군가를 저격할 목적이 있었을 것이라는 '런닝바람의 사내'의 말은, 1979년 10월 26일 궁정동 안가에서 당시 중앙정보부장인 김재규가 대통령 박정희와 경호실장 차지철에게 쏜 두 발의 총성을 자연스럽게 연상시키는 것이다.[9)]

「어젯밤…」이 독자들에게 상부구조인 정치 상황에 상상력을 추동하고 사건이 호도되는 장면을 알레고리로 보여주었다면, 「신문과 신문지」

---

9) 이 '총성'을 오양호는 다의적으로 해석한다. 그는 이 작품의 공간적 배경이 변두리 여관이라는 점을 들어, 총소리를 "치정 사건 같기도 하고, 어떤 정치적 · 군사적인 돌발사태 같기도 하고, 여관에 들어온 그 사내의 말처럼 자동차 사고 같기도 하"다고 본다. 오양호, 앞의 책, 2002, 287쪽. 그러나 그 총성이 작품에서 "어두운 음모의 소리가 들리는 듯한 기분"을 독자에게 남긴다는 점을 주시하면, 사건의 실체는 정치적 요인에 기인했다는 판단이 자연스럽다.

에서는 언론이 시대가 돌아가는 중요한 현장을 보도하는 대신 하잘 것 없는 잡사의 나열과 정언(政言) 유착으로 국민의 시대적 관심사를 외면하게 하는 세태를 비판·고발한다. 이때 신문은 그저 종이 쪼가리에 불과한 것으로 전락하고 그것을 읽는 사람은 되레 우중(愚衆)이 된다. 시대의 부조리를 직시해 정론직필해야 할 언론은 '완장'을 차고 지배층과 결탁하여 국민들을 호도하는 것이다. 당시의 그런 형국을 주인공은 다음과 같이 묘사한다.

> 한참 후에야 그는 (신문의-인용자) 그 붉은색 박스 속의 글자들을 읽어낼 수 있었다. 한 마디로 그 속에는 정치와 경제와 군사와 문화 등등이 한동아리로 단단히 유착되어 있어서, 여우가 호랑이 가죽을 뒤집어쓰고 있기도 하고, 살쾡이가 양의 가죽으로 얼굴을 가리고 있기도 하였으며, 날카로운 이빨이 교활한 꼬리를 지켜주고 있는가 하면, 간교한 꼬리와 축축한 혀가 피 묻은 아가리 언저리를 핥아주고 있기도 한, 이를테면 호가호위의 형국이었다.
>
> —『고래 뱃속에서』, 333쪽

이런 언론 환경이라 "신문이나 방송을 열심히 읽고 듣는 사람이야 말로, 어떤 면에서는 그 누구보다도 많이 속고 세뇌를 당해서 누구보다도 왜곡된 시선으로 세상을 보게 되는" 위험성이 역설적으로 발생한다. 상부구조인 언론은 토대의 국민을 세뇌하고 선전·선동의 대상으로 농락하는 것이다.

상부구조의 중요한 부문 중 하나인 법 역시 일반 국민에게 우호적이지 않기는 마찬가지이다. 법은 수많은 갈등이 발생하는 세상에서 나름의 질서를 확립하게 하는 주요 수단이다. 그렇기에 법은 누군가의 전유물이 되어서는 안 되며, 만인에게 공평하게 적용되어야 한다. 몽테스키외는 『법의 정신』에서 입법자가 국민에게 균분(均分)을 유지할 법을 제정하지 않는다면, 국민은 그 부분을 필두로 해서 민주정 체제를 붕괴시킬 것이라 주장했다.[10] 그러나 주지하다시피 대한민국의 법은 예나 지금이나 소수의 권력층과 특권층에 유리하게 집행되고 있는 현실이다. 하여 국가가 강제하는 법과 국민의 법감정은 불일치한다. 만일 그들이 보장받아야 할 권리가 침해당했을 때, 국민은 저항으로 요구사항을 쟁취할 수밖에 없다. 그것이 바로 그들 자신과 사회에 대한 권리이자 의무이며, 그 결과로 정합한 입법을 추동할 수 있게 되는 것이다.[11]

그러나 군사정권 시기의 엄혹한 사회에서 부당한 법에 대한 국민의 저항이 강력하기는 어려웠다. 되레 집권층은 사회질서 유지라는 명분으로 불법을 자행하는데, 그 양상은 『고래 뱃속에서』에 잘 나타나 있다. 야권 고위인사를 막는 과정에서 경찰은 인근의 일반인에게 불심검문과 소지품 검색을 무작위로 실시한다. 당황하는 그에게 경찰은 "우리나라의 젊은이들은 시간과 장소, 이유 여하를 불문하고 검문에 응해야 할 의무"가 있다고 쏘아붙인다. 또 법을 명분으로 사복형사는 "국민이 시국에 대한 의견을 몇 마디 개진했다고 해서" 무고한 국민을 구치소에 가둔다. 이런 야만성은 개인보다 전체를 우선시하는 국가주의 이데올로기의 결과물이다. 특히 정통성 없는 정권이 사회질서 유지와 국가 안전보장을 명분으로 국가주의 이데올로기를 내세울 때 개인의 자유는 철저히 압살된다.[12]

10) Montesquieu, 『법의 정신』(신상초 옮김), 을유문화사, 1992, 71쪽.
11) R, V. Jhering, 『권리를 위한 투쟁』 (윤철홍 옮김), 책사랑, 2007, 2장 참조.
12) 국가주의 국가론의 이데올로기에 관해서는 유시민, 『국가란 무엇인가』, 돌베개,

최수철이 그린 한국사회의 상부구조 체계는 이처럼 불순하다. 앞에서 말한 대로 "현실과의 싸움에서 가장 본질적인 것은 역시 이데올로기 싸움"이라는 작가는 그런 시대에 나름의 본질적 응전을 펼치지만 결과는 늘 참담하고 절망만 가득하다. 작가가 "억압적인 시대와 자기 나름으로 싸우려는 노력을 했다는 점에서 지금도 많은 애착을 갖고 있"[13]는 『고래 뱃속에서』는 어떤 면에서 사회에 대한 최수철식 저항의 처참한 결과물로도 읽힌다. 이 작품집에서 평범한 일개 국민은 "법으로부터 얻을 수 있는 자신들의 몫을 누리지 못하고 오히려 그 법의 대외적인 선전 효과에 이용"당할 뿐이고, "한 나라의 제도에서 비롯되는 답답함"에 질식당할 처지이다. 이처럼 당시의 한국사회는 "아주 넓은 의미의 구조적인 모순"으로 "도처에 도사리고 있는 어떤 동물적인 힘"에 의존해 굴러가는 형국이었다.

그 좌절감은 『고래 뱃속에서』 이후의 작품들을 통해 작가에게 "낙관적이고 단순히 당위적 전망을 가지기보다는, 나는 차라리 전망의 확립의 어려움을 끊임없이 환기시킴으로써 제대로 된 전망 모색에 작은 몸짓으로나마 가까이 다가가고자 하는 셈"(『녹은 소금, 썩은 생강』)이라 한숨을 짓게 하거나, "물론 나는 새로운 체제의 언어체를 통해 지배체제의 이데올로기를 전복할 수 있다고 믿는 작가들의 노력이 충분히 의미 있고 가치 있는 작업이라고 생각하고 있다. 어쩌면 그들은 지금 내가 생각하고 있는 것보다 훨씬 큰 성과를 거둘 수 있을지도 모른다. 단지 나는 그런 믿음을 전적으로 가질 수 없다"(『알몸과 육성』)고 토로하게 한다.

2017, 제1장 참조.
13) 박철화, 「이단적 글쓰기의 흔적」, 『작가세계』, 1998 겨울, 30쪽.

3. 언어예술의 엄결성과 무정부주의자의 글쓰기

한 나라의 상부구조가 국민에 가하는 폐해에 최수철 소설의 인물들은 속수무책이다. 억압된 시대 상황에서 받는 상처에 인물들은 어디에서도 위무를 얻지 못하고 그저 무기력하게 살아갈 수밖에 없다. 그것은 작가 역시 마찬가지인데, 그럼에도 최수철이 끝내 포기하지 않은 한 가지는 언어예술, 즉 소설 쓰기를 통한 자기와 세계 구원의 염원을 내밀하게 모색하고 있다는 사실이다. 이는 최수철에게 글쓰기의 가장 근원적 동인이자 작가가 등단 이후 끊임없이 유지하고 있는 최고의 가치이기도 하다.

거기에는 기본적으로 작가의 소설 쓰기에 대한 두터운 믿음이 전제된다. 언어예술 역시 상부구조에 포함되고 언론이 불순한 시대 상황이지만, 작가는 여타의 이데올로기적인 것들에 비해 언어예술의 엄결성을 소중히 여긴다. 이때 소설을 쓰는 일은 최수철이 그토록 거부하는 상부구조의 폭력성에 대한 나름의 저항 수단이 된다. 아울러 그것은 언어와 자유를 중시한 무정부주의자 노암 촘스키의 "인간의 언어를 심층적으로 연구함으로써 사회운동의 도구 역할을 하게 될 인문주의적 사회과학에 큰 영향"[14]을 끼친다는 언술을 연상시킨다.

그 사실을 1987년에 출간된 『화두, 기록, 화석』의 몇몇 작품들에서 확인할 수 있다. 범속한 일상에서 벌어지는 세인(世人)의 미세한 의식은 작가의 데뷔작 「맹점」에서부터 포착[15]되고, 그 양상이 작가의 첫 작품집인 『공중누각』에 수록된 작품들 전반에서 확인되었다면, 두 번

---

14) Noam, Chomsky, 『촘스키의 아나키즘』(이정아 옮김), 해토, 2007, 47쪽.
15) 김정란, 「부재하는 여자, 또는 내면의 순결한 붉음」, 『작가세계』, 1998 겨울, 47쪽.

째 소설집인 『화두, 기록, 화석』에서는 글쓰기에 대한 작가의 섬세한 자의식이 주로 탐색된다. 이 소설집에는 언어를 매개로 세상에 필봉을 휘두르며 자신만의 언어를 확립하기 위해 애쓰는 인물들이 등장한다. 각각의 작품에 나오는 인물들은 「배경과 윤곽」－소설가, 「시선고」－시인, 「몸짓 언어」－잡지사 기자, 「화두, 기록, 화석」－절에서 문필 작업을 하는 메모 편집증자로 활동한다. 그들 각자는 어떤 식으로든 글을 쓰는 일을 하는데, 이는 그들이 언어를 매개로 사회와 교호하는 직업을 갖고 있기 때문이다.

언어를 통한 세상과의 소통 여부는 기본적으로 그들이 사용하는 언어 그 자체의 힘과 순수성에 좌우된다. 그러나 앞에서 언급한 대로 지난 1980년대의 군사정권 하에서, 공공에 전달되는 언어는 지배층의 이익에 복무하는 왜곡 · 조작의 도구로 악용되는 경우가 많았다. 이렇게 불순한 언어들이 횡행하는 사회에서 최수철은 소설 쓰기의 의미와 진정성을 고민하는데, 『화두, 기록, 화석』은 바로 그 고뇌의 흔적이다.

이러한 고심은 최수철에게 '화두'는 '사유의 자유', '기록'은 '글 자체의 자유', '화석'은' 사람의 자유'라는 결과물을 마련하게 한다. 즉 작가는 글쓰기를 결국 억압에서 벗어나 인간의 참된 자유를 획득하기 위한 통로이자 세상과 소통하는 매개로 규정하는 것이다. 하지만 아쉽게도 『화두, 기록, 화석』에서의 통찰은 현실의 글쓰기에 완벽하게 적용되지는 않는다. 오히려 이는 『고래 뱃속에서』에서처럼 불순한 시대의 폭력성 앞에 좌절감만 증폭시킬 따름이다.

글쓰기를 통한 최수철의 이상과 현실적 간극은 작가를 '무정부주의자의 글쓰기'로 이월시키는 주요한 동인이 된다. 범박하게 말해 아나키즘(Anarchism), 혹은 무정부주의[16]는 "지배가 없는 상태를 뜻하는 고대 그리스 말 아나코스(anarchos)에서 비롯"[17]되었고, 이후 크로포토킨(Kropotokin)이 "정부가 없는 사회에서의 생활과 행동에 관한 원리 또는 이론에 붙여진 이름"[18]으로 간명하게 정의한 바 있다. 이 사상은 러시아, 유럽의 스페인과 프랑스, 그리고 미국 등에서 지배 체제의 엄격한 통제에도 불구하고 한동안 대중에게 영향력을 확장하다 사그라들었다.

동양에 아나키즘이 처음 들어온 나라는 일본이다. 19세기 말 서구의 자유주의나 사회주의 사상이 도입되며 함께 일본에 전파된 아나키즘은 이후 크로포트킨의 사상이 본격적으로 소개되면서 더욱 활성화되었다. 우리나라의 아나키즘 운동은 1919년 3·1운동의 좌절, 일본 유학파들과 중국에서 활동하던 실천가들의 사상 소개, 그리고 국내에서 민중의 권익 향상을 대표하던 <조선노동공제회> 등의 단체 활동 등으

---

16) 무질서, 혼란, 무정부 상태라는 의미의 아나키(Anarchi)라는 단어는 1912년 일본의 대학생이 무정부주의로 번역한 이래 한자 문화권에서 줄곧 무정부주의로 통용되고 있다. 그러나 이 번역이 아나키즘의 본질을 제대로 전달하지 못한다는 이유로 올바른 번역어에 대한 논의가 이루어지고 있다. 오장환 엮음, 『일제하 한국 아나키즘 소사전』, 소명출판, 2016, 34쪽. 해방 후에도 한국의 아나키스트들은 아나키즘이 모든 정부를 부정하는 것은 아니라며 아나키즘을 무정부주의로 번역하는 것에 반대했다. 그들은 "강제적 권력을 휘두르는 정부에 반대할 뿐이지, 정부 그 자체를 부정하지 않는다"는 입장이었다. <조선일보>, 1945년 12월, 7일. 여기에서는 이호룡, 『절대적 자유를 향한 반역의 역사』, 서해문집, 2008, 145쪽에서 재인용. 그러나 본고에서는 최수철 스스로가 "'무정부주의자'라는 이름을 달고서 소설을 쓸 생각"을 갖게 되었다는 의미를 존중해 아나키즘과 무정부주의의 학술적 용어 의미의 차이는 무시하고 작품을 분석할 때는 무정부주의로 칭해 논의를 이어갈 것이다.

17) 박홍규, 『아나키즘 이야기』, 이학사, 2004, 46쪽.

18) 방영준, 『저항과 희망, 아나키즘』, 이학사, 2006, 13쪽.

로 시작되었다.[19]

최수철이 무정부주의자를 부각해 4부작을 출간한 것은 "최근 한동안 내 머리 속에 심지를 단단히 박고 있었던 무정부주의라는 추상적이면서 구체적인 개념"[20]에 얽매였던 결과이다. 그 성과는 일상적 삶의 의미, 억압되어 있는 성, 사회의식의 출구, 글쓰기에 대한 자의식을 점검하는 내용으로 구체화된다. 그러나 그것은 『화두, 기록, 화석』에서의 현실에 대한 글쓰기에의 절망감과 『고래 뱃속에서』에서 경험한 불순한 시대의 폭력성에 대한 나름의 출구가 아니었을까 싶다.

당시의 이 대응은 최수철이 오롯이 전유한 방식이다. 그렇기에 무정부주의적 글쓰기에 대한 문학적 접근 역시 고유하게 행해지는데, 이는 <어느 무정부주의자의 사랑> 4부작의 마지막 권인 『알몸과 육성』에 잘 나타나 있다. 무정부주의의 사상적 측면으로 최수철은 싸르트르 식의 '나의 무정부주의는 그 무엇인가에 대한 무정부주의이다'를 염두에 두고 있다. 그러나 이는 이데올로기의 관념성을 철저히 거부하는 최수철에게 그리 중요한 인용은 아니다. 그의 무정부주의는 현실 앞에서 무력한 언어와 당대의 폭력적 정치 상황에 대항하는 도구여야 하는 까닭이다. 하여 그의 무정부주의는 문학을 매개로 할 수밖에 없고 항전 역시 그것으로 진행될 수밖에 없다. 작가는 다음과 같은 진술로 문학적 무정부주의의 기치를 내세운다.

> 그리고 내가 취하고 있는 방향 중에서 다른 한편으로 또 한 가지

19) 아나키즘의 전 세계적 확산 양상에 대해서는 하승우, 『아나키즘』, 책세상, 2008, 45-62쪽 참조.

20) 최수철, 「작가의 말」, 『무정부주의자의 사랑』, 열음사, 1991, 11쪽.

중요한 사항은, 지금 나는 문학을 하고 있는 것이므로 무엇보다도 우선적으로 나의 무정부주의는 문학적인 무정부주의라는 것이다. 문학적인 무정부주의가 나의 무정부주의에 있어 발판을 이루며 출발점의 역할을 할 뿐만 아니라 동시에 그 둘이 하나이기도 하다. 굳이 말하자면 소설을 쓰는 내게 있어서는 문학이 개인적이고 사회적인 다른 모든 현상들을 그 내부로 포섭하며 밖으로는 거기에 단단하게 밀착되어 있는 것이다. 그리하여 요컨대 내게는 소설을 쓰면서 바닥을 문학 자체에 두고 있지 않는 한 온갖 가치들과 현상들에 현혹되어 진정한 의미에서의 무정부주의에 다가갈 수 없을 것으로 여겨지고 있는 것인데, 아마도 이는 무정부주의를 의심하는 모든 기존 이데올로기들을 역으로 의심할 수 있기 위한 교두보를 확보하는 행위에 다름 아닐 수 있을 것이다.

— 『알몸과 육성』, 202쪽

위의 언술은 최수철이 정치적 무정부주의와 문학적 무정부주의를 엄밀히 가르겠다는 공표로 읽힌다. 작가에게 이 문학적 무정부주의의 실체는 "모든 이념들을 비웃는 일상적 레벨에서의 자신의 지향"[21]점을 의미한다. 이 말은 최수철이 작품에서 밝힌 대로, "현실이 따로 존재하는 것이 아니라 개개인이 곧 세계일 수 있으며, 개별적인 것 속에 현실 자체의 구조가 내재(『알몸과 육성』)"해 있다는 언술로 압축될 수 있고, 이를 위해 작가는 "인간의 자유에 걸림돌이 되는 크고 작은 온갖 종류의 제도와 힘에 나 나름대로 대처"(같은 책)하기 위해 고투하고자 한다.

그 과정에서 『녹은 소금, 썩은 생강』에 수록된 「속 깊은 서랍」을 살피는 일은 유의미하다. 이 작품에는 이제 우리나라에서는 소멸 직전인

21) 한점돌, 「최수철 소설과 무정부주의적 글쓰기」, 『현대소설연구』 46, 한국현대소설학회, 2011, 4, 369쪽.

마지막 아나키스트가 소설의 핵심인물로 등장한다. 이를 김윤식은 '글쓰기의 세계 한복판에 아나키스트를 놓기'[22]로 규정하고 있다. 물론 이전의 「어느 무정부주의자에게로」에 퇴물 아나키스트들이 간략히 소개되고 박성고, 강진규가 등장하고 있기는 하지만 이는 차후의 문학적 무정부주의를 본격적으로 언급하기 위한 도입에 불과했다.

「속 깊은 서랍」에서 본격적으로 논의되고 있는 마지막 아나키스트는 한때 "대학생의 신분으로 아나키즘 운동에 가담하여 반일테러에 앞장"섰고 "해방 후에는 반독재투쟁으로 삶을 일관"했다. 그러나 이제 와병 중인 노장 혁명가는 자신의 "삶에 대해 쓸쓸함만을 간직하기 시작"한 인물로 쇠락했고 마침내 병사한다. 그의 죽음은 혁명의 종말을 알리는 상징이라 할 수 있다. 세계 전역에서 억압 받는 민중들이 들어 올린 혁명의 횃불은 대략 한 세기 동안의 유효기간이 지난 후 폐기의 길로 접어들게 된 것이다. 도저한 혁명의 불길이 사그라든 자리에 남은 것은 무엇일까?

이 지점에서 최후의 아나키스트 하 선생과 감태규가 인식의 합일을 이루는데, 「속 깊은 서랍」의 요체는 바로 거기에 있다. 노후의 하 선생이 획득한 세계관의 변모는 작품에서 이렇게 언급된다.

> "우리는 교육을 통해 배운 자유주의적인 사고방식에 입각하여 사람들을 일종의 개별적인 존재들, 이를테면 모래알 같은 존재들로 파악하는 경향이 있는데 그런 탓에 사회적으로 그 모래알들을 담을 그릇이 필요하다고 생각하는 모순된 생각을 가지게 되곤 하지. 왜냐하면 어떤 종류의 것이든 그릇은 그 속에 담겨지는 것들에 대해 전체

22) 김윤식, 앞의 글, 329쪽.

적으로 작용할 수밖에 없기 때문이니까."

—『녹은 소금, 썩은 생강』, 243쪽

그간 한국사회의 정치 · 사회적 모순은 바로 비유적으로 표현된 모래알을 담을 그릇을 중심으로 여긴 것에서부터 비롯했다. 이는 전체 중심의 국가관에서 비롯된 것이다. 유독 굴곡진 역사의 굴레에 시달렸던 우리 민족에게, 국가 중심의 총화단결 이데올로기가 필요했던 것도 사실이다. 하지만 그로 인한 폐해 역시 만만치 않은 것이 지나온 역사는 증명한다. 그 전체 중심의 이데올로기를 전복하는 묘안은 '정치이념의 일상화'[23]라 김태규는 강변하는데 이는 곧 작가 최수철의 입장과 크게 다르지 않다. 즉 그의 말은 최수철 식의 '문학적 무정부주의'의 확립인 셈이다.

작가는 이 '문학적 무정부주의'로 전체(집단)가 아닌 일상 차원에서의 개별(개인)의 삶을 더욱 촘촘히 살핀다. 물론 이전부터 최수철 소설 곳곳에는 집단보다 개인에 대한 우호적 관점이 표출되고 있었다. 그의 첫 창작집에는, 도시적 생활세계에서 왜소해진 현대인의 파편화된 모

23) 이 '정치이념의 일상화'를 김윤식은 최수철의 이데올로기 중심주의에 대한 도전으로 본다. 그리고 그것이 행해지는 무대를 후설의 '생활세계'에서 찾는다. 위의 글, 333쪽. 한점돌은 소설에 표현된 대로 '일상'적 삶을 통한, 기존의 관념적인 정치이념 해체를 인정한다. 한점돌, 앞의 글, 같은 쪽. 두 논자의 해석도 의미가 있으나, 최수철의 '정치이념의 일상화'는 전체(집단) 중심의 체제나 사고에서 개별(개인) 중심으로의 변모를 의미하는 것으로 해석해야 보다 정밀하지 않을까 싶다. 이는『속 깊은 서랍』에서 위에 인용한 하 선생의 말이나 "그에게 있어 무정부주의란 결국 각 개인과 아울러 자기 자신을 스스로 존중함으로써 그 위에서 각 개인간의 진정 바람직한 관계를 모색하고자 하고, 그 관계를 사전에 좌우하려 드는 모든 힘과 싸움을 벌이려는 자발적인 움직임에 다름 아니기 때문"이라는 진술에서도 확인할 수 있다.

습이 이미 여러 편에 걸쳐 서술되어 있다. 그들은 무의미한 일상에서 별다른 의미 없는 행동을 일관하며(「공중누각」), 회사라는 조직에서의 생활에 "나는 죽어가고 있다. 서서히 죽어가고 있다"(「도주」)며 자조하고, "난 생각 같은 거 하지 않기로 했어. 그저 느낌과 충동만 가지고도 충분하니까. 당신 말대로 짐승처럼"(「어느 날 모험의 전말」)과 같은 생각으로 하루하루를 살아간다. 또한 억압의 한국사회를 폐쇄적 공간인 고래 뱃속으로 암유한 『고래 뱃속에서』 3장에는 "제도적이고 사회적인 폭력"이 구속하는 개인의 자유에 대해 나와 있고, 4장에는 국가안보를 명분으로 개인의 인권과 삶이 훼손당하는 광경이, 8장에는 동물적 힘으로 개인을 억압하는 사회의 무자비한 모습이, 그리고 9장에는 개인의 취향을 전혀 배려하지 않는 사회적 강권이 암울하게 그려져 있다.

뿐만 아니라 『즐거운 지옥의 나날』 IV장에서 개인은 "개인주의적인 개체가 아니라, 자신으로서 인간을 대표하는 이를테면 보편적인 개체"로까지 의미가 확장된다. 이런 사고는 『알몸과 육성』에서 정점을 이루며 개인이 곧 세계라는 진술로 이어진다.

> 그것은 말하자면 내가 들어 있는 반경 오 미터의 반구가 그 자체로 다분히 자족적인 공간일 뿐만 아니라 그와 동시에 입지점이며, 또한 다시 그와 동시에 출발점일 수 있다는 것, 그리고 현실이 따로이 존재하는 것이 아니라 개개인이 곧 세계일 수 있으며, 개별적인 것 속에 현실 자체의 구조가 내재되어 있는 것이 아니겠는가 하는 말로 간략하게 표현될 수 있을 것이다.
>
> — 『알몸과 육성』, 89-90쪽

이처럼 최수철의 '문학적 무정부주의'는 개인에 최고의 가치를 둔다.

1991년 2월에 <어느 무정부주의자의 사랑 4부작>을 완간한 작가의 이후 작업은 고도화된 자본주의 사회에서의 일상과 개인에 조명을 집중하는 것으로 범박하게 정의할 수 있다. 1995년에 상재된『내 정신의 그믐』,『분신들』(1998),『매미』(2000),『페스트』(2005),『몽타주』(2007),『갓길에서의 짧은 잠』(2012) 등에서 그 작업의 흔적은 발견되는데, 이 작품집들에 나타나는 개인들에 대한 분석은 다른 지면을 필요로 한다.

4. 응전의 의미와 기대

본고에서는 최수철의 초기작에 해당하는 1981-1991년의 작품들을 통해, 그가 부조리한 사회 현실에 나름의 대항을 하고 있었음을 고찰했다. 그가 위의 기간 동안 써낸 창작집 및 장편소설은 총 일곱 권이다. 등단 이후 적지 않은 분량의 원고를 썼으나 본고의 주제와 연관된 작품들이 많지는 않다. 그러나 분석된 각각의 작품들은, 최수철이 폭압적인 당시의 한국사회에 나름의 방식으로 저항적 몸짓을 기울였다는 사실을 보여주기에 부족함이 없다. 그것은 이제까지 최수철 작품세계의 평가에 더해져 새로운 한 축으로 자리매김해야 할 필요성이 있다고 판단된다.

물론 작가가 갖가지 심각한 모순으로 점철됐던 당시에 보다 강렬하고 적극적으로 목소리를 냈으면 어땠을까 하는 아쉬움이 들기도 한다. 특히 1980년대의 상상을 초월한 폭력적 야만이 극악을 떨었던 시기에 말이다. 하지만 특유의 '다르게 쓰기'를 지향하고, 현상의 모순에 치열하게 고민하고 자기화한 후 집필하는 작가의 창작 방식을 고려한다면 작품화의 지연은 어쩔 수 없는 일이기도 하다. 어떤 면에서 그의 느리고 우회적인 방법론은, 상부구조의 모순에 보다 본질적으로 접근하게 하는 장점으로 기능한다.

아울러 <어느 무정부주의자의 사랑 4부작> 출간 이후, 고도화된 자본주의 사회의 일상에서 살아가는 개인의 삶에 치중했던 그의 작업이 대사회적인 연관성을 갖고 진행되었으면 더욱 좋지 않았을까 하는 생각도 드는 것이 사실이다. 어떤 면에서는 최수철이 초기작에서 드러낸 나름의 응전이, 되레 현실에 대한 커다란 좌절감만 안겨 그를 무정부주의적 글쓰기로 침윤시킨 결과를 야기했다. 그리고 그것은 작가의 관심사를 개인의 문제로 경사하게 해 대사회적인 상황을 도외시한다는 평가를 받게 하는 역설적 상황을 유발한 측면이 있는 것이다.

하지만 작가가 2011년의 『침대』와 2016년 출간된 『포로들의 춤』에서 전쟁과 분단의 문제에 시선을 집중한 것은 의미가 크다. 또한 최수철이 『침대』에서 표명한 새로운 인류사 쓰기와 인간사에 대한 백과사전식 소설에의 욕망은 이후의 작가 소설에 펼쳐질 세계에 대한 예고로 읽힌다. 거기에는 당연히 인간이 겪는 수다한 정치 · 역사적 상황이 필연적으로 포함될 수밖에 없다. 그것은 최수철이 본고에서 논한 그의 초기작들에 다 담아내지 못한 내용들이다. 이후에 그런 작업들이 집적되어 최수철 소설의 한 세계가 보다 정밀하게 구축되었으면 한다.

4
소설에 나타난 고문의 양상 연구
1980년도 이후에 발표된 작품을 중심으로

1. 고문의 자행과 소설적 형상화

몸을 비틀다라는 뜻의 라틴어 'torquere'에서 유래한 고문(torture)의 사전적 의미는, 피고인 · 피의자에게 자백을 강요하기 위하여 고통을 주는 것이다. 하지만 이런 정의만으로는 고문이 자행되는 개인적 · 사회적 맥락에서의 미묘하고 복잡한 속성을 다 설명하기에 부족함이 있다. 하여 오늘날 고문의 정의는, 1984년 UN총회에서 채택되고 1987년 6월 26일 발효된 고문방지협약 제1조를 기준으로 하는 것이 일반적이다. 협약에 의하면 고문은, "어떤 개인으로부터 자백을 받거나, 제3자에 대한 정보를 얻거나 또는 그에게 어떤 처벌을 가할 목적으로 한 개인에게 신체적이거나 정신적인 고통을 의도적으로 가하는 모든 행위"를 의미한다. 또한 어떤 목적으로 한 개인을 위협하거나 강요하기 위해서도 고문은 이루어진다. 이때 가해지는 폭력은 대개 공권력이거나 공권력처럼 인식되는 주체에 의해서 허가되었거나 적어도 묵인된 상태에서 이루어진 경우를 말한다. 다만 합법적인 법의 집행과정에서 일어나는 우연한 사고에 의한 고통은 포함되지 않는다"[1]로 명시되어 있다.

고문에 대한 국제적 협약이 체결되었다는 사실은 그것이 전 세계에서 여전히 뿌리 뽑히지 않고 있음을 증명한다. 실제 고문이 시대와 지역을 불문하고 계속되고 있다는 점은 다음의 서적들에서도 쉽사리 확인할 수 있다. 가령 그리스 · 로마 시대의 고문에서부터 20세기까지의 정신적 · 육체적 고문을 통시적으로 다룬 책[2]이나 세계 고문 형벌의 잔혹한 방법을 추적한 저작물[3]이 바로 그것들이다. 또 "2000년의 새로운 세기를 맞으며 앰네스티 인터내셔널(Amnesty International)이 고문금지운동을 새로운 캠페인으로 내걸면서 그 제목을 현대의 전염병(A modern day plague)"[4]으로 규정한 것에서도 시공을 초월해 고문이 만연해 있음을 일러준다.

이에 대항해 비인간적이고 야만적인 고문 근절과 고문 피해자의 치유를 위한 국제적 노력도 다양하게 전개되고 있다. 유엔 인권위원회와 앰네스티 인터내셔널의 활동이 바로 그것들이다. 그럼에도 불구하고 "전 세계에서 지역 간, 종족 간의 갈등과 충돌, 내전이 도지고 있고, 독재국가에서는 야당과 반대 세력을 제거하기 위해서, 심지어 민주국가에서도 '극단적 정치세력'을 제거한다는 명목으로 고문은 여전히 사용"[5]되고 있는 실정이다.

---

1) 고문방지협약 제1조의 고문에 대한 정의. 여기에서는 박원순, 『야만시대의 기록1』, 역사비평사, 2006, 33쪽에서 재인용.
2) Brian Innes, 『고문의 역사』(김윤성 옮김), 들녘, 2004.
3) John Swain, 『고문실의 쾌락』(조석현 옮김), 자작, 2011.
4) 박원순, 앞의 책, 30쪽.
5) The Redress Trust, *Annual Report, 1992—94*, 1994, p.4. 여기에서는 위의 책, 32쪽에서 재인용.

사정은 우리나라에서도 다르지 않았다. 대한민국 헌법 제12조 2항과 제11조 6항에는 "모든 국민은 고문을 받지 아니하"고 "고문에 의한 자백을 유죄의 증거로 삼을 수 없다"고 적시되어 있다. 뿐만 아니라 형법 제125조에는 "재판, 검찰, 경찰, 기타 인신 구속에 관한 직무를 행하는 자 또는 이를 보조하는 자가 그 직무를 행함에 당하여 형사피의자 또는 당하는 사람에 대해 폭행 또는 가혹한 행위를 가한 때에는 5년 이하의 징역과 10년 이하의 자격정지에 처한다"고 엄하게 규정하고 있다. 그러나 과거 왕조시대는 차치하고라도 독립운동을 펼쳤던 수많은 투사들에 대한 일제의 극악한 고문은 널리 알려져 있거니와, 이승만 시대와 정통성 없는 군부 정권 하에서의 잔혹한 고문 행위도 이미 여러 매체를 통해 보도된 사실이다. 비교적 민주화의 시대가 개막되었다고 여겼던 김영삼, 김대중 정부, 그리고 인권정책과 인권 상황이 과거 정권에 비해 크게 개선되었다는 노무현의 참여정부에서까지 고문의 실상이 확인되는 경우를 보면, 그것의 예방과 근절이 여간 어려운 것이 아니라는 사실을 절감하게 한다.

이와 같이 고문이 암암리에 계속되는 상황에서, 비인간적인 고문의 실상과 고문 가해자와 대상자의 내면을 작가들은 방기하지 않았다. 우리 소설사에서 고문은 1920년대에서부터 문제되기 시작했다. 이 시기의 소설에는 일제의 검열 탓에 작품 전면에 고문의 문제가 명확하게 드러나지는 않는다. 그러나 작품 배면에 깔린 고문의 비참한 상황을 짐작하기에는 어려움이 없다. 또 한국전쟁 당시 국군과 인민군, 남한과 북한 사이에서 발생한 고문의 상황을 다룬 작품들도 있다.[6] 특히 한국전

---

6) 이들 시기에 고문 행위가 드러난 작품으로 김현은 염상섭의 「삼대」, 장용학의 「요한시집」, 최인훈의 「광장」을 거론했다. 김현, 「인간이라는 기호의 모습」, 『김현문

쟁과 관련해 놓고 볼 때 고문의 양상은 소설에서 직·간접적으로 많이 드러난다. 이에 비해 정작 서슬 퍼런 박정희 정권 시절, 무소불위의 권력을 휘둘렀던 중앙정보부에 끌려가 고문을 당했을 수많은 이들의 고통을 다룬 작품은 찾기가 쉽지 않다. 아마도 일제만큼이나 엄혹했던 당시의 군부 폭정에, 작가들이 고문의 현실을 쉽사리 형상화하기는 어려웠을 것이다. 실제 그 시기에 몇몇 작가를 비롯한 지식인층이 입은 필화사건[7]은 그런 추측을 가능하게 한다.

그럼에도 불우했던 1980년대 군사정권 시절에 자행되었던 고문에 관한 소설을 찾아볼 수 없는 것은 아니다.[8] 민주화 과정에서 드러난 고문에 대해 섬세하게 고찰하고 문학적으로 승화한 작품들로 우선 임철우의 「붉은 방」을 들 수 있다.[9] 이후 정찬은 「얼음의 집」에서 '고문의

학전집5』, 문학과지성사, 1995, 179쪽.

7) 박정희 집권 시절의 대표적 필화사건으로, 『사상계』에 당시 「오적」을 발표한 김지하가 1970년 6월 반공법 위반 혐의로 구속된 것을 들 수 있다. 그는 1972년 4월 『창조』에 「비어(蜚語)」를 발표해 중앙정보부에 또 연행되는 고통을 겪는다. 김지하뿐만 아니라 박정희 정권 시기에 필화를 당한 작가의 작품들로 구상 「수치」(1965), 김명식 「10장의 역사연구」(1976), 김정욱 「송아지」(1965), 남정현 「분지」(1965), 박양호 「미친 새」(1977), 양성우 「겨울공화국」(1975), 「노예수첩」(1977), 정공채 「미8군의 차」(1963) 등이 있다. 지배층은 이들의 작품들에 당시의 권력층 및 사회 지도층 비판, 폭압적 정치 상황 고발, 남한의 어두운 사회상이 그려졌다고 본다. 정권 지배층은 일부 작가들이 북괴의 주장에 동조, 대한민국의 국립경찰 모독, 자본주의 사회를 과장되게 묘사했다는 이유로 작가와 작품, 그리고 희곡작품 상연에 제재를 가했다. 이에 대해서는 김지하 외, 『한국문학 필화작품집』, 황토, 1987 참조.

8) 김병익은 앞의 김현 글에 나온 작품들을 소개하고 이후 김은국의 『순교자』, 김원일의 「압살」, 임철우의 「직선과 독가스」와 「사산하는 여름」에 나타나는 고문의 양상을 살핀다. 본격적인 분석을 행하지는 않지만, 김주영의 『천둥소리』와 조정래의 『태백산맥』 역시 고문의 장면이 드러나는 작품으로 그는 거론한다. 김병익, 「고문의 소설적 드러냄」, 『전망을 위한 성찰』, 문학과지성사, 1987, 190쪽.

9) 1988년에 발표된 양귀자의 「천마총 가는 길」 역시 고문에 대해 다루고 있는 소설

사상'을 사변적으로 제시하였고, 천운영은 『생강』에서 도피 중인 고문 가해자의 내면을, 방현석은 고 김근태의 생애를 그린 『그들이 내 이름을 부를 때』에서 처참한 고문과 피해자의 후유증을 재조명했다. 이들 작품의 의의는 이전 시대의 작품들과 달리, 잔혹한 고문 그 자체는 물론이고 고문 가해자 및 피해자에 집점해 정밀한 형상화를 이루었다는 측면에 있다. 「얼음의 집」의 경우, 관념성이 드러나기는 하지만 고문에 총체적으로 접근해 살폈다는 점에서 이제까지의 고문을 다룬 소설과 변별성을 띤다. 또 『생강』은 참혹한 고문을 다루면서도 죄에 대한 용서의 가능성을 어렴풋하게나마 구현했다는 점에서 의미가 크다.

본고에서는 그런 점들에 주목하여 작품들을 분석하고자 한다. 그것을 통해 고문이라는 비인권적인 수단의 본질과 고문 가해자와 피해자의 심리 및 상처, 그리고 양자의 용서와 화해 가능성을 확인할 수 있을 것이다.

2. 잔혹한 고문, 피해자의 고통과 피폐

현대에 고문의 목적은 고문 대상자가 알고 있는 것을 자백시키고 정권 지배층의 기호에 맞게 진실을 왜곡하는 데에 있다. 목적 달성의 어려움에 직면하고, 가해자 측이 원하는 대로 사건의 진실을 호도하고 조작하기 위한 수단으로 지배층은 고문을 악용한다. 그래서 고문과 같은

이다. 이 작품에 나타나는 고문의 양상에 대해서는 필자가 다른 지면에서 논의했기에 여기에서는 분석을 제외한다. 양귀자 소설에 나타난 고문의 양상은 김병덕, 『한국소설에 나타난 일상성』, 국학자료원, 2009, 126－131쪽을 참조할 것.

비인간적인 방식의 사용 비율은 대체로 정권의 정통성이나 민주성과 반비례하는 특성이 있다. 고문이 군사정권 하에서 특히 성행했다는 사실은 바로 그 점을 입증한다. 실례로 박정희 정권의 몰락으로 민주화를 기대했던 국민들의 열망을 무력으로 짓밟고 정권을 찬탈한 전두환 군사정권은 '반공 이데올로기'와 '레드 콤플렉스'의 공포심을 기반으로 무자비한 인권탄압을 정당화하거나 용인했다.[10] 그 결과 전두환 정권은 "고문으로 시작해 고문으로 끝"났다고 할 만큼 국민의 지위고하와 남녀노소를 막론하고 어마어마한 고문 폐해의 사례를 남겼다.[11]

고문의 그런 잔인한 폭력성을 다룬 작품이 임철우의 「붉은 방」이다. 「붉은 방」에는 평범한 소시민인 고등학교 선생 오기섭이 사건의 영문도 모른 채 국가기관에 불법 연행되어 고초를 당하는 과정이 상세히 묘사되어 있다. 심문 과정에서 그는 지인의 간절한 부탁으로 시국사범인지도 모르고 이상준에게 보름 정도 침식을 제공했다는 점에 꼬투리가 잡혔다는 사실을 알게 된다. 설혹 그것이 위법이라 하더라도 강제 연행과 무지막지한 고문의 법적 정당성은 없다.

그들이 오기섭을 데리고 간 고문실의 풍경은 음습하기 그지없다. 일단 그곳은 육중한 철문을 거쳐 18개의 계단을 내려가야 한다. 나무침대, 욕조와 양변기, 목재 가리개, 책상 하나와 의자 셋, 천정의 형광등이 전부인 방은 지하 특유의 냉기가 덧보태져 음산한 분위기를 풍긴다. 또 "사면 벽과 천정까지가 온통 시뻘건 선지피 빛깔의 페인트"로 채색된 그 방은 끌려온 이에게 극도의 불안과 공포감을 유발한다. 피해자가 떨고 있는 상태에서, 고문 가해자들은 다짜고짜 위압적인 반말로 상대의

10) 조연현, 『한국 현대정치의 악몽』, 책세상, 2001, 23쪽.
11) 박원순, 앞의 책 3권, 1장, 2장 참조.

기를 죽이고 탈의를 시킨다. 그들의 명령에 즉각 반응하지 않으면 예외 없이 욕설과 함께 집단 구타를 당한다. 오기섭은 고문 가해자들에게 무시로 집단폭력을 당했다. 심문이 강화되면서 그는 물고문을 당하기도 하는데, 그 상황의 고통은 다음과 같이 그려져 있다.

> (…… ― 인용자) 이윽고 쏴앗, 쏟아져내리기 시작하는 물줄기, 물줄기…… 짜릿한 고통이 순식간에 온몸을 엄습한다. (……) 숨을 쉴 수가 없다. 눈이 떠지지 않는다. 얼굴은 살얼음에 덮인 듯, 아니 얼음장 그 자체가 되어버린 듯 아무런 감각도 없다. (……) 몸을 비틀어 댈 때마다 쏟아지는 발길질과 주먹질. 얼핏 정신이 흐려온다. 소리. 엄청난 소리. 그건 폭포다. (……) 거짓말처럼 사라져버린 물소리, 그리고 정적…… 마치도 물 속 깊이 돌멩이처럼 가라앉아가는 듯한, 그런 기이한 고요함이 찾아왔다. 눈을 뜨자, 밀려들어오는 핏빛의 세상. 한순간 내 눈 앞의 모든 실핏줄이 일제히 터져버린 건 아닌가 싶다.
>
> ― 「붉은 방」, 『이상문학상수상작품집12』, 76쪽

작품에 나타난 물고문 장면의 묘사도 끔찍하지만, 고문의 실상에 관한 한 아마도 실제의 체험 기록이 소설보다 더욱 처절할 것이다. 고 김근태 전 의원의 자전 수기인 『남영동』[12]에는 1985년 9월에 그가 악명 높던 남영동 대공분실 515호실에서 22일간 모질게 당했던 고문의 기록이 나온다. 이 책에서 그는 고문에 대한 불안과 공포, 그리고 한 인간으로서의 자존감이 송두리째 무너지는 비참함을 토로했다. "고문, 이것은

12) 이 책의 참혹한 내용을 바탕으로, 2012년에 <남영동 1985>라는 영화가 제작되기도 했다.

익숙해지는 것이 아니라 더욱 무서워지고 낯설어지는 것"[13]이라는 그의 절규는 고문 피해자의 극심한 정신적·육체적 고통을 표현한 것이라 하겠다. 과연 그는 고문의 고통을 책에 정밀하게 그려놓았다. 특히 전기고문 장면에서는 한 인간의 영육(靈肉)이 잔인하게 파괴되는 모습이 적나라하게 드러나는데, 김근태의 일대기를 소설화한 방현석의 작품에서 그 참상은 여실히 묘사되어 있다.

> 전무는 고문 기술자의 작업을 지켜보고 서 있고 부하들은 전기고문으로 내 몸이 바짝 마르면 물을 뿌리고 소금 가루를 발라서 전기가 잘 통하도록 도왔다. 핏줄과 신경을 뒤틀고, 팽팽하게 잡아당겨서 마침내 마디마디 끊어버리는 것 같았다. 머리가 빠개질 것 같은 통증이 몰려오고 죽음의 그림자가 독수리처럼 날아와 온몸을 파고드는 것처럼 아른거렸다.
>
> 전기가 핏줄과 신경을 타고 발끝에서 정수리까지 섬광처럼 누비고 지나갈 때마다 나는 짐승의 신음을 토해 냈다. 육체는 산산히 해체되고 오직 끝없이 이어지는 것은 비명뿐이었다. 몸 전체에 시퍼렇게 핏줄이 솟고 헉헉, 꺼이꺼이, 목은 쉬어갔다. (…… — 인용자) 이들의 목표는 총체적인 혼란과 착란의 상태로 나를 몰아넣는 것이었다. 오직 잔인한 파괴만이 있었다.
>
> —『그들이 내 이름을 부를 때』, 342—343쪽

고문 가해자들은 당시 재야에서 커다란 영향력을 행사하던 <민청련> 의장인 김근태에게조차 전기고문 같은 잔혹한 폭력을 행사한다. 아니 오히려 그였기에 목적 달성을 위해 더욱 야만적인 방법을 택했을

---

13) 김근태, 『남영동』, 중원문화, 2007, 60쪽.

지도 모른다. 이러한 고문이 피해자들을 황폐하게 만든다는 데에는 의심의 여지가 없다. 육체적 학대는 물론 한 인간의 자존감마저 무참히 짓밟는 작태에 피해자들의 심신은 극도로 피폐해진다. 특히 공안 사건의 경우 자신이 살기 위해 동료 이름을 발설했다는 내면의 상처도 좀처럼 치유되기 어렵다. 그래서 그들은 고문 및 죄책감의 후유증으로 상당한 고통에 시달린다. 실제 고문 피해자들은 지속적으로 정신적 · 육체적 · 경제적 고통에 시달리고 있다. 뿐만 아니라 그들의 가족과 자녀 다수도 만성적 스트레스와 피해의식, 대인기피현상에 고통을 당하고 있는 것이 현실이다.[14)]

「붉은 방」에서 오기섭은 불구속 처리되어 풀려나지만 고문으로 이미 몸과 마음이 만신창이가 된다. 그는 고문 이전, 즉 "예전의 나를 송두리째 빼앗겨버"렸다는 상실감에 괴롭다. 평범한 소시민이던 그는 "인간과 세상에 대한 소름끼치는 환멸과 증오"에 치솟는 분노를 억누를 수가 없다. 『그들이 내 이름을 부를 때』의 김근태 또한 구치소에서 나온 후에도 고문이 가져다주는 '공포와 수모'에 고통 받기는 마찬가지이다. 그것은 그가 후에 장관이 되고나서도 경찰만 보면 동행자의 손을 꼭 잡으며 "넌 안 무섭니? 난 무서워"라고 하는 말에서도 알 수 있다. 그는 고문 피해의 후유증에 끊임없이 시달리고 있는 것이다.

14) 김현경, 「고문폭력 생존자가 반추한 고문의 고통 체험」, 『사회복지연구』 42호, 한국사회복지연구회, 2011, 242쪽.

3. 고문 가해자의 명분과 내면심리

고문 가해자들은 오기섭의 무죄를 이미 알고 있다. 그들은 혹시라도 오기섭을 "족쳐서 차근차근 각본"을 엮을 수 있을지도 모른다는 기대를 할 따름이다. 그런 그들은 국민의 인권 보호는 안중에 없고 자신들이 의도한 성과만 얻는 데에 혈안이 되어 있다. '고문 기술자'나 '장의사'라는 악칭이 따라다녀도 그들에게는 원하는 정보를 캐거나 조작하는 것만이 소중하다. 그들의 악행은 애국을 명분으로 거리낌 없이 이루어지는데, 애국의 명분 뒤에는 국가라는 거대 조직의 음험한 비호가 있다.[15)]

분석 작품들에서 고문 가해자들은 자신의 고문 행위를, 국가안위를 위한 애국적 행동으로 정당화하는 양태를 보인다. 「붉은 방」의 고문 가해자는 자신과 동료들을 "바로 진정한 민주사회의 법이요 질서요 정의"로 치켜세운다. '고문기술자' 이근안이 다락방에서 십일 년을 숨어 지냈다는 보도가 창작의 모티프가 된 천운영의 『생강』에서도 고문 가해자들의 그런 의식은 확고하다. 별명이 '장의사'인 고문 기술자는 취조 대상을 "불순하고 불결하고 불온한 모든 악의 싹들"로 여기고 자신은 "악의 세력에 맞서는 전사"로 자임한다. 그런 자부심은 고문 가해자

15) 고문 사건과 관련해, 검찰은 피고발인의 신원이 분명하고 고발인의 진술이나 참고인 진술 등으로 피의 사실을 어느 정도 특정할 수 있음에도 시간을 끌며 본격적인 수사를 벌이지 않는다고 한다. 심지어는 고발인 조사조차도 하지 않은 채 사건을 덮으려 하는 경우도 많다. 박원순, 앞의 책 1권, 248쪽. 고문 기술자 이근안이 11년 동안 도피생활이 가능했던 것도 국가권력의 도움과 도피방조 없이는 불가능했다. 이근안은 도피 기간 중, 국가조직으로부터 생활비를 받고 본인이 아니면 신청할 수 없는 퇴직금을 아내를 통해 수령했으며 조직의 간부와도 피신처인 집에서 만나기까지 했다. 같은 책, 263쪽.

들의 잔혹한 행동을 숭고한 소명의식으로 포장시킨다.

고문이라는 반인권적인 작태를 일삼는 조직원들에게 남다른 동료애와 연대의식을 조장하는 것도 고문을 담당하는 조직의 주요 업무 중 하나이다. 그들은 고문을 관할하는 부서의 수장을 아버지로, 그 아래 조직원들을 아들로 부른다. 아들의 서열은 장남, 차남 식으로 위계가 정해지는데, 결국 그들 모두는 동종업에 종사하는 '한 식구'로 통칭된다. 각각의 아들들은 아버지에게 성과를 보이기 위해 치열한 경쟁을 하고 그로 인해 발생하는 불상사에는 "내 새끼들은 내가 지킨다"는 말로 엄호한다. 그들 가운데 몇몇은 고문 피해자에 연민의 정을 느끼기도 하는데, 『그들이 내 이름을 부를 때』에 나오는 최상낙이 그런 경우이다. 그는 고문에 지쳐 쓰러져 있는 피해자에게 "야, 이 씨발 놈아 제발 기라. 니 저기 또 올라가면 죽어, 이 씨발 놈아"하고, 목숨을 위해 가해자의 명령을 따르라 재촉하며 눈물을 비치기도 한다. 하지만 최상낙 같은 인물은 그 조직에서는 지극히 예외적이라 할 수 있다.

고문 행사자들이 조직과 상관인 아버지에 충성하는 근원적 배경은 애국이라는 잘못된 신념의 허울이다. 그들의 왜곡된 신념은 국가 조직의 엄호로 강화된 측면이 있다. 이와 더불어 분석 작품들에는 고문 가해자들의 출생 성분 및 성장환경과의 긴밀한 연관성이 나타난다. 일단 그들은 굴곡진 우리 역사의 영향으로 굴절된 가치 체계를 다지며 자랐다. 「붉은 방」에서의 고문 가해자는 남북의 이데올로기 갈등으로 집안이 풍비박산이 난 경우이다. 그가 '빨갱이'들에게 적개심을 불태우는 이유는, "빨갱이들 손에 우리 조부모와 큰아버지 작은아버지 일가까지, 모두 합해서 아홉 사람이나 떼죽음을 당"했기 때문이다. 가족사의 비극으로 홧병이 나 알콜중독자가 되고 경찰직에서도 강제퇴직 당하여 마침내 자살로 생을 마감한 아버지를 그는 늘 떠올리며 증오심을 불태운다.[16] 민주화 운동을 하다 투옥된 인사들을 무조건 빨갱이로 동일시하는 커다란 오류를 범하는 그들이지만, 그들 나름으로는 체제 저항세력에 대한 원한을 어린 시절부터 뼈저리게 각인하고 있다.

이와 함께 개인의 강력한 권력 의지가 고문 가해자들의 심리에 내재해 있다는 점에도 주목할 필요가 있다. 『생강』의 고문 가해자는 "참새를 잡아 읍내에 파는 일"을 하는 비루한 아버지 대신, 고문으로 권력을 행사하는 조직의 새 아버지를 흠모한다. 평범한 경찰이었던 그가 고문의 세계로 입문하는 길 역시 빨갱이를 잡아 부당한 권력의 핵심부로 진입하려는 욕망으로 가속화된다. 그러한 신분 상승의 욕망은 조직에 대한 절대복종과 충성만으로 가능하다. 그리고 그것은 자기의 일에 절대적 신념을 부여하여 조직의 명령에 맹종하게 한다.

정찬의 「얼음의 집」에서도 고문 가해자의 권력에 대한 욕망은 가득하다. 이 작품은 일본을 배경으로 삼고 있지만 고문 가해자의 내면을 추적하기에는 부족함이 없다. 「얼음의 집」의 화자인 나는 일제시대 때 아버지와 일본으로 간 인물이다. 저탄장에서 석탄을 나르는 아버지는 일본인에 의해 죽고 홀로 남겨진 어린 나는 일본인에게 갖은 차별과 멸시를 당한다. 외로움과 공포심에 두렵기만 한 나는 자신의 '박해받는 자'로서의 운명을 곱씹는다.[17] 이후 인쇄소에서 만난 무정부주의자 정

16) 홍정선은, 임철우가 그리는 고문자의 잔혹성이 개인적 원한의 문제에 국한되어 있다고 본다. 그런 까닭에 고문을 행사하게 하는 본질적인 문제, 즉 체제의 뒷받침을 보다 깊이있게 탐구하지 못한다는 비판을 받을 소지가 있다고 본다. 홍정선, 「임철우론-폭력과 작가의 양심」, 『한국현대작가연구』(권영민 엮음), 문학사상사, 1991, 472쪽.

준영의 천황 암살 계획을 듣고, 나는 그보다 먼저 천황을 죽이기 위해 정준영을 살해하지만 결국 경찰에 체포된다. 그런 내가 만난 "대일본 제국이 배출한 최고의 고문 기술자" 하야시는 권력에 대한 나의 강렬한 욕망을 투시하고 그것을 고문이라는 매개물로 행사할 수 있는 길을 열어준다.

> "너의 정신 속에는 사랑이 전혀 없다. 오직 권력의 욕망으로 가득 차 있다. 권력은 한 치의 사랑도 용납하지 않는다. 티끌 같은 사랑도 참지 못한다. 정준영은 사랑에 사로잡혀 스스로 죽음 속으로 들어갔지만, 너는 권력의 욕망에 사로잡혀 죽음 속으로 들어가려 했다. 보다 정확히 말한다면 죽음조차 잊고 있었다. 권력을 향한 너의 욕망은 그만큼 강렬했다."
>
> —「얼음의 집」, 『완전한 영혼』, 202쪽

이때 권력은 고문을 통해서 기술적으로 고문하는 자와 고문 받는 자를 위계적으로 배치한다.[18] 그 관계는 고문하는 자들에게 최고의 쾌락과 황홀을 선사한다.

고문에 관한 한 가해자들의 내면에 불우한 성장환경과 권력욕, 그리고 애국이라는 그릇된 소신이 존재하지만, 일상적 생활세계에서의 그

17) 타인의 인간성을 말살하는 고문 가해자들은 문화적으로나 개인적으로 수치스런 경험을 보고 겪어본 사람들이다. 실제 경험한 수치심, 실망감을 없애기 위해 그들은 책임이 있다고 판단되는 개인 또는 사회 계층의 존재를 부인하려는 심리를 보인다. Thierry Cruvellier, 『자백의 대가』(전혜영 옮김,), 글항아리, 2012, 438－439쪽. 이는 「붉은 방」, 「얼음의 집」, 『생강』에 등장하는 고문 가해자들에게서 공히 확인되는 심리적 정황이다.

18) 김종욱, 「권력은 어떻게 해체되는가」, 『작가세계』43호, 1999, 96쪽.

들은 전혀 다른 면모를 보인다. 비록 고문을 하고 있지만 가정생활에서는 한 사람의 가장이라는 역할에 충실하다. 「붉은 방」의 고문 가해자는 퇴근 후 집에 가면 딸아이에게 뽀뽀를 해주는 자상한 아빠가 되고 "내 핏줄이라 그런지 아이들을 마주 대하면 나는 어린애처럼 단순해지고 조금은 마음이 가벼워지곤" 하는 안정감을 느낀다. 여고 졸업반인 딸아이의 학업과 건강을 걱정하고 중학생 아들과 대화를 나누는 것도 여느 아버지들의 자애로운 모습과 다르지 않다. 게다가 작품의 주인공은 교회 집사로서의 위신을 아내에게 강요받기까지 한다. 고문 피해자를 앞에 두고도 동업자들끼리 태연히 아내와 자식들에 대한 이야기를 나누는 모습은 그들에게 자연스럽다.

그런 그들이 생계와 가족, 특히 자식들에게 최선을 다하는 것은 당연하다. 『생강』의 고문 가해자가 고문 대상자에게 모든 기술과 힘을 총동원하는 것도 모두가 가정을 위한 행위라고 생각할 따름이다. 이 작품의 고문 기술자 안이 십일 년간 다락방에서 숨어 지내며 가장의 역할을 제대로 하지 못해 괴로워하는 장면은, 고문 가해자들이라도 일상의 삶 앞에서는 그저 평범한 가장에 불과하다는 사실을 고스란히 대변한다.

그러나 고문으로 밥벌이를 하는 그들에게는 채울 수 없는 공허가 엄습하곤 한다. 고문 가해자의 끊이지 않는 허기 같은 허무와 무력을, 「붉은 방」에서는 아이러니컬하게도 초월적 절대자에 대한 기도로 『생강』에서는 몸을 파는 여자들과의 피학적 섹스로 해결한다.

> (1) (…… — 인용자) 나는 가만히 눈을 감고 기도를 올리기 시작한다. 주님. 악을 멸하시고 의인을 사랑하시는 우리 주님. 이 죄인을 버리지 마시옵고 사탄의 유혹에 빠지지 않도록 굳건한 믿음으로 지

켜주시옵소서. 오오 주여. 저희들 비록 죄 많고 어리석기 그지없는 양들이오나…… 기도를 올리고 있는 동안 어느새 성스러운 은총과 기쁨이 내 온몸을 따스하게 감싸기 시작하고 있음을 나는 역력히 느낀다. 그리고 그것은 이 붉은 방 안을 가득히 채우기 시작하고 있다.

—「붉은 방」, 『이상문학상 수상작품집12』, 97

(2) 계집애가 있는 힘껏 허리띠를 휘두른다. 섬광처럼 붉은 줄. 창자 속에서부터 신음소리가 새어나온다. 계집애는 뭐에 홀린 사람처럼 정신없이 허리띠를 휘두른다. 나는 눈물을 흘린다. 계집애의 채찍질이 점점 속도를 높인다. 나는 바닥을 기며 울부짖는다. 계집애가 내 머리채를 감아쥐고 등에 올라탄다. 나는 비굴하면서도 황홀하다. 계집애와 나는 각자 맡겨진 역할에 최선을 다하는 배우들 같다.[19]

—『생강』, 24쪽

이러한 자기 위무는 일시적인 해소책에 불과하다. (1)의 경우 자신의 공소를 신에게 의탁하여 위로 받으려 하지만 그것이 원천적인 해결 방법이 될 수 없음은 자명하다. (2) 역시 고문자가 힘겨움을 느낄 때마다 몸을 파는 여자를 찾아도 근원적인 치료 방안이 될 수 없다. 그럼에도 그들은 임시방편으로나마 그런 해소책을 찾고 나름의 구원과 힘을 얻는다. 그 행위가 지극히 모순적이고 비합리적이기는 하지만 말이다.

19) 김병익은 김은국의 『빼앗긴 이름』과 『순교자』를 분석하며 가혹한 고문자는 당연히 사디스트일 뿐만 아니라, 그 한 사람 속에 사도-매저키즘의 상반된 두 심리구조가 병존하고 있다고 본다. 김병익 앞의 책, 178쪽. 그런 면모는 『생강』의 고문자에게서도 여실히 드러난다.

4. 고문자의 사상, 참회와 용서의 문제

정찬의 「얼음의 집」은 국내의 정치상황 대신 일본을 배경으로 삼고 있어, 우리의 정치사와 직접적인 연관을 맺지는 않는다. 이 작품에는 고문의 잔혹성과 그로 인한 폐해 등에 대한 묘사보다 고문자의 사상 전언이 중요한 내용으로 다루어진다. 그 결과로 「얼음의 집」은 암울한 시대 고발보다 고문 그 자체에 대한 심도있는 탐색이 이루어지는 효과를 얻는다.

고문 가해자의 권력 욕망은 3장에서 이미 논의를 했다. 여기에 첨언할 것은 「얼음의 집」의 화자인 내가 만난 최고의 고문 기술자 하야시가 일본의 최하위 계급 에타 출신이라는 점이다. 즉 하야시 역시 호적에 에타, 혹은 히닌[非人]으로 표기되는 출생 성분을 가지고 있다. 그 미천한 계급 출신은 죽을 때까지 온갖 형태의 차별을 받아야 했는데, 그에 대한 반발은 하야시에게 강렬한 권력욕을 추동시켰고 그것은 고문 기술자라는 직위를 통해 획득되었다. 이는 곧 「얼음의 집」의 화자나 「붉은 방」, 『생강』의 고문자들이 갈망하던 절대 권력에의 성취욕과 동일하다.

마침내 일본 최고의 고문 기술자가 된 하야시는 나에게 오랜 기간의 경험과 성찰로 확립한 고문의 모든 것을 전수하는데, 이 작품의 요체는 일단 거기에 있다. 그가 나에게 우선 일러주는 것은 권력의 감각이다. 이것은 바로 권력자가 내려다보는 군중에 대한 우월감을 의미한다. 이 권력의 감각에 대한 인식이 있었기에 나는 하야시의 애제자가 될 수 있었다. 하야시에게 부여 받은 '권력의 불'은 고문 대상자에 대한 새로운 관점을 제공한다. 권력자인 고문자에게 고문 대상자란 일개 군중일 뿐이며 그런 의미에서 그들은 하찮은 짐승에 불과하다. 그렇기에 고문자는 고문 대상자를 생명체로 보지 말고 무의미한 사물로 보아야 한다. 다음으로 고문 기술자는 "기술의 대상과 기술의 도구가 무엇인지 알아야 한다. 이 두 가지 사물을 알지 못하면 기술의 맥을 짚을 수 없"게 된다. 아울러 고문 기술자에게는 그것을 상황에 따라 적절하게 활용하는 능력도 필수적이다. 그것을 제대로 행했을 때 고문자는 존재의 충일감을 만끽한다.

> —고문자의 쾌락은 존재의 상승을 통해 솟아오른다. 고문 대상자가 전락되는 순간부터 고문자의 위치는 상승한다. 마침내 그는 짐승으로 전락되고 고문자는 짐승으로 전락되는 인간을 내려다보며 상승된 존재의 쾌감을 느낀다.
>
> —「얼음의 집」, 『완전한 영혼』, 225쪽

이렇게 존재감이 한껏 고양된 고문자이지만, 그들은 권력이라는 "왕관의 쾌락에 탐닉하는 자와, 쾌락을 지우는 자"의 갈림길에서 선택을 강요받는다. 양자 중 어떤 길을 결정하느냐에 따라 고문자의 삶은 극적으로 변신한다. 전자의 길로 빠져든 이는 역사라는 짐에 의해 결국 무릎을 꿇게 된다고 하야시는 말한다. 즉 '쾌락에 탐닉하는 자'는 고문자들이 그토록 멸시했던 고문 대상, 즉 박해 받는 자들의 저항에 결국 무너지고 마는 것이다. 이에 비해 '쾌락을 지우는 자'들은 그런 저항들로부터 자유롭다. 그들은 어떤 역사나 군중들에 대한 부채가 없다. 고문을 했지만 그것은 자의가 아니라 단지 권력의 명령을 이행한 것에 불과하기 때문이다. 그들은 단지 권력의 도구가 되어 고문을 행할 뿐이다.

이때 고문자 역시 권력의 도구일 따름이어서, 자신이 자행하는 고문에 여타의 의지도 개입시키지 않는다. 오로지 강렬한 권력 의지만 발현될 뿐이기에 고문 대상자의 상처에도 무심할 수 있다. 즉 고문 피해자들은 권력이 야기한 것이지 고문 당사자의 죄는 아니라는 것이다.

하야시의 이러한 궤변은 자신이 어떤 고문을 행할 때라도 개인적 감정을 개입시키지 않았기에 가능한 것이다. 그에게는 단지 권력자가 되고 싶은 열망만 가득했을 뿐이다. 그래서 그는 비록 고문 가해자라 하더라도 역사와 군중에게 어떤 죄책감도 느낄 필요가 없다는 논리를 구축한다. 그러나 고문자가 국가권력의 고문 도구로 이용되는 것은 죄일 수밖에 없다. 이 점 역시 하야시는 강력하게 부인한다. 그는 박해 받지 않기 위해, 즉 인간으로서 삶다운 삶을 살기 위해 고문자가 되었기에 죄가 아니라고 강변한다. 그의 논리가 비합리적이기는 마찬가지이다.

그는 고문자가 늘 조심해야 할 것에 대해서도 충고를 한다. 그것은 고문과 폭력의 차이를 명확히 분별하는 일이다. 「얼음의 집」에서 폭력의 목적은 죽음을 지향하는 것으로 표현된다. 이에 비해 고문의 목적은 정보의 획득과 고문 대상자의 정신의 해체와 파괴로 나타난다. 그렇기에 고문자는 항상 대상자의 죽음에 예의주시해야 한다. 대상자의 죽음은 곧 고문의 근본 목적에 위배되는 일이며 고문을 명령한 조직의 규칙을 깨뜨리는 일이 되기 때문이다. 고문 대상자의 죽음에 대한 저항력의 측정은 그래서 중요하다. 그가 특유의 고문론을 사변적으로 적극 개진하는 것은 나름의 강고한 확신에 기반하기 때문이다.

철옹성의 '얼음의 집'을 축조했던 하야시는 그러나 뜻밖의 계기로 붕괴되기 시작한다. 하야시를 일거에 무너뜨리고 결국 죽음으로 내몬 그

위대한 힘은 바로 사랑이다. 하야시는 자신의 몰락 이유를, 이성으로도 통제되지 않는 자식에 대한 사랑으로 단정한다. 냉정하게 자식에게 대했으나 그 밑바닥에 진하게 흐르는 혈육의 정을 차단하지 못한 그는 결국 자식의 손에 죽는다. 죽기 전 하야시가 나에게 남긴 "권력은 한 올의 사랑도 용납하지 않는다. 그 한 올의 사랑 때문에 내 얼음의 집은 허물어졌"다는 조언은, 그의 통절한 후회이자 인간으로서 어쩔 수 없는 자식 사랑의 본능을 진솔하게 드러내는 말이라 하겠다.

「얼음의 집」은 이처럼 잔혹한 고문과 권력의지를 내비치지만, 그 한편으로는 고문자의 "냉혹한 권력에의 의지도 사랑 앞에서는 흔들리고 무너진다는 전언"[20]을 통해, 고문자의 의식 변모 가능성을 미세하게나마 드러낸다. 이것은 고문을 다룬 과거의 소설들에서는 찾기 어려운, 인간적인 희망의 메시지라 할 수 있을 것이다. 실제 고문을 다룬 대부분의 소설들에는 주로 고문의 폭력성과 고문 가해자의 잔혹성, 그리고 피해자의 상처와 후유증이 강렬하게 그려진다. 본고에서 다룬 「붉은 방」과 『그들이 내 이름을 부를 때』의 경우가 그렇다. 이에 비해 「얼음의 집」은 고문 가해자의 인간적인 면을 부각하여, 냉혈한의 본능적인 부성애를 보여준다. 그리고 그것에서 고문 가해자의 참회와 용서라는 문제를 생각하게 한다.

극악무도한 고문자들에게 영육의 피해를 입은 당사자가 용서의 문제를 말하기란 쉽지 않다. 「붉은 방」의 고문 피해자 오 선생의 분노는 용서의 가능성 자체를 무화시키는 듯하다. 그럼에도 미약하게나마 보이는 용서의 문제는 분명 값진데, 이를 『생강』에서 확인할 수 있다. 고

20) 홍정선, 「권력과 인간에 대한 집요한 탐구」, 『완전한 영혼』 해설, 341－342쪽.

문 가해자들에 대한 용서의 문제는 우선적으로 그들의 참회가 전제되어야 할 것이다. 하지만 자수를 하고 옥살이를 하는 안의 의식은 이전과 전혀 변한 것이 없다. 그는 면회 온 아내에게 여전히 다음과 같은 망언을 거리낌없이 내뱉는다.

> "세상이 바뀌어야지. 이게 어디 정신 제대로 박힌 세상이니? 세금 걷어서 빨갱이 놈들한테 다 갖다 바치는 세상이. 세상이 제대로 돌아가야 느이 아빠가 얼른 나오지. 좋은 세상 만들어야 우리가 잘 살지."
>
> "그 사람이 그렇게 말해?"
>
> "응."
>
> —『생강』, 278－279쪽

옥중에서도 안의 참회는 없다. 그의 자수는 개인적 불편과 시류에 따른 것일 뿐 뉘우치는 기색이라곤 찾아볼 수 없다. 되레 그는 이전처럼 자신들이 자유롭게 활개 치던 세상을 염원한다. 이런 그의 모습에서 인간 본연의 악마성을 떠올리지 않을 수 없다.[21)]

그럼에도『생강』에서는 그들에 대한 용서 문제로까지 의미가 심화된다. 작품에서 악의 화신인 안의 딸 이름이 선인 것도 상징적이다. 딸

---

21) 서영채는 안의 경우처럼 인간의 내부에 존재하는 악의 근원을 칸트의 근본악(Radikales Böse) 개념을 빌어 설명한다. 칸트는 근본악을, 생득적이고 보편적이라서 인간의 힘으로는 근절될 수 없으며 오로지 선한 의지의 발현에 의해서만 제어될 수 있다고, 그래서 이성의 한계 내에서는 이해하기 어려운 신비로운 설명으로 해석한다. 이 개념을 빌면 고문자들은 근본악이며 괴물이라 할 수 있다. 신옥희,「칸트에 있어서 근본악과 신」,『철학』18집, 1982, 53쪽. 여기에서는 서영채,「천운영이 일깨우는 불편한 진실」,『미메시스의 힘』, 2012, 204쪽에서 재인용.

은 숨어 있는 아버지에게 끊임없이 참회를 통한 갱생을 요구하는 인물로 나온다. 그리고 안의 고문 피해 당사자인 남자는 선에게 생일선물을 전해주며 복수를 대신한다. 안의 아내가 운영하는 미용실 앞을 서성거리는 남자는 고문에서 벗어나 밖으로 나가면 안이 "보호하고 싶었던 걸 꼭 찾아내 짓밟"으리라 굳게 다짐하던 인물이다. 그에게는 안이나 안의 아내와 딸이 복수의 대상이었을 터이다. 하지만 그는 안의 딸 선에게 생일 선물 오르골 보석상자를 주는 것으로 더 이상 미용실 근처에 나타나지 않는다. 완벽하지는 않지만, 실행하기 어려운 피해자의 선의를 통해 용서의 가능성을 제시하는 것이다.

5. 고문 소재 소설의 변화와 그 의미

이상으로 1980년대 이후, 고문을 다룬 우리 소설들을 살펴보았다. 앞에서 살핀 대로 고문은 비민주적인 사회에서 정권 지배층들이 악용한 대표적인 국가폭력이다. 한국사회에서 고문의 만연은 아픈 우리 역사에 대한 회상, 고문자들에 대한 분노, 고문 피해자들의 고통과 희생을 떠올리게 한다. 그런 정황에서 고문에 대한 작가들의 소설적 형상화는 의미가 적지 않다 하겠다.

억압된 사회 여건 상, 작가들이 고문의 문제를 당대에 제기하기는 어려웠을 터이다. 또 고문을 소재로 한 소설은 너무도 압도적인 사실성 때문에 허구화를 위한 장치가 만만치 않다.[22] 어떤 면에서는 『생강』처

22) 서영채는 『생강』을 살피며 사실의 소설화에 대한 난점을 다음과 같이 제시한다. "첫째는 살아 숨 쉬고 있는 사실성의 문제를 어떻게 처리할 것인가 하는 점, 둘째

럼 고문이 만연했던 시대의 현장에서 한 걸음 물러나 그것을 조망한 것이 작품의 미학적 완성도를 높이는 데에 도움이 되지 않았을까 싶기도 하다. 천인공노할 고문의 문제에 숙고하고 나름의 형식을 고구한 결과가 고문 소재 소설의 질적 향상을 담보하지 않았나 싶은 것이다.

실제 그 탐구의 시간은 고문을 다룬 작품들의 내용에도 많은 변화를 주었다. 1988년에 발표된 「붉은 방」에 무엇보다도 고문 상황의 핍진한 묘사와 피해자의 분노가 눈에 띈다. 물론 가해자의 내면도 그려져 있기는 하지만 독자를 압도하는 것은 광기의 고문 현장과 피해자의 분노와 상실일 것이다. 「얼음의 집」은 고문의 미학화라 부를 수 있을 만큼 고문을 총체적으로 탐색한다. 이 작품에 광기와 분노는 없다. 오히려 이 작품에는 고문에 대한 이성적 탐구만이 존재한다. 그에 사랑의 힘이 덧보태져 있다. 이들 작품과 약 이십여 년의 시차를 두고 있는 『생강』에서는 고문 가해자의 딸과 피해자의 자기희생을 통한 고문자 용서라는 내용으로까지 주제가 확장되고 있다. 비록 완벽한 용서와 화해는 아닐지라도 그 가능성에의 천착은 묵직한 울림을 던진다.

이처럼 이 계열 소설의 점진적 변모는 시대의 상처를 회고하고 치유하는 데에 일정한 기여를 한다. 동시에 그것을 통해 소설이 추구하는 인간다운 삶에 보다 한 걸음 다가갈 수 있게 하는 데에 도움을 주고 있다.

는 소설이라는 허구가 실제 삶의 드라마의 수준을 넘어설 수 있느냐 하는 점이다." 그는 이 두 개의 난점을 어떻게 넘어서느냐가 이 계열 소설의 성패를 좌우한다고 본다. 서영채, 위의 책, 196쪽.

5
존재의 증명과 시선의 확장
정혜련론

1. 소설가에게 흐르는 시간

소설가에게 시간의 흐름은 어떤 의미를 지닐까? 작가 역시 생활세계에서 일상적 삶을 영위하는 보통의 일반인들과 비슷한 나날들을 살아가는 것은 물론이다. 그러나 그것만으로 소설가가 보내는 세월의 흐름을 규정할 수는 없다. 그의 삶은 무수한 세인들이 하루하루를 살아가는 양태와 닮은꼴인 듯하다. 하지만 소설가에게는 늘 작품을 써야 한다는 내적 강박과 집필중인 작품에 별다른 진척이 없어 괴로워하는 또 하나의 삶이 결정적으로 존재한다. 그런 고통의 과정은 소설가에게 '자기세계' 구축을 위한 분투를 촉발하고 이전의 작품세계를 보다 심화 · 확장하게 하는 촉매제로 작용한다.

1996년에 등단한 정혜련은 오랜 시간 동안의 문학적 숙성을 거쳐 2009년 첫 작품집 『오피스텔 토마토』를 상재했다. 그리고 정확히 십 년이 지난 지금 『갇힌 말』을 세상에 내놓았다. 그가 두 번째 창작집을 내놓기 위해 견뎌낸 지난 십 년의 소설적 고뇌와 작가로서의 압박감, 그리고 문학적 성취의 흔적이 드러나는 이 책에는, 세월의 더께를 어떻게든 작품으로 승화시키려 고심한 그의 지난 발자취가 애잔하고도 벅차게 그려져 있다.

그 양상은 우선 「장미터널」의 903호 여자처럼 타인의 시선을 의식하지 않고 주체적 삶을 살고자 하는 여성상으로 드러난다. 이는 『오피스텔 토마토』 해설에서, 이태동이 말한 '여성의 자아실현'이라는 맥락의 연장선상에 있다고 하겠다. 또한 「대머리 독수리」에서처럼 외모로 여성의 삶의 조건을 평가하는 천박한 세태에 대한 비판으로 표출되기도 한다. 그리고 작가의 첫 작품집에 수록된 「트라이앵글과 원」과 같이 미국에서의 생활이 담긴 「갇힌 말」과 「스테파니와 손을 잡다」, 자기고백의 서사로 읽히는 「숨은 새」, 소설이 곧 작가 자신의 삶이라는 강렬한 메시지가 묵직하게 전달되는 「갇힌 말」로 작품세계는 심화된다.

정혜련은 이렇게 지난 십 년간 소설세계의 깊이를 얻고 넓이를 확장하기 위해 고통의 언어로 작품들을 직조해놓았다. 그 세월에 들인 작가의 공력은 자신의 소설적 성장은 물론이고 독자들에게도 해석의 지평을 넓혀놓았다. 예술 혼을 불태우는 소설가에게 시간은 그저 덧없이 흘러가지만은 않는다는 사실을 그의 이번 창작집은 독자들에게 보여주고 있는 것이다.

2. 닫힌 공간에서의 고치깨기

정혜련의 첫 작품집에 나오는 「안과 밖의 명상」은, 일단 그 내용은 차치하고라도 제목의 측면에서 의미심장하다. 이 작품에서 '안'은 경찰서 유치장이며 '밖'은 세상이다. 이 안-밖에 대해, 죄 없는 작품 화자는 "안이나 밖이나 다를 게 뭐 있겠어요" 하고 눙친다.

하지만 이번 작품집에서 이 안-밖의 이미지는 강하게 대립하는데, 작가는 일단 '안'에 보다 큰 의미를 부여하고 있다. 작가에게 '밖'은 부박한 세속적 세계에 불과하다. 정혜련 작품에서 남편들의 세상으로 표상되는 그곳은 고도화된 자본주의 사회의 동력대로 이기, 욕망, 실용, 경제, 속도 등으로 존재한다. 하여 그들은 미국에서 함께 생활하는 아내에게 "영어를 공부해서 한국으로 돌아가는 게 훨씬 쓸모 있는 일"(「갇힌 말」)이라 거침없이 내뱉는가 하면, "누구네는 주식 투자를 해 짭짤하게 재미를 봤느니, 전세 끼고 산 아파트가 얼마나 올랐느니, 재개발 아파트에 투자해 시세차익을 남겼느니, 퇴직하고 농사나 지으려고 산 땅에 도로가 뚫리는 바람에 몇 배를 뻥튀기 했느니 하며 부러워"(「애벌레」)한다.

이런 물질만능주의 현실에서 정혜련의 몇몇 화자들이 각고의 노력으로 쌓아올리려는 소설의 휘황한 성좌는 폄훼되기 일쑤이다. 이것은 작가의 인물들을 '안'으로만 침잠하게 하는 한 요인이 된다. 폐쇄적이고 단절된 아파트라는 공간에서 401호 여자는 스스로 유폐를 하여 '은둔형 외톨이를 소재'로 소설을 쓰기 위해 골몰(「장미터널」)하며 어떤 인물은 소설을 위해 늘 "컴퓨터 앞에 앉"(「안구건조증」)는다.

그 뿐인가, 작가는 외부와는 최소한의 교류만을 하며 유년기의 내면적 상처를 되짚어내고 심정적 화해를 하기도 한다. 정혜련이 유년기 트라우마를 직시하고 그것을 극복하기 위한 안타까운 노력이 잘 드러난 작품이 바로 「숨은 새」이다. "이야기를 해야 할 때가 왔다. 다락방에 대해"로 시작되는 이 작품은 '다락방'으로 은유되는 닫힌 이미지가 우선 인상적이다.

가스통 바슐라르가 『공간의 시학』에서 언급한 대로 "집이란 세계안의 우리들의 구석"이다. 특히 유년기에 거주하는 집은 "우리들의 최초의 세계"라 할 수 있다. 그리고 그 집안에 마치 지하실처럼 내밀히 들어앉은 "다락방은 (유년기의 아이가—인용자) 몽상을 키우기에" 더없이 좋은 공간이다. 그러나 이 작품의 아이에게 다락방은 그런 낭만적 공간이 아니다. 그렇다고 그 밀폐의 공간이, 어머니 뱃속에 있을 때와 같은 행복한 상태로 되돌아가고 싶은 퇴행적 욕망을 의미하는 요나 콤플렉스(Jonah Complex)를 아이에게 충족시켜주지도 않는다.

그 공간은 화자에게 그저 현실의 도피처이자 은신처에 불과하다. 그 이유는 이웃집 친구 미란이가 다락방에서 자살을 한 충격 때문이다. 아이가 "다락방 창문에 끼여 날아가지 못하는" 애처로운 새 한 마리에 불과하다고 자조하는 것은 바로 그 상처를 치유하지 못한 까닭에 있다. 미란과 동병상련의 처지였던 유년기의 화자 S는 그 트라우마를 극복하기가 어렵기만 했다. 그런 자신의 유년기를 성인이 된 화자는 다음과 같이 회상한다.

> 혼자 화덕 들고 다락방 올라간다고 얼마나 힘들었니. 연탄불도 같이 피우고 화덕도 둘이 같이 들었어야지. 동네 아이들과 학교 친구들에게 사팔뜨기와 붕어라고 같이 놀림 받았는데 왜 혼자만 간 거냐구.
>
> —「숨은 새」 중에서

평소 눈이 튀어나와 붕어라고 친구들에게 놀림을 당한 미란은 결국 다락방에서 자살로 어린 생을 마감했다. 이후 유년기의 화자는 엄마의 극렬한 만류에도 다락방으로 찾아드는데, 외모 문제로 같은 시련을 겪은 어린 화자는 미란이만 저 세상으로 보냈다는 자책감과 회한에 다락방으로만 숨어들었을 터이다.

이처럼 여린 아이의 모습은 「안구건조증」에서도 등장한다. 이 작품의 유년기 화자는 마을 들판에 날아든 갈까마귀를 보고 울음을 터트리는 울보이다. 아이는 또한 "엄마도 슬프고 다 슬퍼. 사람은 무엇이고 생명은 또 뭐야. 우리는 어쩌다 생명을 얻게 되었을까"라는 존재론적인 슬픔에 눈물을 흘리기 일쑤이다. 거기에 부모의 싸움은 아이의 눈물을 가중시킨다. 생명체에 대한 존재론적 질문으로 언제나 눈물이 터지는 아이에게 일상의 삶은 늘 불안하고 폭력적이기만 하다.

그렇게 성장한 아이들은 어른이 되어서도 안으로만 침잠하지만, 이 복잡한 현대사회에서 성인들은 어쩔 수없이 밖으로 나설 수밖에 없다. 삶의 무수한 조건을 형성하는 외적 활동에서 그들은 결코 자유로울 수 없는 것이다. 그럼에도 정혜련 소설의 인물들은 마치 '고치' 속의 '애벌레'처럼 닫힌 공간에서 자기만의 내밀한 삶을 고수하려 한다. 이 소설집에서 다락방으로 표상되는 닫힌 이미지의 공간이 「애벌레」와 「고치 속에서」에서도 확인되는 것은 그런 이유에서일 것이다.

제목에서 연상이 되듯, 고치(Cocoon)는 '무엇엔가 둘러싸여 보호를 받는 혼'을 상징한다. 과연 「고치 속에서」의 주인공 '몽'은 주인집 여자에게 "이 아가씨는 죽었나 살았나? 창문만 아니면 사람 사는 덴 줄도 모르겠네"라는 타박을 들을 정도로 칩거만 하고 있는 상황이다. 그는 아에 회사마저 그만두고 반지하방에서 은거하고 잠행하는 삶을 살아가고 있다. 그럼에도 '몽'은 이미 깨져버린 '현'과의 결혼 생활을 간절히 꿈꾼다. 고치 안에서 '현'에게 둘러싸여 보호 받고 싶은 마음이 애절하지만, '몽'이 할 수 있는 행동이라고는 사이버 코쿤족답게 인터넷을 하는 것밖에 없다.

그러나 고치는 "바람의 잠재력, 마력, 나비의 혼이 만들어지는 곳"을 상징하기도 한다. 즉 현재는 암담하고 답답하지만 애벌레가 성장하기 위해서는 고치의 긍정적 상징성을 활용해야 한다. 이 작품집에서 「애벌레」의 소중한 의미는 바로 거기에 있다. 이혼 후 딸의 양육권을 전 남편에게 넘겨주고 단칸방에서 생활하는 주인공은 선배의 팬시문구회사에 다니고 있다. 그런 그의 남다른 다짐 하나는 소설을 쓰려는 의지이다. 그는 결혼 후 "심심해서 백일장에 나갔다가 덜컥 상을 받고 난 뒤부터" 소설을 쓰기로 마음을 굳혔다. 세상사의 속도와 이치에 발맞추기가 어렵기만 한 그에게는 소설이 나름의 '고치'가 되는 것이다.

생활이나 소설에서 어떤 면으로 보자면 '애벌레'에 불과한 주인공에게는 도약의 계기가 절실하다. 그러나 그것을 번잡한 현대사회의 물결에 순응하여 이루기는 어렵다. 그렇다면 오직 스스로의 힘으로 번데기를 뚫고 날아오르는 수밖에 없는데, 그 일이 녹록지가 않아 힘겹다. 그때 재활용 쓰레기장에서 주운 <곤충도감>의 책표지 안쪽에 쓰여 있는 글은 그에게 많은 점을 일깨워준다. 그 대목은 어린 딸에게도 유효한 삶의 지침이 될 것이다. 다소 길지만, 「애벌레」의 요체라 할 만한 그 구절을 옮겨본다.

"파브르가 번데기에서 나비가 나오는 걸 관찰하고 있었대. 그런데 나비의 고통과 인내가 이만저만한 게 아니었나봐. 처음엔 입에서 액을 조금씩 분비한 나비가 조그마한 구멍을 내놓았어. 그런 뒤 몇 시간에 걸쳐 그 구멍을 확장시킨 후 드디어 머리가 나올만한 구멍을 만들더래. 이후부터는 더 이상 구멍을 크게 하지 않고 그 좁은 곳으로 빠져나오려고 무진장 애를 쓰더라는 거야. 고생 끝에 열여덟 시간이 걸려서야 구멍에서 빠져나왔는데, 나와서는 완전히 기진맥진해서 날지도 못 하더래. 그때 또 다른 나비도 번데기에서 나오려고 애를 쓰고 있었대. 이번에는 파브르가 가위로 위엣 부분에 큼직하게 구멍을 내줬대. 그 나비는 나오자마자 훨훨 날면서 파브르에게 고맙다는 듯 머리 위로 빙빙 돌더래. 신이 이것만은 실수했구나! 파브르는 그렇게 생각했어. 내가 꺼내주니 쉽게 나올 수 있는데 왜 그토록 혼자 어렵게 나오도록 했단 말인가 하고 중얼거렸대. 한참 후에 보니까 훨훨 잘 날던 나비가 한 구석에 떨어져 있고 처음 힘들게 나왔던 나비는 원기를 회복해서 잘 날고 있더래……"

—「애벌레」 중에서

마치 숭엄한 생의 탄생 장면 같은 이 대목은 묘사 그 자체만으로도 독자에게 감동을 주기에 충분하다. 흔히 말하는 탄생의 고통과 신비라는 의미가 얼마나 숭고한 것인지를 위의 문장들은 우리에게 일러준다. 어쩌면 생의 비의는 태어날 때부터의 고난을 뚫고 비상하는 그 순간에 농밀하게 응축되어 있는 것인지도 모른다. 나비가 번데기를 뚫고 나오는 고통과 인내의 열여덟 시간, 우리의 삶이란 결국 저마다의 그 열여덟 시간을 끊임없이 순환하고 있는 것만 같기도 하다. 그렇게 누구의 도움도 없이 생사를 걸고 분투하는 삶 속에서 인생은 단련되고 성숙되고 완성될 것이다.

그 과정에서 번데기를 뚫고 나오기 위한 저마다의 무기가 필요하다. 광속의 현대사회에서 각자의 창은 천차만별일 터인데, 정혜련이 선택한 비수는 바로 소설이다. 문학의 죽음이 운위된 지 한참이 지난 시대에, 또 실제로 예술이 '문화산업'으로 전락한 이 부박한 시대에, 마치 아날로그적 문화의 대명사가 된 듯한 문자를 운용해 나비로 날아오르려는, 어쩌면 시대착오적일 수도 있는 작가의 자기다짐은 경이롭기까지 하다. 하지만 어쩔 수 없는 일이기도 하다. 그것만이 자신의 존재를 증명할 수 있는 유일한 방편이라면, 소설을 쓰는 일이 어찌 나비가 되어 비상하는 일과 다르다 할 수 있을 것인가? 작가는 그 힘겨운 행위를 통해 알을 깨고 밖으로 나가 보다 당당히 자신의 존재 증명을 하고자 한다.

3. 자아의 존재증명과 시선의 확장

자신의 유년기 트라우마와 꿋꿋하게 대면한 정혜련은, 이제 그것을 뛰어넘어 그간 위축되었던 자아를 증명하려는 의지를 확고히 한다. 이는 세월의 더께가 쌓일수록 작가에게 절실한 문제였던 듯하다. 한 편의 알레고리 소설로 읽히는 「황금총을 가진 사나이」는 그런 그의 욕망이 엿보이는 작품이다.

주지하다시피, 탄환과 화염을 발사하는 진짜 총은 사람의 생명을 앗아가는 치명적 무기이다. 그렇기에 우리나라는 물론 많은 국가들에서 총기 소유를 엄금하고 있다. 그러나 그 금단의 땅을 뛰어넘어 어떻게든 총을 소유하려는 자들 또한 존재한다. 이 작품의 주인공 남자가 바로 그렇다. 아직 젊은 나이지만 실직과 실연, 그리고 발기도 시원치 않고

목 디스크 증상이 있는 '패배한 생'을 살고 있는 남자, '나'는 '황금색 권총'의 방아쇠를 가차 없이 당기며 현실의 괴로움을 날리려 한다. 하지만 모의 총기로는 내면에 깊숙이 쌓여 있는 루저의 열패감을 시원하게 날릴 수 없다. 하여 그는 늘 진짜 총을 갈급한다. 그에게 진짜 총이란, 직장과 재력이 명품 로고인 세상에서 자신의 존재를 증명할 수 있는 유일한 도구이기 때문이다.

「명동 주민센터를 찾아가다」의 여주인공 역시 자신의 존재를 증명하기 위해 애달파하는 인물이다. '주민센터'에서 뗀 주민등록등본에 한 남자의 아내로 주인공은 자신의 존재를 증명하려 한다. 그러나 기혼의 J는 이미 아내와 남매를 둔 가장이다. 부모형제가 없는 주인공으로서는 J의 아내가 되어 그의 든든한 울타리 속에서 자신의 존재를 드러내고 싶었으나 실현은 요원하기만 하다.

어떻게든 자신을 세상에 알리고 싶은 인물이 극적인 구원의 동아줄로 발견한 것은 바로 소설이다. 소설을 통한 자아의 존재증명이라는 주제는 이 소설집에서 가장 빛나는 부분이라 할 터인데, 이 작품집에서 소설을 쓰려는 의지가 곳곳에 드러나는 것은 작가의 그런 간절한 마음으로부터 발원한다.

언어를 통한 소통의 갈증은 우선 말로부터 시작된다. 월터 옹은 『구술문화와 문자문화』에서 인간은 선천적으로 구술성(Orality)을 지니고, 언어가 "기본적으로는 구술/목소리에 의존하는 것이라는 사실은 어느 시대에나 변함이 없다"고 본다. 아울러 월터 옹은 구술적 표현의 특징 중 하나를 그것이 인간의 생활세계에 밀착된다고 본다. 인간의 삶에 이처럼 필수불가결한 말이 타인과 소통이 안 될 때의 답답함은 상상을 초월한다. 상호간의 언어불통은 단순히 그 자체의 고충뿐 아니라, 경우에 따라서는 송·수신자간의 심리적 문제로까지 악화될 수 있다. 특히 타국에서 이방인과 의사소통이 원활하지 못해 겪는 불편은 더욱 클 것이다. 대화를 통한 서로간의 존재증명이 거의 원천적으로 봉쇄되기에, 대화 상대자들은 '말의 갈증'에 시달릴 수밖에 없다.

「갇힌 말」의 화자가 바로 그런 곤경에 처해 있었다. 아들과 함께 유학생 남편을 따라 미국생활을 하는 그는 "한국말뿐 아니라 영어에서도 고립"되어 있는 형국이다. 비록 옆집 남자 토니가 언제나 말을 걸어오고, 나름의 감정적 교류를 나누곤 했지만 화자가 간절히 말하고자 하는 바가 그에게 제대로 전달되지는 못했을 것이다. 화자는 토니에게 미처 전달되지 않았을 속내를 다음과 같이 토로한다.

> 나에게는 내 말이 있다고 큰 소리를 치고 싶었다. 또한 글이 있다는 자존심으로 꼿꼿하게 고개를 세웠다. 그가 무슨 말인지 알 것 같다며 고개를 끄덕였다. 나는 정말 내 말뜻을 아냐고 되물었다. 소리 없이 웃으며 그의 얼굴을 들여다보았다. 나는 내 말을 하지 못하는 갈증을 안으로 끌어안았다. 하루 종일 하는 일상적인 몇 마디와 함께 책상 앞에 앉아 글을 쓰는 고통도 눌렀다. 이미 미국인인 그가 내 고통을 알 리 없었다.
>
> ―「갇힌 말」 중에서

이 작품에는 화자가 미국의 그로서리에서 여성 계산원의 무례한 태도에 자기도 모르게 감정을 폭발하는 장면이 나온다. 그때 화자는 자신의 내면 깊숙한 곳에 억눌려 있던 용암 같은 말을 분출하는데, 그것은 바로 "뭘 봐, 이 씨발년아!"라는 격한 욕설이다. 욕을 내뱉고 그는 "오랫

동안 가슴속에 딱딱하게 뭉쳐 있던 덩어리가 터지듯 뜨거운 기운이 온몸을 훑고 지나"가는 전율을 맛본다. 화자는 "누에가 실을 토해내 고치를 짓듯 아름다운 말을 하고 싶었다"고 하지만, 어쩌면 본능적으로 터져버린 비속어야 말로 가장 소설적인 언어의 구사가 아닐까? 이 구술의 폭발이 문자로 전이되는 과정, 그것이 곧 소설이라 할 수도 있을 것이다. 다시 한번 월터 옹을 인용하자면, 그는 구술성과 "쓰기라는 기술 사이의 상호작용은 마음의 깊숙한 곳까지 영향을" 준다고 보고 있다.

이 양자가 완벽하게 조응되기 전에도 물론 정혜련은 좋은 작품들을 쓰고 있었다. 그럼에도 불구하고 작가의 마음 한구석에는 소설에 대한 갈망으로 가득하다는 역설적인 상황이 존재한다. 이번 작품집 곳곳에서 발견되는 소설에 대한 의지와 열망은 바로 그것들의 반증이다. 가령 고등학교 졸업 후 십 년 만에 "소설 공부를 하고 싶어 대학에 입학"하고 "소설이야말로 그곳(죽은 엄마와의 화해—인용자)에 닿는 길"이라 말하거나 "무엇을 써야할지 막연"해 고민하는 소설가의 모습이 드러나는 장면 등등은 작가 정혜련의 고뇌를 십분 이해하게 만든다. 그 곤혹스러운 장면은 다음과 같이 그려지고 있다.

> 말의 제약이 고스란히 소설에 영향을 미쳤다. 국제우편으로 한국 문예지에 투고한 원고가 당선되었지만, 말에 결박당한 나는 내 소설의 부자유함을 알고 있었다. 컴퓨터 앞에 앉아 아무리 골몰해도 적확한 어휘가 떠오르지 않아 곤혹스러울 때가 많았다. 나는 어어, 소리만 내는 벙어리와 다르지 않았다. 생활에서 먼 언어는 글에서도 성글었다.
>
> —「갇힌 말」 중에서

화자는 '갇힌 말/글'로 인한 창작의 고통을 온몸으로 겪고 있다. 소설을 쓰고 있을 때만이, 비로소 나 자신을 알게 되며 또 존재를 증명하는 거의 유일한 방법이라 역설하는 위의 인용문에서, 정혜련은 생활세계와 유리된 말이 글과 얼마나 괴리감을 띠게 되는지를 섬세하게 통찰하고 있다. 미하일 바흐친 식으로 말하자면 "언어의 사회적 다양성에 대한 깊은 이해, 즉 어떤 시대에 실제로 일어나고 있는 다양한 언어들간의 대화에 대한 이해"를 기반으로 한 작가의 소설쓰기일 경우라야, 자신의 존재증명이라는 자족적 차원을 뛰어넘어 사회적 의미망을 획득한다.

이 사실을 정혜련은 미국생활에서 체감한 듯하고, 이는 그의 소설이 이제 내면에서 외부로 시선의 확장을 이루는, 진정한 '알깨기'로 승화되고 있음을 증명한다. 실제 작가가 "결국 소설의 지향점은 사람과 사람, 사람과 세상의 관계 탐구"(「명동 주민센터를 찾아가다」)에 있다고 작품에 쓴 대로, 그 양상이 이번 창작집에서 돌올하게 드러난 작품들로 「스테파니와 손을 잡다」와 「갇힌 말」을 꼽을 수 있다. 먼저 「스테파니와 손을 잡다」의 주된 공간적 배경은 미국이다. 한 달간의 미국 여행에서 화자는 언니를 따라나선 교회에서 스테파니라는 어린 소녀를 만난다. 교회 담임목사의 손녀인 스테파니의 일본인 엄마는 할아버지에게 아이를 맡기고 무책임하게 떠나버렸다. 자신의 엄마와 닮았다는 말을 하며 유독 화자에게 집착하는 아이에게 그는 마음이 쓰이는데, 그것은 그 역시 미국에서 아이를 버리고 한국으로 왔던 죄책감 때문이다. 어린 스테파니를 통해 화자가 자신이 방기하고 떠난 아이를 상기하는 것은, 개인적인 환부를 들추어내는 일인 동시에 우리 주위의 사회적 문제에 귀를 기울이는 일이기도 하다.

「갇힌 말」에서는 화자가 보다 적극적으로 사회와 교류하려 한다. 육 년간의 미국 생활에서 언어의 불통으로 곤란을 겪었던 주인공은 한국에 돌아온 후 자신과 동병상련의 처지가 분명할 이웃집 여인을 의식한다. 아마도 결혼 이주여성인 듯한 여인은 한국에서 이웃과의 교류 없이 외로운 시간을 보내며 살아가고 있다. 화자가 미국에서 이웃집 토니에게 많은 위로를 받았듯, 그는 점점 여인에게 따스한 눈길을 보내기 시작한다. 마침 소설가인 화자가 주목하고 있는 사회적 이슈 역시 '여자와 디아스포라'이기도 하다. 마침내 화자는 여인에게 말을 걸어 작은 위로가 되고자 한다.

> 마침내 여자가 슬리퍼를 끌며 복도로 나왔다. 나를 보자 주춤하는 기색이었지만 이내 태연한 척 난간에 몸을 기댔다. 여섯 해만에 한국에 돌아와 보니 텔레비전이나 주변에서 동남 아시아계뿐 아니라 피부색 다른 사람들을 자주 볼 수 있었다. 그들은 산업연수생으로 왔거나 결혼을 했거나 그것도 아니면 돈을 벌기 위한 불법체류자라고 했다. 그들은 저마다 자신의 말을 두고 한국에 올 수밖에 없었던 사연이 있었을 것이다. 천천히 여자에게 다가갔다. 온 몸으로 낯선 문화와 부딪치고 있을 그녀를 생각하자 토니가 보고 싶었다. 토니가 그랬던 것처럼 이제는 내가 말을 걸 차례였다.
>
> "안녕하세요."
>
> —「갇힌 말」 중에서

우리가 일상에서 흔하게 하는 "안녕하세요" 그 한마디가 타국 출신의 이웃집 여인에게 얼마나 큰 위로와 용기를 주었을 것인지는 짐작이 가능하다. 이 작은 인사말이 화자의 오랜 고민이던 '갇힌 말'의 족쇄를 풀어준다. 사람과 사람, 사람과 세상과의 유의미한 교호는 그렇게 화자에게 '알깨기'와 시선의 확장을 가져다주는 것이다. 그리고 그때, '갇힌 말'은 '살아 있는 말'로 전화되어 정혜련 소설의 새로운 변모를 기대하게 해준다.

4. 소설가에게 다가올 시간

세상 그 누구도 한 개인에게 다가올 시간의 모습을 예측할 수는 없다. 그럼에도 숙명처럼 다가오는 시간의 수레바퀴를 세인은 굴려야 한다. 그 속에서 그들은 자신에 맞게 시간을 조정하고 운용하는 융통성을 발휘하는데, 그 미세한 조절의 차이는 삶의 양태를 제각각으로 만들어낸다.

이 글에서 밝힌 대로 정혜련이 건너온 지난 시간은 소설적 모색과 쓰기, 그리고 이를 통해 '자아의 존재증명과 시선의 확장'을 이루어낸 의미있는 연속이었다. 이를 토대로 예측하면, 그에게 다가올 시간이 소설가로서 충실할 삶으로 촘촘히 채워질 것임은 자명하다. 앞으로도 그는 여전히 잠행하며, 소설가로서 '높고, 외롭고, 쓸쓸한' 시간들을 보내는 데에 여념이 없을 듯하다. 즉 작가는 무소불위의 위력으로 인간에게 달려드는 시간과 함께 뒹굴고 호흡하며 새로운 소설의 성을 축조하는 행복을 만끽할 것이다.

그 결과물을 얼른 산출해 독자들에게 내놓기를 기대한다. 이번 작품집에서 보여준 작가의 섬세하고 심원한 시선이라면, 작업 기간이 그리 길게 소요되지 않으리라는 확신도 든다.

여담 한 마디만 하고 글을 마치고자 한다. 이 글을 쓰는 동안 한번 술을 마셨다. 오랜 단골집인 엘피 바에서 맥주를 마시고 있는데, 스피커에서 Rainbow의 <Catch The Rainbow>가 흘러나왔다. 기타리스트 리치 블랙모어의 명연주와 로니 제님스 디오의 애절하고 감미로운 음색이 일품인 그 곡을 들으며, 불현듯 정혜련의 이후 소설 작업이 '무지개를 잡는 일'과 동의어가 되었으면 하는 마음이 일었다.

어쩌면 소설 쓰기란 하늘의 무지개와 맞닿는 일일 수도 있지 않은가? 다가올 정혜련의 미래가 'Catch The Rainbow'를 하는 소설 쓰기의 시간들로 가득 채워지고, 그 안에서 작가가 충만한 행복을 만끽하기를 기원한다.

6

용산 참사를 다룬 소설에 나타난 상부구조의 양상

1. 용산 참사의 비극과 소설화

'비참하고 끔찍한 일'을 의미하는 참사라는 단어에는 인간의 희생이 전제되어 있다. 참사의 끝에는 인간의 참혹한 죽음이라는 비정한 현실이 존재한다. 2009년 1월 20일 엄동의 새벽, 남일당 옥상 망루에서 "여기 사람이 있다"고 절규하는 시위대에 무자비한 진압으로 철거민 5명과 경찰특공대 1명의 사망자, 그리고 20여 명의 부상자를 낳은 용산참사의 경우에도 그 공식은 어김없이 적용된다.

이 사건의 개요는 다음과 같다. 2008년 5월 31일, 서울시는 도시재개발 명목으로 용산 제4구역 관리처분계획을 인가한다. 이후 재개발 조합과 세입자들의 보상비 갈등이 벌어졌으나, 재개발 업체 측에서는 이를 무시하고 11월부터 본격적인 철거를 시작한다. 이에 생존권 보장을 내세우며 저항하는 철거민들과 전국 철거민 연합회 회원 등은 2009년 1월 19일 건물 남일당 옥상을 점거하고 망루를 세운다. 철거용역과 경찰특공대의 진압 작전은 다음날인 1월 20일 오전 6시경부터 시작된다. 경찰특공대의 작전 상황은 다음의 글로 요약한다.

(1) 경찰특공대원들 일부가 1층 출입문에서 계단과 옥상으로 진입
(2) 일부대원들이 크레인으로 들어 올린 컨테이너 박스에 탑승해 옥상 진입
(3) 컨테이너 박스에 남아 있는 대원들은 공중에서 망루 해체 시도
(4) 지상의 경찰은 남일당 주변 건물에서 최루액을 섞은 물대포를 대량 분사
(5) 망루에서 원인이 불분명한 화재 발생
(6) 경찰의 붕괴된 망루 해체
(7) 5명의 농성자와 1명의 경찰특공대 사망[1)]

당시 서울시에서는 겨울철 강제철거를 금지한다는 보도를 낸 바가 있다. 혹한기에 강제철거를 한다는 것은 입주자들의 생존문제와 직결되어 있기 때문이다. 그럼에도 한파의 날씨에 세입자를 무리하게 진압한 까닭은, 용산 뉴타운 건설 정책이 소수의 자본가 계층 입장에 편향되었다는 사실에서 기인한다.[2)] 용산 국제업무지구 추진에 발맞춰, 주거개선 사업단지라는 미명하에 진행된 재개발에 영세 자영업자들은 뒷전으로 밀릴 수박에 없는데, 이는 '뉴타운 사업'을 전면에 내세워 언

---

1) 손아람, 「검찰이 정말로 숨기고 싶었던 것은」, 『용호자들』(김영준 · 최강욱 외), 궁리, 2014, 321쪽 참조.
2) 참사가 일어날 당시 시공사는 삼성, 대림, 포스코 건설이었다. 이후 이 비극에 대한 정치적 부담으로 업체들은 사업을 포기한다. 개발 부지는 한동안 주차장으로 사용되다, 새로운 사업주로 효성그룹이 계약을 체결한다. 효성에서는 부지에 2020년까지 아파트, 오피스텔, 공원 등이 들어서는 복합단지로 개발하려 계획했다.

는 아파트 건설 이익이 소수의 자본가 계층에 집중되고 정부는 이들을 비호해 무력을 행사했다는 점에 이유가 있다. “인간보다 이익을, 인권보다 이윤을 추구하기에 사람보다 돈이 먼저 보이는 정신 질환 정부와, 보호가 필요한 국민의 고통에 어떤 감각도 느끼지 못하는 악성 불감증 관료들, 그리고 부동산 기득권자와 부도덕한 건설업자들과 불의에 침묵하는 다수”[3]라는 이강서 신부의 고발은 용산 참사의 근인(根因)을 정확히 포착한 언급이라 할 수 있다.

용산 참사의 또 다른 원인으로 부당한 공권력의 무리한 집행이 있다.[4] 경찰은 강경한 진압으로 사상자가 나오게 했다. 국민의 안위를 위해 존재하는 국가가 공권력의 악용으로 되레 국민에 위해를 가한 것이다. 물론 용산 참사를 두고 개발에 관한 이견이 있을 수 있다.[5] 하지만

---

3) 이강서, 「‘내 백성을 위로하여라’: 용산 남일당 공동체의 체험과 성찰」, 『신학전망』, 2010, 9, 광주가톨릭대학교 신학연구소, 97쪽.

4) 용산 참사의 현장인 4구역에서의 갈등은 민사상의 문제였다. 즉 건물주와 세입자, 그리고 건설사 간의 이주 및 철거에 관한 사적인 사안이었던 것이다. 당사자들 사이의 원만한 해결이 어려워진 것은 세입자들에 대한 적절한 보상이 이루어지지 않았기 때문인데, 그 결과로 그들은 남일당 옥상을 점거하고 화염병 등을 사용한 저항을 하게 된다. 사회 안전을 이유로 진압을 하더라도, 정부에서는 안전상의 문제를 최대한 고려하여 실시했어야 할 것이다. 그러나 화재 위험성이 높았음에도 불구하고 정부측에서는 무리한 진압을 강행했다.

5) 용산 참사에 대한 진보와 보수의 도덕적 가치 판단을 연구한 논문에서는 각 진영의 입장 차에 따른 반응이 달랐다. 동일 현상에 대해 진보 측에서는 “그 사람들도 시민인데, 시민의 안전을 그렇게 무시하는 진압은 잘못된 거라고 생각해요”라거나 “우리 사회는 불평등하고 이런 게 재개발 같은 사건에 적나라하게 나타나 있다고 봐요”와 같은 반응을 보인 반면, 보수 측에서는 “불법적으로 건물을 점거하고 화염병을 던지는 건 다 불법이에요”나 “사회 유지를 위해서는 자신에게 뭔가 불공평한 것도 어느 정도는 참고 따라야 한다고 생각해요. 모두가 자기 권리 주장만 하면 사회가 어떻게 되겠습니까?”와 같은 답변을 한다. 즉 진보 측에서는 철거민들의 상해와 위험, 사회적 공평성에 중점을 두어 사태를 바라보는 입장이 강하다. 이에 비해 보수 쪽에서는 정부나 정권의 권위에 무게를 두고 참사에 접근하는 측면

용산 참사에 대한 유시민의 언술대로 "자기가 마땅히 받을 권리가 있다고 여기는 어떤 것을 얻기 위해 건물을 점거하고 인화물질을 반입한 것이 명백한 불법행위였다고 할지라도, 공권력을 무분별하게 행사하여 사람들을 죽음의 구렁텅이로 밀어 넣는 행위는 훌륭하다고 할 수 없다."[6)]

이러한 비극적 참사에 '가난한 용산 영혼들'을 애도하고 추모하는 문인들의 다양한 활동이 있었다. <작가선언6 · 9>는 2009년 7월부터 "기고할 수 있는 매체에 용산 참사 관련 글들을 적극적으로 실어 억울하게 죽어간 사람들의 삶에 대한 진실과 용산 참사에 대한 작가들의 생각을 글로 알리려"는 취지로 여러 기고를 했다. 또 그들은 릴레이 시위, 북 콘서트, 작가 사인회 등을 통해 용산 참사의 희생자 및 유가족들과 함께하려 했다. 다양한 활동들 가운데 <작가선언6 · 9>는 2009 용산참사 헌정문집인 『지금 내리실 역은 용산참사역입니다』를 엮어냈다. 용산 참사 희생자들을 추모하는 타 장르 예술가들의 참여도 있었다. 미술계에서의 용산 참사와 함께하는 미술인들의 추모 헌정집 『끝나지 않는 전시』, 김성희 외 5인의 만화를 담아 엮은 『내가 살던 용산』, 영화계에서의 김일란 · 홍지유 감독의 영화 <두 개의 문>, 김성제 감독의 <소수의견>, 이혁상 · 홍지유 감독의 <공동정범> 등이 그것들이다. 또 연극계에서는 <육쌍둥이>라는 작품으로 참사의 비극이 여전히 현재진행형임을 고발했다.[7)]

이 있다. 정은경 · 정혜승 · 손영우, 「진보와 보수의 도덕적 가치 판단의 차이:용산 재개발 사건을 중심으로」, 『한국심리학회지:사회 및 성격』, 한국심리학회, 2011, 11, 97쪽.

6) 유시민, 『국가란 무엇인가』, 돌베개, 2017, 27쪽.

7) 용산참사 이후 직접 현장에 들어간 이강서 신부는, 상실감과 분노에 가득찬 철거

소설가 김미월은, 용산 참사에 대해 "이것이 소설이어도 독자로서 불행하겠지만 국민으로서는 더더욱 불행하게도 이것은 소설이 아니다"라고 했다.[8] 몇몇 작가들은 그 참혹한 기억을 배경으로 한 소설을 발표했는데, 배상민의 『페이크 픽션』, 주원규의 『망루』, 손아람의 『소수의 견』이 바로 그 작품들이다. 이 작품들은 사건 당시의 정황, 참극의 슬픔, 그런 상황에 대한 종교와 법의 허구적 이중성을 따져 물으며 문제 제기를 한다. 이들은 현실 문제와 동떨어진 지점에서 창작에 골몰하는 2000년대 많은 작가들에 비해, 냉혹한 자본과 공권력의 보호에서 소외된 서민들의 현실을 엄중히 고발한다.

본고에서는 동일 사건을 소재로 창작된 작품들에 나타난 참극의 배경이 작품에 사실적으로 드러나는 장면을 우선적으로 확인할 것이다. 이후 작가들의 개성과 의도에 따라 작품이 각각의 서사로 변주되는 양상을 살피고자 한다. 이 과정에서 고달픈 현실에서 비롯한 토대의 문제가, 개별 작품들에 국가, 예술, 종교, 법, 언론과 같은 상부구조와 연관해 의미가 심화·확장되고 있음을 발견할 수 있다. 이를 고찰하면서 용산 참사의 비극과 의미를 환기하고, 거센 신자유주의의 광풍과 부당한 공권력 앞에 거의 무방비로 노출되어 있었던 많은 이들의 힘겨운 삶을 되짚어보는 동시에, 한국사회에서 상부구조의 위력과 부조리, 그리고 그런 문제에 대한 예술적 형상화를 살펴볼 것이다.

민과 유가족들에게 활기와 투쟁의 동력을 불어넣기 위한 작가, 문화예술인들의 노력이 컸다고 말한다. 그는 현장에서 벌어진 그림 전시회, 연극, 무용, 콘서트 등을 통해 참사의 현장이 '우리시대 민주화의 해방구'로 변모되어 갔다고 본다. 이강서, 앞의 글, 94쪽.

8) 김미월, 「다음은, 나중은, 조금의 여유는, 좀처럼 오지 않았다」, 『"지금 내리실 역은 용산참사역입니다"』(작가선언6·9 엮음), 실천문학사, 2009, 191쪽.

2. 부조리한 건설사와 공권력에 대한 사실적 묘사

다큐멘터리는 실제 사건을 사실적으로 표현한 기록물을 의미한다. 그렇기에 이 단어에 방점이 찍힌 소설들은 실제의 사건이나 개인의 핍진한 체험에 글의 내용을 의지하게 되어, 논픽션의 성격을 띠는 경우가 많다. 본고에서 논할 세 작품 역시 다큐멘터리적 요소가 드러나는데, 이는 소설의 기본 모티프가 열악한 토대에서 발생한 용산 참사이기에 불가피한 현상이다.

세 작품들의 저변에 깔린 다큐멘터리적 요소는 철거를 반대하는 세입자들의 시위와 철거용역들과의 대치 및 경찰의 수수방관, 화재 사건의 발생, 여섯 명의 사망자 발생, 무리한 강제진압 이유 등이다. 이것들은 절박한 경제적 곤란이 야기하는 토대의 문제에서 시원한다. 범박하게 말해, 토대는 인간사회의 밑바탕을 이루며 경제적 생산을 위하여 인간이 생산과정에서 맺는 물질적 관계를 말한다.[9] 용산 참사에서 토대의 문제가 중요한 것은 철거를 당하는 세입자들이 먹고살 생산수단을 잃을 절박한 위기에 처해 있었기 때문이다. 적어도 그들은 생활의 터전인 가게에서 자신들의 노동을 통해 나름의 생계를 꾸려가고 있었다. 적절한 보상 없이 생산수단에 대한 철거는 그들에게 생활의 포기를 강압하는 것과 다르지 않다. 이런 생활의 현장을 사수하기 위한 세입자들의 애절한 항거를 공권력은 무시하고 조롱한다.

먼저 『페이크 픽션』에서 남일당 빌딩 앞의 긴장된 대치 광경은 "오른쪽에는 철거민들이 바리케이드를 치고 있었고 왼쪽에는 철거용역들이 대기하고 있었다. 철거 용역들 뒤로는 경찰도 일 개 중대 정도가 깔

9) 정종환, 「막스가 본 토대와 상부구조」, 『역사와 사회』, 국제문화학회, 1991, 8, 191쪽.

려 있었다"고 그려진다. 이 상황에서 놀라운 것은 시위대를 조롱하고 그들에게 도발하며 폭력적 언동을 자행하는 철거용역들을 수수방관하는 경찰의 태도이다. 경찰은 폭력배들을 옹호하기도 하며, 시위대들에게는 되레 불법집회라고 엄포를 놓는 어처구니없는 작태를 보인다. 비록 불법집회일지라도 법적 보호도 받지 못하고 협상의 채널도 부재한 상황에서 삶의 터전을 잃어야 하는 시위대에게는, 투쟁만이 권리를 위한 최후의 수단일 터이다. 그런 시위대를 위협하는 철거용역을 방관하는 행위는 공권력의 올바른 집행이라 볼 수 없다. 시장형 보수 입장을 고수하는 현대의 자유주의 국가론자의 입장에서 보더라도, 파업에 대화 대신 조기 무력진압의 초강수를 선택하는 기업과 정부의 행위는 비판을 피할 수 없다. 민간의 이익분쟁에 정부가 폭력을 동원하여 해결하려는 태도는 결코 지지를 얻을 수 없는 것이다.[10]

『망루』에서도 공권력의 부적절한 집행 태도는 여실히 드러난다. 이 작품은 세명교회 개축을 도화선으로 하여 서울시의 도강동 뉴타운 사업 지정, 그로 인한 미래시장 세입자 상인들과 그들을 지원하는 '한철연'이 연대해 재개발에 저항하는 이야기로 진행된다. 매머드급 쇼핑몰이 신축되면 소규모 세입 자영업자들로 구성된 시위대 상인들은 생계에 막대한 타격을 입을 것이다. 또 그들은 변변한 보상도 받지 못하는 상황이다. 용산에서와 마찬가지로 이주하지 않은 시장 상인들은 기습철거에 맞서 나름의 저항선을 구축한다. 그들은 이런저런 일로 철거용역들과 맞부딪치는 일이 잦아진다. 이때 경찰들은 시위대를 보호하지 않고 되레 철거용역 폭력배의 행동을 방조한다.

10) 유시민, 앞의 책, 78-79쪽.

무슨 말을 어떻게 했는지 알 수 없었다. 단지 그는 두 손을 허우적거리며, 이 백주대낮에 벌어지는 정체불명 집단의 무법 행위를 막아달라는 간청을 할 수밖에 없었다. 그러나 무슨 일인지 경찰들은 이 살벌한 현장을 분명히 목격했음에도 불구하고 행동을 서둘지 않았다. 마치 한 차례의 폭풍이 지나갈 것을 예상이라도 한 듯 늑장을 부리며 주위를 두리번거리거나 지구대 안으로 들어가는 등 딴청을 피우는 것이었다.

—『망루』, 121쪽

이 장면은 도시 재개발자들과 공권력을 집행하는 주체의 공모를 유추할 수 있게 한다. 철거민들에 대한 철거용역들의 잔혹한 진압을 나몰라라하는 경찰의 행태는 『소수의견』에도 사실적으로 묘사된다. 경찰들의 이러한 작태는 윗선에서의 명령이 없다면 불가능한 일이다. 참사가 벌어진 이후에 경찰은 저항하는 철거민들과 그들을 지지하는 연대단체 활동가들에게 해산명령과 고압적이고 폭력적인 언사를 수시로 내뱉는다. 또 참사 희생자들의 분향소조차 경찰들은 무참하게 철거하는 악행을 저지르기도 한다.

경찰이 공권력을 명분으로 남일당 건물에 기습 진압하는 정황은 주로 『망루』에 긴박하게 그려져 있다. 생존을 위한 최후의 투쟁선인 남일당 망루에 올라간 철거민들을 향해 경찰들은 아무런 안전 대비 없이 작전을 시작한다. 남일당에는 철거민들의 화염병 재료인 인화물질이 있었고, 또 인화물질이 기화해 발생하는 유증기로 화재의 위험성이 매우 높았음에도, 그들은 소화기 내용물조차 채우지 않고 진압을 강행한 것이다.[11]

망루의 화재 장면에 관한 구체적 묘사는 『망루』에 20여 쪽에 걸쳐 그

11) 권영국, 『정의를 버리며』, 북콤마, 2016, 194쪽.

려지고 있다. 이에 비해 『페이크 픽션』에서는 그 처참한 상황이, 화재 당시의 폭발음 "펑, 하는 소리와 함께 태어나서 한 번도 보지 못한 환한 빛이 나를 덮쳤다"로 서술되어 있다. 그리고 『소수의견』에는 화재의 장면이 구체적으로 묘사되지 않고, 이준형 기자가 준 VCR 테이프에 당시의 상황이 녹화되어 있다는 정도로만 나온다.

용산 참사가 발생한 저간에 자본의 이익과 깊숙이 연관되어 있다는 사실도 작품에 상세히 나타나 있다. 비극의 발생지인 용산 제4구역은 '도시 및 주거환경정비법'에 의거한 재개발사업 지구였다. 이곳은 세 개의 건설사가 컨소시엄으로 참여해 거액의 개발이익을 올릴 계획이었다. 이를 위해 건설사는 두 곳의 철거업체와 기존 건축물의 해체와 제거 등에 관한 도급계약을 체결한다. 철거업체는 철거용역을 동원해 관리처분계획 인가일로부터 10개월 이내에 건물주와 세입자를 이주시키고 기존 건축물을 해체해야 약정된 보수를 받게 된다. 하지만 그곳을 떠나서는 생존 자체가 막막한 상가 세입자들에 대한 적절한 보상과 이주대책은 부실했다. 생존권을 박탈당할 세입자들이 남일당 옥상에 올라가 망루를 세우고 저항하는 연유는 그런 간절함 때문이었다. 철거 계약 만료일인 2009년 3월 31일이 점점 다가오자 결국 경찰특공대까지 동원한 지배층은 1월 20일 새벽, 무리한 강제진압으로 참극을 야기한다.[12] 즉 용산 참사는 컨소시엄 건설사와 철거업체가 세입자들의 보호보다 돈에 혈안이 되어 발생한 사건이라 할 수 있다.

여기에 정부의 고위 관료나 정치인들에 대한 로비도 추정해 볼 수 있다. 본고의 대상 작품 중 이 정황이 비교적 소상하게 그려진 소설은 『소수의견』이다. 작품에서는 오성건설이 뉴타운 사업의 주체로 나온다. 1

---

12) 손아람, 앞의 글, 314-317쪽.

조 5천억원이라는 어마어마한 이권이 걸려 있는 공사 계약이지만, "공사기간 내 건축시설을 완공할 가망이 없다는 게 객관적으로 명백하면 계약을 해제"할 수 있다는 조건의 단서가 붙어 있다. 그러나 오성건설은 "철거용역을 동원하고도 이주보상 문제를 9개월 동안이나 해결하지 못"한 형편이다. 그래서 "30일 내로 공사착공이 되지 않는다면 계약이" 해지될 위기에 처했다. 건설사가 자기자본을 들여 공사를 하는 것이 아니기에, 오성건설은 현금 유동성에 어려움을 겪고 있기도 하다. 오성건설이 은행에 부담하는 이자만 300억 원이 넘는 상황이라 건설사 측은 애가 닳을 수밖에 없다. 회사의 사활이 걸린 문제의 해결과 거대이익을 거둘 욕심에 오성건설 측은 최고권력자인 '기와집'에 로비를 하여 마침내 진압의 성과를 거둔다. 이 정황에 대해 고급 정보를 쥔 국회의원 박경철은 다음과 같이 말한다.

> "재개발이 지연되고 중단돼도 결제일은 돌아와. 건설사들은 그렇게 쓰러지는 거야. 많은 건설사들이 그렇게 쓰러졌지. 오성건설보다 더 큰 건설사들도 그렇게 쓰러졌어. 건설사한테 재개발 사업은 독이 든 성배야. 다시 오성건설에 대해 이야기하지. 재개발조합이 계약해제를 경고하는 내용증명을 오성건설에 발송한 게 1월 7일이야. 발등에 불이 떨어졌지. 유동성 압박이 가시화되면서 철거에 회사의 존망을 걸게 된 거야. 그 후 한 달 만에 강제철거가 있었지. 이때는 철거용역뿐만 아니라 경찰력이 동원됐네. 경찰은 단 한 차례도 철거민과 교섭하지 않았어. 뭐가 그리 급한지 곧바로 진압병력을 투입했어. 이건 통상의 경우하고 달라. 경찰 진압수칙에도 어긋나고."
>
> —『소수의견』, 87쪽

오성건설 위기설은 『소수의견』에 조속한 강제진압으로 증명된다. 이처럼 참사의 실체적 배경인 철거를 반대하는 세입자들의 시위와 철거용역들과의 대치 및 경찰의 수수방관, 화재 사건의 발생, 여섯 명의 사망자 발생, 무리한 강제진압 이유 등은 본고 대상작품들의 사실적 배경으로 작동한다. 이를 바탕으로 각각의 작품들은 참사의 비극과 그 후폭풍을 한국사회의 상부구조 비판으로 연계한다.

3. 상부구조의 활용과 비판

1) 영화 촬영을 가장해 참사 드러내기 – 『페이크 픽션』

상부구조는 사회구성체에서 생산관계 위에 세워진 정치적 · 법률적 · 종교적 · 예술적 · 철학적 제도와 조직의 총체로, 여기에는 사회의식과 이데올로기가 포함된다.[13] 본고에서 논할 대상작품들은 모두 토대의 절박한 문제를, 상부구조를 동원해 다루고 있다는 점에서 이채롭다. 각각의 작품들에 나타나는 상부구조의 영역은 국가, 예술, 종교, 법, 언론 등인데, 먼저 배상민의 『페이크 픽션』에서는 한 편의 영화 촬영과정을 통해 용산 참사의 비극성을 조명하고 있다. 이 작품은 용산 참사를 상기시키는 '5층 건물 참사'와 연관되었으나, 그에 대해 아무런 책임을 지지 않는 이들에게 주인공이 복수하는 이야기를 영화화하는 구조이다. 무술이 뛰어난 주인공 삼룡은 촬영을 하는 줄 알고, 처음에는 조직 폭력배가 운영하는 철거 깡패의 일원이 되어 무자비하게 철거민들을 진

13) F. Konstaninov, 「토대와 상부구조」, 『토대/상부구조론 입문』(F. Konstaninov외 지음/편집실 편역), 학민사, 1986, 9쪽 참조.

압한다. 그러나 그 일이 영화 촬영이 아니라 실제 삶의 현장에서 벌어진 일을 알아차린 삼룡은 이후, 조폭 대장 맹절곤과 조직원을 자수하게 하는 복수를 가한다. 또 현장 진압 참사의 책임 대신 대법원 무죄 선고를 받은 곽 서장 집에 화재를 내 복수를 한다.

또 작품에서 처음에는 흥행만을 목적으로 한 영화감독 화자는 참사 직전의 현장에서 철거민들 인터뷰를 유튜브에 올리고 진압 상황을 카메라에 담아 영화를 완성한다. 『페이크 픽션』에서는 철거민의 고통과 참사 현장의 비극을 영상으로 핍진하게 보여주는 효과를 거두고 있다. 작가가 마련한 장치는 상부구조인 영화예술이 당대의 비극을 고발하는 데에 효과적 방편이 될 수 있다는 점을 보여준다. 이때 상부구조인 예술은, 적어도 참사의 현장인 용산에서 토대의 이데올로기와 조응한다.

물론 "눈에는 눈, 이에는 이"의 복수 방식의 정합성에 이의가 있을 수 있다. 하지만 알튀세르의 말대로 국가기구인 예술이 이데올로기를 통해 개개인을 순치시켜 자본가와 노동자 사이의 착취관계를 고착화하는 데에 기여한다는 언술[14]을 고려하면, 『페이크 픽션』에서 상부구조인 영화예술의 창작 과정을 통해 자본화된 세계의 민낯을 비판하는 점은 의미가 있다. 마치 로베르토 베니니 감독이 영화 <인생은 아름다워>에서, 주인공이 아들과의 수용소 생활을 게임이라 거짓말을 하고 나치즘의 광폭성과 유대인 학살의 비극을 고발했던 것처럼 말이다.

---

14) 여기에서는 김태환, 「상부구조/토대 모델의 재구성 - 이데올로기의 사회학을 위하여」, 『문학과사회』, 2009 여름, 375쪽에서 재인용.

2) 자본 이익에 몰두하는 기독교 비판—『망루』

알튀세르의 구분에 따른 이데올로기적 국가기구에는 종교도 포함된다. 우리나라에 유입된 다양한 종교 중, 구한말 이래 새로운 교육과 의료 진료로 사회에 도움을 주던 기독교는 이제 신도의 폭발적 증가로 그 위세를 확산하는 중이다. 그 결과로 성령의 은총이나 성도의 구원과 같은 개인적 구원의 문제뿐 아니라, 기독교 교단은 놀라울 정도의 물질적 성장도 이루고 있다. 단일 교회로는 세계에서 가장 큰 교회가 국내에 있고, 세계 50대 교회 가운데 한국 교회가 23개나 포함된다는 보고도 있었다.[15] 또 얼마 전에는 강남 소재의 대형교회가 국가 소유의 도로 지하에 예배당을 세웠다가 대법원의 허가 취소 판결을 받기도 했다. 이런 물질적 성장은 교회 내부에서 필연적으로 갈등을 야기하기도 한다. 한국 기독교의 고질적 악습인 외형적 확장이나 목회자 세습, 물질적 탐욕 등은 금전적 문제와 직접 연관을 맺고 있는 것이다.

『망루』의 세명교회 역시 부자 세습이 버젓이 이루어지고 있고, 신임 목사는 도강동 재개발 사업에서 이익을 꾀하려 한다. 이런 일들에 신도들에게 명분으로 내세우는 것은 하나님의 뜻이다. 교단의 권력층은 '하나님의 참된 소명'을 내세워 교인들의 호응을 유도한다.

> "하나님은 저에게 이 지역 사회에 봉사하고 국가에 기여할 수 있는 세명교회의 비전을 성취하라는 사명을 주었습니다. 이제 교회는 더 이상 예배만 드리고 성도들끼리 모여 밥이나 나눠 먹는 조악한 장소가 될 수 없습니다. 이웃과 지역 사회 개발을 위해 봉사하고 하

---

15) 최준식, 「한국 사회의 종교」, 『한국 문화와 한국인』(국제한국학회 지음), 사계절, 1998, 134쪽.

나님의 질서에 가장 성실하게 부합하는 자유민주주의의 이념을 받는 시장경제가 보다 활성화될 수 있도록 문호를 과감히 개방하는 복합 레저 타운을 조성하는 것이 세명교회가 할 수 있는 가장 진보적인 하나님 나라 확장이라는 신념이 저에게 주신 하나님의 참된 소명이었던 것입니다

—『망루』, 43—44쪽

교회와 자본의 결탁에 많은 신도들은 무비판적으로 동조하지만, 뜻있는 몇몇 신도들은 반대의 행동을 보인다. 세명교회에서 행해지는 교회권력과 자본의 결합은 기독교의 순수한 정신이라 할 수 없기에 그렇다. 가난한 자와 억압 받는 자들의 고통에 하나님과 함께하는 기독교 본연의 정신은 우리나라 교단이 추구해야 할 본모습이다. 그러나 거대한 탐욕으로 세속화의 길을 걷는 교회는 이웃들의 생존권 따위에 아랑곳하지 않는다. 도강동 재개발 붐으로 이제 엘리트 신도들이 세명교회에 대거 입성하면서, 기존의 영세상인들 교인은 입지가 축소된다. 경제적인 부와 사회적 신분이 곧 권력이 되는 상황으로 교회는 타락의 길을 걷는 것이다.

세명교회 측의 안대로 재개발이 되면 도강동 미래시장 영세상인들은 장사를 할 터전이 없어진다. 이들의 입장을 옹호하고 대변하며 함께 싸우는 이로 김윤서가 있다. 그는 세명교회 전도사로 일하는 정민우와 고등학교 동창이자 신학대학을 함께 다닌 인물이다. 둘은 세명교회 교인이기도 했는데, 교회 신축 건으로 의견이 갈라진다. 세명교회 전도사로 일하는 민우는 영세상인들에 동정심을 갖고는 있으나, 그들에 동참하지는 못한다. 이에 비해 윤서는 세명교회에 적극적으로 저항하는 인

물이다. 그의 이런 행동은 대학시절 심취했던 공부의 실천이라 할 수 있다. 신학대학에 다니며 윤서는 사회학과 진보적 색채의 동아리에 가입해 모순된 현실을 변혁하려 고민했다. 이런 윤서의 신념은 "현실세계의 종교적 반영은 오직 인간생활의 실천적 관계가 합리적이며 과학적인 것이 될 때에, 아편으로서의 종교가 사라질 수 있다"는 마르크스주의적 관점에서 태동된 것이다.

공동체 사회를 지향하고 민중 중심으로 민족사의 맥락을 확립하려는 민중신학론자들은 우리나라의 부조리한 정치, 경제적 상황에 종교적으로 맞서왔다. 그들은 1970－80년대에 정치적 폭압과 척박한 노동현실에 적극적으로 대항했으며, 이후로는 정치, 경제적 모순 해결 노력과 함께 인권과 평화통일 운동에 매진했다.[16] 민중신학의 영향을 받은 윤서는 시종일관 강경한 투쟁 노선을 설정한다. 그는 성문당에 침입한 용역깡패들에게 '키만한 쇠파이프'를 휘둘러대는 등의 방식으로 완강하게 맞선다. 공권력의 최종진압을 코앞에 두고 윤서는 목숨을 담보로 한 격렬한 저항을 하는 것이다. 그는 중무장한 경찰특공대의 '물포, 화학탄'에 화염병이라도 들고 맞서야 한다고 강변한다. 절체절명의 순간에 과격하게 저항하는 윤서의 행동 저간에는 민중의 고단한 삶을 위무하고 그들의 투쟁에 동참하려는 실천적 종교인으로서의 간절하고도 극단적인 염원이 담겨 있다. 그는 자기를 희생해서라도 부조리한 현실을 타파하려는 의지를 내보이지만, 결국 기독교도로서 신을 향한 원망도 강력히 내뱉는다.

---

16) 이에 대해서는 박재순, 『열린사회를 위하 민중신학』, 한울, 1995, 263－264쪽과 김명배, 「한국교회 사회참여 패러다임 변화에 관한 연구－1970년부터 2000년까지」, 『기독교사회윤리』, 한국기독교사회윤리학회, 2017, 4, 56쪽.

'당신이 정녕 신의 아들이라면, 만물의 창조자라면 이 땅에 일어나는 당신의 피조물들이 서로가 서로를 물고 뜯으며 모든 것을 파괴하고 짓밟는 이 잔혹한 고통의 현장을 외면하지 마라. 거침없이 생생한 분노의 응어리를 한 줌의 남김도 없이 죄다 쏟아내어라. 당신이 지은 피조물들의 이 가혹한 잔인함을 저주하고 침을 뱉어라. 내가 왜 이들을 만들었는지, 그 돌이킬 수 없는 창조행위를 향한 끝없는 후회와 번민의 탄식을 게워 내어라. 그 분노의 화마에 내 한 몸 휘감겨도 상관없다. 이 악의 구조를 갈기갈기 찢어낼 수만 있다면 창조주의 심판쯤 얼마든지 감당할 수 있다. 지옥 불구덩이라도 두렵지 않으리라. 그러니…… 그러니…… 제발 쏟아 부어라. 단 한 번, 한 번만이라도……'

— 위의 책, 282쪽

『망루』에서는 부패한 기독교계와 참여적 종교인을 각각의 축으로 내세워 용산 참사를 조명하는 가운데, 한경태라는 인물을 통해 부조리한 현실에서 진정한 교인의 역할에 대해서도 묻는다. 이 작품에서는 어수룩해보이는 한경태라는 인물을 재림예수로 설정해 그것을 모색한다. 재림주, 혹은 재림예수는 부활한 예수 그리스도가 재림하여 산 자와 죽은 자를 심판한다는 의미이다. 『망루』에서 한경태가 재림예수로 칭송되는 연유는 상처 부위에 새 살이 돋게 하거나 부러진 팔목을 만져주자 이내 멀쩡해지는 등의 이적(異蹟)을 행하기 때문이다.

강제진압에 저항하는 윤서와 한경태의 갈등은 현실문제에 대한 대응방식의 차이를 고스란히 드러낸다. 윤서의 강경대응에 한경태는 상부의 명령에 어쩔 수없이 따라야 하는 철거용역이나 경찰들도 "저들도 인간이야. 우리와 같은 사람이라고" 외치며 온정주의적인 입장을 견지

한다. 한경태가 불타는 망루에서 접질린 특공대의 발을 어루만져 완치하는 이적을 행하는 장면도 비록 적으로 맞서고 있을지라도 근원적으로는 인간과 생명의 소중함을 실천하는 모습이라 할 수 있다.

그러나 작가는 한경태의 입장에 동의하지는 않는 듯하다. 오히려 그는 지배계층과 그 하수인들을 향한 윤서의 "저들은 인간이 아니야!"나 "저들은 제국이야! 제국이라고!"라고 외치는 절규에 귀를 더 기울인다. 앞에 인용한 마르크스의 언급처럼, 인간생활의 실천적 관계가 제거되어 모호한 환상으로만 남은 종교는 비참한 현실에서 아무런 힘을 행사할 수 없다고 작가는 보는 것이다.[17] 작가는 상부구조 종교의 의미 획득은 지상에서 강력한 사회적 실천 속에서 가능하다고 여긴다. 불타는 망루에서 윤서가 한경태의 등에 식칼을 깊숙이 꽂고, 부둥켜안은 채 죽는 것으로 그려지는 것은 곧 기독교나 재림예수의 무력함을 상징하는 묘사에 다름 아닐 것이다.

3) 기득권층의 이익 도구로 사용되는 법—『소수의견』

『망루』가 상부구조의 한 갈래인 종교를 비판했다면, 『소수의견』에서는 일상적 삶에 법이 끼치는 부정적 속성에 대해 고발한다. 법은 수많은 갈등이 발생하는 세계에서 나름의 질서를 확립하게 하는 주요한

---

17) 이에 비해 김정남은 신의 '구원과 침묵의 배리' 속에 진정한 종교적 구원의 비의가 숨어 있을지 모른다고 본다. 즉 죄와 징벌, 그리고 구원이라는 인간의 편협한 시선 속에서 종교의 진정한 구원을 파악할 수 없다고 그는 해석한다. 김정남, 『도시 재개발 문제의 소설적 대응에 관한 연구—'용산참사' 소설의 법 · 국가 · 종교 담론을 중심으로』, 『열린정신 인문학연구』 제14집, 원광대학교 인문학연구소, 2013, 6, 71쪽.

수단이다. 그러나 주지하다시피, 대한민국에서 법은 소수의 특권층에 유리하게 집행되고 있는 현실이다. 일반인들에게 회자되는, 권력층이나 재벌들의 '재판 매뉴얼'이나 '법꾸라지', '법기술'과 같은 용어는 그것을 여실히 입증한다.

권력이 국민으로부터 나오고 유지되어야 하며, 그것을 행사하는 층들은 국민으로부터 위임 받은 것에 지나지 않는 것이라 존 로크는 밝혔다.[18] 국민들의 안전과 행복을 위해 유지되지 않는 권력은 몽테스키외가 언급한 대로 사회가 해체되는 주요한 요인으로 작동하는 것이다. 몽테스키외의 말처럼 "누구도 법 위에 설 수 없다." 그러나 용산의 참극 이후에 벌어지는 법정 공방을 보면, 법이 지배계급의 도구에 불과하다는 의심을 지울 수 없게 한다.

『소수의견』은 아현동 뉴타운 개발 때의 강제진압을 주요 내용으로 다루지만, 이 사건이 용산의 참극을 떠올리게 하는 데에는 부족함이 없다. 사건의 핵심은 다음과 같다. 철거민들이 점거하고 있던 사건 현장에 경찰이 강제진입을 시도한다. 그 과정에서 철거민 박재호의 아들 열여섯 살 박신우와 의경 김희택이 사망하는 불상사가 발생했다. 그러나 검사의 공소장에는 박신우의 폭행 사망 가해자로 '철거 용역업체 직원' 김수만이 피고인으로 적시되어 있다. 박재호의 증언은 다르다. 그는 자신의 아들이 경찰에 의해 사망했다고 주장하는 것이다. 검사와 박재호의 엇갈린 주장에는 국가개입 여부가 달려 있어 중요하다.

사건의 진실을 파헤쳐 박재호에게 법적 도움을 주어야 하는 변호인 나는 그러나 담당검사 홍재덕으로부터 사건 관련 자료에 대한 열람 및

18) John Locke, 『시민정부』(남경태 옮김), 효형출판, 2012, 80쪽.

등사 요구를 모조리 거부당한다. 그는 "수사자료의 공개가 박재호 외 다른 철거용역 쪽 피고인의 수사에 지장을 초래할 우려가 있다"는 이유를 댄다. 그는 주장의 타당성을 입증하기 위해 형사소송법 266조 3의 2항을 근거로 드는데, 그 조항은 이렇다. "검사는 국가안보, 증인보호의 필요성, 증거인멸의 염려, 관련 사건의 수사에 장애를 가져올 것으로 예상되는 구체적 사유 등 열람 · 등사 또는 서면의 교부를 허용하지 아니할 상당한 이유가 있다고 인정하는 때에는 열람 · 등사 또는 서면의 교부를 거부하거나 그 범위를 제한할 수 있다."

꼼꼼히 읽어보면 위의 법조항에 구체성은 부재한다. 위의 내용을 보고 누구든, 국가안보가 위태로운 기준은 어떤 경우일까, 증인 보호의 필요성은 어느 정도까지일까 등등 의구심을 품지 않을 수 없는 것이다. 이처럼 두루뭉수리하게 서술된 법조항은 해석의 영역을 지나치게 넓게 설정한다. 최악의 경우 그것은 이현령비현령식이 될 수도 있는 것이다. 그 상황에서 국선 변호사인 내가 법에 느끼는 감정은 이렇다.

> 법률은 모호했다. 자주 일어나지 않는 일이 법률에 근거하여 일어난다면 그 법률의 기술은 거의가 모호하다. 이 경우도 그랬다. 형사소송법 266조 3의 ②항. 나는 그 조항을 읽고 또 읽었다. 검사가 이 조항을 원용하는 것이 정당한지 고민해봤다. 결론이 서지 않았다. 법규는 묵시록의 예언처럼 피와 전쟁의 냄새를 풍겼다.
>
> — 『소수의견』, 63쪽

법정 진실을 가리기 위해 판사—검사—변호사는 나름의 객관적 잣대로 이 모호한 법을 명징하게 해석해, 구체성의 빈틈을 없애야 한다.

그러나 시건 담당 재판장과 검사가 소설에서처럼 동문동기로 학연이 얽히면 '우리가 남이가'의 정서가 틈입할 우려가 높다.[19] 내가 판사 기피신청을 낸 이유는 바로 그런 것들 때문이다. 하지만 "변호인의 기피신청은 이유가 없다"로 바로 기각된다. 또 법정 사건에 국가권력이 개입된 경우라면 일개 검사가 국가기관을 상대로 대항하기가 어렵다. 특히 청와대가 연루되어 있다면 더욱 그러한데, 『소수의견』에는 그 양상을 야당 국회의원인 박경철의 발언으로 확인할 수 있다.

> "오성건설이 기와집에 로비를 한 거야. 청와대에서 경찰에 외압이 들어갔고. 그렇게 된 거야. 그래서 진압경찰의 공무 중 폭행치사를 인정할 수가 없는 거지. 이 고리들이 발각되면 뒤따를 파장이 너무 크기 때문에 기와집 인간들은 꼬리도 내주지 않을 셈인 거야. 이건 그 인간들한테 판돈 전부를 건 도박이야."
>
> — 위의 책, 87-88쪽

사건 담당검사 홍재덕이 국가기관에 수사할 엄두를 내지 못하고, 진실을 덮으려는 까닭도 이처럼 최고 권력층과 기업이 연루되어 있기 때문이다. 이런 정황에서 소설의 주인공 윤 변호사가 국선 전담변호인 자격으로 참사에 대한 국가의 책임을 묻는 '국가배상청구'를 해도 승소할 가능성은 희박하다. 변호인들이 기대해 볼 수 있는 방안은 '국민참여재판'인데, 이는 "국민의 사법 참여와 사법의 민주적 정당성을 강화하기

19) 이 경우 행정부서 중 하나인 검찰과 사법부 소속의 판사는 법의 해석을 왜곡하고 조작하여 진실을 사장할 위험성이 농후해진다. 거기에 거대한 기관이나 업체의 외압이 작용하면 그 가능성은 더욱 증폭되는데, 실제 우리나라에서 과거에 그런 실례가 적지 않았던 것이 사실이다. 전철희, 「법은 '소수의견'이다」, 『실천문학』, 2011 봄, 230-231쪽 참조.

위한 하나의 방안"[20]이다. 실제 재판이나 『소수의견』에서 이 제도의 활용은 교묘한 "법의 논리에서 벗어나려는 시도"라 할 수 있다. 이를 통해 소설에서는 "'법'을 상징하는 검사와 그것에서 벗어나 '정의'를 추구하려는 변호사의 대립"을 보여준다."[21] 이는 곧 일반인의 법상식에서 한참 먼, 법이 정의를 수호하기 위해 행사되는 것이 아니라는 직접적 증거가 된다. 구치소에 수감되어 있는 박재호가 윤변호사에게 "이제 법률적인 견해라는 말은 지겨워요, 나한테는 그게 세상에서 제일 비겁한 말로 들립니다"라는 말은 법이 억울한 피의자를 위해 행사되지 않고 있다는 점을 정확히 지적하고 있다.

우여곡절 끝에 열린 '국민참여재판'에서 검사와 변호인 측은 지리한 법적 공방을 펼친다. 다행인 것은 재판에 배심원들의 이목이 집중되어 있다는 것이다. 간혹 법정에서 자신의 감정을 추스르지 못해 변호인에 도움을 주지 못하는 소설 속의 4번 배심원 같은 경우도 존재하지만 말이다. 그러나 사흘간 세상과 격리되어 이성적 판단을 한 배심원들의 만장일치 평결도, 최후의 판결 법봉(法棒)을 휘두르는 재판장의 법적 위력 앞에서는 속수무책이다. 배심원의 평결에 구속 받지 않는 재판장은 박재호에게 3년의 실형을 선고한다. 『소수의견』에 나타난 그 판결의 법적 뉘앙스는 다음과 같이 나와 있다.

> 재판장은 항소시한 동안, 즉 일주일간 박재호의 구속을 면하는 매너를 보여주었다. 항소의 길을 직접 열어주겠다는 암묵적 의사표시였다. 배심평결을 뒤엎은 건 미안하지만, 나는 겨우 하급심 재판

20) 손아람, 앞의 글, 321쪽.
21) 전철희, 앞의 글, 233쪽.

> 장이니만큼 정치적으로 위험한 판결의 선고는 못하겠다는 뜻의 몸짓이었다. 대법관쯤 되는 법의 화신들에게 이 이야기를 호소하면 통할 수도 있어 보인다는 귀띔이었다. 하지만 그 정도 호의로는 면피할 수 없다. 결코 그럴 수는 없는 것이다.
>
> — 위의 책, 407쪽

재판장만의 '소수의견'으로 배심원들의 '다수의견'을 묵살한 판결에는 이처럼 판사의 보신주의와 처세가 저간에 깔려 있다. 이러한 법의 운용으로 세상사의 정의가 실현될 리는 만무하다. 『소수의견』에는 이처럼 국민의 일반적인 법감정과 먼, 이데올로기 도구로서 기득권층의 이익에 복무하는 법의 허구성을 통렬히 비판·고발하고 있다.

4. 디스토피아 세상에서의 어두운 뤼미에르(lumière)

> 노래하라, 춤추라
>
> 이제 곧 검은 비가 내리니
> 화염에 탄 주검들 식으려면 아직 멀었다
>
> 누 세월이 흘러
> 백 년이 천 년 되는 날
>
> 미라처럼 누운
> 불멸의 기억 앞에서 소스라치리라

이 시의 제목 <남일당>은 용산 참사가 일어난 건물에 있던 금은방 상호이다. 재벌들의 개발 이익에 침윤되어 인간의 가치가 처참하게 무너진 곳, "여기 사람이 있다"고 절규하는 철거민들에게 공권력이 무자비한 진압으로 고귀한 생명을 강탈한 바로 그 현장인 것이다. 그래서 "이익이 중오한 것인가, 가치가 중요한 것인가. 어느 편에 설 것인가를 물어보는 것이 바로 이 자리"라는 이강서 신부의 역설은, 신자유주의 시대의 한국에서 살아가는 모든 이들에게 진지한 성찰을 요구한다.

지난 2017년 1월 20일 용산 참사 8주기 때 서울시에서는 『용산 참사, 기억과 성찰』이라는 백서를 발간했다. 여기에는 용산 참사의 발생과 수습 과정, 참사 이후의 변화와 남은 과제가 실려 있다. 당시 서울 시장이었던 박원순의 발간사에 나온 대로 "사람은 결코 철거의 대상"이 되어서는 안 된다. 아울러 무분별한 재개발로 더 이상 고통 받는 사회적 약자들이 생겨서도 안 된다. 또한 참사 책임자들에 대한 처벌을 통해 이런 불행이 재발되지 않도록 해야 했다.

하지만 참사 당시 서울지방경찰청장은 책임을 지는 형식으로 경질되었지만, 이후 재선 의원으로 정치권에 남아 있다. 그는 한 방송사 제작진과의 인터뷰에서 "당시 경찰의 진압은 정당했고 지금도 그렇게 생각한다"는 망언을 하기도 했다. 이는 참사 당시 그가 기자회견에서 언급한, "철거민들이 도심지 한복판에서 화염병과 벽돌 등을 무차별로 투척하는 등 도심 테러를 벌여 진압에 나설 수밖에 없었다"[22]는 인식에서 하나도 변모된 점이 없다.

참사 현장인 용산 재개발 4구역에는 지금, 처참한 상흔을 묻고 휘황

22) 손아람, 앞의 글, 319쪽.

한 고층건물이 들어서 있다. 햇빛 짱짱한 날에는 유리창에 반사된 빛살에 눈이 부시다. 그럼에도 그 빛이 밝지만은 않다는 감정이 드는 것은 왜일까? 건물의 토대에 매장된 참사의 기억 때문일까? 고층건물 유리창에 반사되는 찬란한 빛이 디스토피아 세상을 역설적으로 웅변해주는 느낌이 아닐까 하는 마음이 짙게 든다.

7

대중조작과 왜곡된 민주주의의 현장

장강명의『댓글부대』를 중심으로

1. 21세기 대명천지에 자행되는 대중조작

2015년에 개봉된 영화 <내부자들>에서 조국일보 논설주간 이강희의 대사 "어차피 대중들은 개 · 돼지입니다. 뭐 하러 개 · 돼지들한테 신경 쓰시고 그러십니까. 적당히 짖어대다가 알아서 조용해질 겁니다"는 우리 사회의 일부 비뚤어진 엘리트들이 대중을 바라보는 시선을 적나라하게 드러낸다. 실제 2016년 7월 당시 교육부 정책기획관이던 고위 관료의 입에서 국민 99%를 개 · 돼지로 비하하는 망발도 나왔다.

대중에 대한 그의 천박한 폄훼는 마치 나치 시대의 선전선동가 괴벨스를 연상시킨다.『댓글부대』에서 장강명이 밝힌 대로, "요제프 괴벨스의 어록이라고 하여 인터넷에 돌아다니는 문장들" 그러나 "그 말들을 정말 괴벨스가 했는지는" 불분명하지만 소설 챕터의 소제목으로 사용된 "분노와 증오는 대중을 열광시키는 가장 강력한 힘이다"나 "대중에게는 생각이라는 것 자체가 존재하지 않는다" 따위의 언사들은, 정통성 없는 권력층이 대중을 그야말로 개 · 돼지로 여기는 사례들로 보기에 부족함이 없다.

일부 지배층에게 개 · 돼지 급으로나 취급되는 대중이 그러나 역사의 흐름과 함께 놀라운 성장을 이룬 것은 주지의 사실이다. 대중은 일반적으로 직업 · 계층 · 문화수준 · 경제적 여건 등이 상이한 익명의 개인으로 구성된 집단을 의미한다. 그들은 영국과 프랑스의 시민혁명 이후 최초로 등장해, 이후 급속한 도시화 · 산업화로 대중사회를 구축했다. 우리나라 역시 1970년대 이후 대중사회의 모습을 나타내기 시작했는데, 이는 급격한 사회변동, 소득격차의 축소, 생활양식의 균등화, 고등교육의 보급, 매스미디어의 발달과 다양화 등으로 대중의 지위가 향상된 결과였다.

대중들의 위세가 강화된 상황에서 소수의 지배 권력층이나 자본가들이 그들을 조작한다는 일은 놀라울 수밖에 없다. 인터넷, 유튜브, 페이스북, 인스타그램 등등의 SNS가 우리의 일상을 휘감고 있는 이 시대에, 국내 거의 전역의 거리 곳곳에 CCTV가 설치된 대한민국에서 그런 일들이 자행된다는 사실은 쉽게 수긍이 되지 않는 일인 것이다.

하지만 이런 일은 21세기 인터넷 선진국인 대한민국에서 실제 벌어졌던 불행한 사건이다. 2012년 12월 제18대 대통령 선거를 앞두고, 국가정보원이 여론조작으로 선거에 불법 개입한 일은 당시의 야당과 야당 대통령 후보에 불리한 형국을 조성했다. 국가정보원 직원들은 인터넷의 유명 사이트에 글을 올리며 정치와 선거에 관여했다. 국가와 국민의 안위를 위해 존재하는 최고 정보기관이 정치에 개입해 민심의 왜곡을 유도한 불법 행위에 많은 국민들은 아연실색하지 않을 수 없었다.

저 지긋지긋한 군부독재 시대의 망령이, 대명천지의 세상에서도 반복되는가 싶어서 그랬을 터이다.

장강명의 『댓글부대』는 이 부조리한 사건을 모티프로 한다. 국가정보원의 여론조작을 한동안 믿을 수 없었던 작가는 사건이 구체적으로 확인되면서 큰 충격을 받았다고 털어놓는다. 기자 출신으로, 여느 작가보다 한국사회에서 벌어지는 갖가지 부조리에 민활한 촉수를 뻗치고 있는 장강명은 『댓글부대』에서, 인터넷에서의 조작을 무기로 음흉한 사적 이득을 취하려는 일부 사용자들과 국가기관을 고발한다. 아울러 부지불식간에 이들에게 조작당하는 대중들의 모습도 핍진하게 그려낸다. 그 일단은 단편 「삶어녀 죽이기」에서 이미 보인 바 있는데, 『댓글부대』에서는 국가 정보기관의 정치 개입이라는 보다 큰 사회적 문제로 그 양상이 심화되고 있다.

2. 인터넷에서 대중조작의 전술

1) 프레임 바꾸기와 진실의 매장

이전에는 비민주적인 지배 권력층 하부의 특수 조직이 사건에 개입하거나 정권 친화적인 언론을 동원해 대중을 조작하는 것이 주였다면, 근래에는 이것이 인터넷에 적극 파고드는 방식으로 전화한 특성이 있다. 1950년대 컴퓨터의 개발과 기술적 발전, 그리고 1969년 미국 국방성에서 ARPANET이라는 통신망을 구축하여 운용한 이래, 1991년 WWW(World Wide Web) 서비스의 시작으로 지구촌 사람들은 인터넷을 편리하게 사용할 수 있게 되었다. 이제 현대인 거개는 인터넷이 없는 삶을 상상할 수 없고, 또 잠시라도 그것의 연결이 끊어진다면 일상사는 물론 업무에 막대한 차질을 빚게 되는 상황이다.

전대미문의 인터넷 시작을 목격하고 직접 체험한 사람들은 인간의 삶과 세계의 급변에 놀란 경험을 갖고 있을 것이다. 전 세계가 거미줄처럼 얽혀 있고, 그 안에서 필요한 정보를 수집·활용할 수 있으며, 별 볼 일 없는 것만 같았던 자신의 일상사도 드러낼 수 있는 마법의 도구 인터넷. 인터넷은 경이로운 시대의 도래를 알리는 축포 같은 것이었다. 그 놀라움은 『댓글부대』에서 이철수의 입을 빌어 다음과 같이 표현된다.

> 처음에 인터넷이 등장했을 때 내 또래들은 정말 엄청난 도구가 왔다. 이걸로 이제 혁명이 일어날 거다, 하고 생각했지. 모든 사람이 직위고하에 관계없이 자유롭게 의견을 교환하고 토론으로 대안을 찾아낼 수 있는 길이 열렸다고 생각했지. 인터넷이 사회 부조리를 고발하고 권위를 타파해서 민주화를 이끌 거라고도 믿었어. 거대 언론이 외면하는 문제를 작은 인터넷신문들이 취재하고, 인터넷신문조차 미처 못 보고 넘어간 어두운 틈새를 전문 지식과 양식을 갖춘 블로거들이 파고들어갈 줄 알았어……
>
> —『댓글부대』, 54–55쪽

이철수의 언술은 인터넷을 통한 사회의 정합적 개혁, 혹은 변혁을 기대하게 한다. 뿐만 아니라 장강명의 연작소설집 『뤼미에르 피플』에 수록된 「삶어녀 죽이기」에서 '삼궁'은 인터넷이 앞으로 가져다 줄 인류의 일상적 삶을 이렇게 예측한다.

> 삼궁이 생각하기에 인터넷의 등장은 농업혁명과 산업혁명과 맞먹는 변혁이었다. 앞으로 인류는 오프라인에서보다 온라인에서 더 많은 시간을 보내며, 문자 그대로 온라인 세상에서 살 것이다. 반응해야 할 자극이 초 단위로 들어오고, 한번에 수천수만 명과 교류할 수 있는 환경은 새로운 사교 규범과 사교술을 불러올 것이다.
>
> —「삶어녀 죽이기」, 『뤼미에르 피플』, 172—173쪽

누구나 새로운 문물의 도입에 그 순기능을 우선적으로 기대하고 변모할 미래의 삶을 그려보는 것은 당연지사이다. 하지만 신문물의 역기능이 파생되는 경우도 다반사이다. 인터넷 역시 자체의 순기능과 함께 역기능을 낳는데, 그 부작용의 크기는 상상을 초월한다.

「삶어녀 죽이기」 역시 인터넷을 통한 대중조작의 행태를 여실히 보여주는 작품이다. 이 소설에서 '삶어녀'는 '삶이 어렵지 않다는 여자'의 줄임말로, 온갖 신조어와 축약어가 난무하는 인터넷에서 그 용어는 자연스럽다. 문제는 '삶어녀'가 C일보 산업부 기자 김선균과 인터뷰한 기사 내용으로부터 발생한다. 기사에는 '삶어녀'의 본명 소연경 그대로 이름이 나갔다. 소연경은 "꿈을 실현하기 위해 남들이 부러워하는 대기업"을 퇴직한 젊은이이다. 그런 그는 수입이 없음에도 당당하게 잘 즐기는 삶을 향유하며 "삶이 어렵다고 생각하지 않아요"라는 말도 서슴없이 내뱉는 당찬 아가씨이다.

소연경의 인터뷰 발언에 인터넷상에서 반감을 품은 이가 없을 리 없다. 대학을 졸업하고 겨우 비정규직으로 참담한 수입을 울리며 사는 '88만원 세대', 연애, 결혼, 출산을 포기한 '삼포세대', 이에 더해 인생에서 아주 많은 것을 포기해야만 하는 'N포세대' 등 희망 없는 대다수 청

춘들의 고단한 삶에 견주어 보면, 소연경은 한유한 인생을 마음껏 구가하고 있는 것이다. 거기에 소연경의 빼어난 외모와 아버지는 A병원 당뇨센터장, 오빠가 같은 병원 의사, 언니가 소프트뱅크 코리아에 다니는 상류층이라면 불만 가득한 '댓글러'들의 분노 수위는 걷잡을 수 없어지게 된다.

이 들불 같은 그들의 격분을 사그라뜨리기 위해 필요한 것이 바로 인터넷을 통한 '대중조작'이다. 이 작업을 단독으로 수행하기는 어렵다. 「삶어녀 죽이기」에는 이런 일을 업으로 삼은 '팀－알렙'이 등장한다. 총인원 3명으로 구성된 이 조직은 과거의 유물 같은 흥신소 따위에서 했던 일은 거부한다. 그렇다고 주가조작 같은 불법적 행위에도 손대지 않는다. 그들은 인터넷과 SNS로 변한 새로운 사교 환경에서 "어떻게 해야 인기를 모으고 자신의 영향력을 높일 수 있을지 궁금해 하는 사람들에게 컨설팅과 솔루션을 제공"한다는 나름의 직업적 소명의식을 갖고 있다.

'팀－알렙'의 기치는 드높으나, 실제 작품 속에서 보이는 행태는 저급한 조작에 불과하다. '팀－알렙'은 난처한 처지의 소연경 국면을 타개하기 위해 '현상의 프레임을 바꾸려는 조작'을 실행한다. 즉 사건의 다른 측면을 부각해 곤혹스러운 형국을 타개하려는 책략을 사용하는 것이다. 이때의 조작(造作)은, 없는 일을 사실인 듯이 꾸미어 냄(만듦)에 해당된다. '팀－알렙'의 리더 '삼궁'은 소연경과의 대화에서 그것의 필요성을 강조한다.

> "사실이 아닌 글도 올리겠다는 건가요?"
> "아까도 말씀드렸잖습니까. 포털 사이트에 있는 영화나 도서 평,

'내가 해봐서 아는데'류의 뉴스 댓글, 신상품 사용 후기 블로그 같은 것들에 사실이 얼마나 담겨 있을 거라고 생각하세요? 다들 하는 일이에요……"

— 위의 책, 181쪽

결국 '팀-알렙'은 김선균 기자의 외모 콤플렉스와 그의 소연경에 대한 추근대기 등을 조작해 짧은 시간 내에 인터넷 게시판과 트위터 공간에서 혁혁한 성과를 거둔다. '삶어녀'에게 신랄한 비난을 퍼붓던 사용자들은, 이제 독 묻은 화살촉을 김선균 기자의 가슴 한복판에 쏘아대는 것이다. 결국 김선균 기자와 소연경 아버지는 '삼궁'이 제시한 계략에 서로의 이득을 담보로 합의를 하고 사건을 마무리 짓는다.

이처럼 인터넷과 SNS에서의 프레임 바꾸기는 대중조작의 기본이 된다. 삼궁의 '인터넷은 구도'라는 말은 프레임 짜기의 실효성을 상징적으로 압축한 것이라 하겠다. 이와 같은 프레임 짜기는 물타기와 짝패를 이룬다. 물타기는 인터넷과 SNS 사용자들에게 사건의 핵심을 벗어난 쪽으로 시선을 유도하는 대중조작의 한 방식이다. 이렇게 하여 끓어오르는 이슈에 대한 대중들의 폭발적이고 광기 어린 관심사는 엉뚱한 방향으로 쏠리게 된다.

『댓글부대』에서 '팀-알렙'은 **전자 노동자의 백혈병 사망 사건을 다룬 영화 <가장 슬픈 약속>의 사회 이슈화를 물타기로 봉쇄한다. 굴지의 대기업을 고발하는 영화의 흥행이, 기업의 입장에서 곤혹스러운 것은 분명하다. 기업 이미지의 타격은 곧바로 매출 감소로 직결된다. 또 한국을 대표하는 기업의 위상 하락은 국격 추락으로도 연결된다. '합포회'라는 정체불명의 기관이 **전자의 일로 '팀-알렙'을 찾은 것도 그런 연유에 있다.

'팀-알렙'은 이 사안을 덮을 방안으로 <가장 슬픈 약속> 제작에 참여한 영화산업 노동자를 가공인물로 등장시킨다. 실재하지 않는 그는 영화제작사로부터 체불된 임금 340만 원을 못 받고 있다고 인터넷에 호소한다. "당장 밀린 고시원비와 핸드폰 요금을 내야 하는데 돈이 없"는 이 가공의 노동자 처지에 인터넷 게시판 앞의 대중들은 들끓기 시작한다. 억울학 재해를 당한 노동자를 위한 영화를 만든다는 제작사 측에서, 자신들의 고용 노동자에 정당한 대우를 해주지 않는다는 모순은 대중들에게 '휘발성 있는 재료'가 아닐 수 없는 것이다. 대중은 이제 '팀-알렙'의 작전에 기존의 **전자 문제점을 서서히 몰각하기 시작한다. 그들의 시선은 '임금체불' 쪽으로만 집중된다.

이쯤 되면 현대문명의 한 극점인 인터넷에, 삶의 가치와 효용을 주는 진실만이 존재하는 것일까 하는 의구심을 품지 않을 수 없다. 인터넷상의 수다한 정보와 주장은 인류의 보편적 성정에 부합하는 내용들이다. 그것은 네티즌들에게 도움을 주어 삶을 정합적으로 나아가게 하는 동력이 된다. 하지만 이렇게 조작된 진실은 소수의 이득으로 한정되고, 그것은 사회의 올바른 지향점을 흐리게 하는 사회악으로 작용한다.

「삶어녀 죽이기」에서 진실은 매장되고 자본을 동원한 의뢰자만 이득을 보는 상황을 확인한 바 있다. 『댓글부대』에서도 **전자의 문제를 덮기 위해 '합포회'에서는 현금 삼천만 원을 지불했다. 숭고한 진실의 매장 비용이다.

2) 이이제이와 편 가르기를 통한 내부 분열 획책

「삶어녀 죽이기」에는 SNS를 통한 대중조작의 양상이 일상의 삶에 만연해 있음을 보여준다. 소연경과의 만남에서 '삼궁'은, 이미 인테넷 세상에 사실이 아닌 조작된 글들로 미만해 있음을 강변한다. 그 양상은 대체로 과장된 홍보와 동종의 경쟁자 폄하로 나타난다. 가령 인터넷 강의 수강 후기에서 강사에 대해 조작된 평판이 올라오는 것이 그렇다. 또한 포털 사이트에 업로드된 많은 도서나 영화평, 신제품 사용 후기 등에서도 사실의 왜곡 정황은 얼마든지 확인이 가능하다. 이런 유의 글들이 올라오는 것은 당연히 사적 이득을 취하기 위한 목적에 있다. 가공할 경쟁으로, 하루하루가 전쟁터와 같은 신자유주의 사회에서 거짓을 통한 이득의 편취는 이제 SNS상에서 공기처럼 흔하게 널려 있는 것이다.

바이러스의 전파처럼 소비자들에게 상품에 대한 홍보성 정보가 끊이지 않고 전달되게 하는 바이럴 마케팅(viral marketing)은 온라인상에서 여전히 횡행하고 있고, 바이럴 마케팅을 해주겠다는 광고까지 버젓이 게재되어 있는 형편이다. 법적 단속을 한다고는 하지만, 별처럼 산재하고 음지에서 교묘히 거짓 정보를 생산하며 컴퓨터 자판을 누르는 그들을 색출하기란 쉽지 않다. 그렇게 인터넷 생태계는 파괴되어 간다. 이런 자본시장의 교란은, 소비자에게 올바른 선택의 기회를 억압한다는 점에서 문제가 크다.

'팀－알렙' 역시 「삶어녀 죽이기」에서 바이럴 마케팅으로 호구를 연명하던 영세 조직이었다. 그러나 그들은 수완과 능력을 인정받으며 영업적으로 한 단계 도약한다. '팀－알렙'은 굵직한 '물주'를 잡았고, 프로

젝트의 성사 여부에 따라 더 큰 매출을 기대할 수도 있게 되었다. 이제 그들은 사적인 자본의 영역을 넘어, 정치 이데올로기가 개입된 여론의 호도를 위해 무소불위의 뒷배 '합포회'와 연결이 된다.

『댓글부대』는 정치가 개입된 조작 업무를 수행하는 '팀-알렙'을 다룬 소설이다. 이제 그들은 이데올로기 조작의 선봉에 서지만, 실체가 노출되지는 않는다. 그들은 철저히 타인의 시선에서 벗어나 직무를 행한다. 대중이 인지하지 못하는, '팀-알렙'의 무명성, 혹은 익명성은 괴벨스가 말한 대로 "운동을 펼치는 데 '건전한 바탕'"으로 작동한다. 지하세계에서의 암약이야말로 '팀-알렙'에게는 최대의 무기이다.

처음부터 그런 중책이 '팀-알렙'에게 떨어지지는 않는다. 그들은 인턴처럼 두 개의 시범사업을 통해 지배층에 반목하는 사이트를 초토화시킨다. 그 과정에서 '삼궁'은, "우리가 세상을 바꿀 수 있다"는 헛된 환상과 자신감도 얻는다. 소설에서는 '합포회'에서 비교적 직위가 높은 이철수가 '팀-알렙'에 <은종게시판>의 영향력을 현저히 감소시키는 일을 제안한다. 회원 수 10만 명 정도의 이 사이트에는 주로 "'한국은 왜 이따위죠?'라든가, '우리나라 오십대들과 새누리당 지지자는 다 닭대가리들인 것 같아요'라든가, '라스 폰 트리에 감독 이번 신작 너무 기대됩니다'와 같은 글들이 업로드된다. 그들은 국가와 보수당에 대한 반감과 나름의 문화적 취향에 대한 글들을 게시판에 주로 올리는 것이다. 그런 한편으로 그들은 이율배반적인 태도를 보이기도 하는데, 삼성과 신자유주의를 비판하며 명품 중고 거래를 하고 여성을 비하하는 '쭉빵'이라는 단어에는 광분하며 '남자 아이돌의 복근이 탐스럽다'는 따위의 글들에서 그 점을 확인할 수 있다.

이 <은종게시판>의 무력화는 '이이제이'의 수법으로 해결한다. 그 방식은 너무 어이없게도 연예인의 방송 하차 건으로 촉발되었고, 최초로 그 건에 글을 올린 사람에게 '삼궁'이 댓글 한마디를 던지자 삽시간에 게시판 이용자들은 편이 갈렸다. '삼궁'으로서는 댓글 몇 개 던져놓고, "손 안 대고 코 푼 격"이다.

'팀-알렙'에 주어진 또 하나의 과제는 "광우병 시위할 때 유모차 조직했던 곳"인 '줌다카페'를 풍비박산시키는 것이다. 본부장은 그 사이트 회원들이 세월호 사건을 두고 '박근혜가 한국국민을 학살했다'는 내용의 광고를 <뉴욕타임스>에 냈다며 사이트를 쑥대밭으로 만들어 줄 것을 요청한다. 행동력 좋고 회원들간의 연대감이 좋아 이 사이트에서 상호 이간질은 통하지 않는다. '줌다카페' 폭파 작전에는 실존하지 않지만 정부 서류상으로는 존재하는 '유령인간' 김가인과 그의 남편을 등장시킨다. 그리고 이번에는 '줌다카페' 게시판에 올라와 있는 몇 개의 자극적인 글을 화면 캡처해 '일베' 사이트에 올린다.

한국사회에서 극우 이데올로기의 온상인 '일베' 회원들은 곧바로 "좌좀년들을 응징한다"며 '줌다카페'에 디도스 공격 등을 자행한다. 이쯤 되면 이 싸움은 정치적 진영간의 공방으로 확전된다. 그런 한편으로 '줌다카페' 회원들은 자신의 글들이 '일베' 사이트로 유출된 경위를 살피며 '유령인간' 김가인 신상을 털고 단죄를 하려 한다. 그런 그들에 대한 김가인의 응전은 '사이버 명예훼손, 협박, 모욕죄'로 고소를 하는 것이다. 그 협박은 '줌다카페' 회원들을 위축시켜 이제는 자신들의 성지를 되레 성토하기 시작한다. 철옹성 같았던 '줌다카페'는 '일베'의 도움과 경찰 조사의 위압감 앞에서 회원들이 분열되고 종말을 맞이하게 된다.

결국 커뮤니티가 쪼개졌어요. 끝내는 거기도 분란이 생겼어요. '흰님들 이렇게 일베에 굴복할 건가여...... ㅠ_ㅠ;;; 너무 슬프고 분합니다......'라는 한탄 글이 나오면 '이궁... 그런 어설픈 선동으로 피해를 본 흰님들이 한둘이 아니랍니다~~~ 책임 못 질 말씀은 자제하심이~~~' 라는 반박이 달렸죠.

—『댓글부대』, 118−119쪽

이처럼 지배 권력층의 대담한 대중조작 시도와 성공은, 대중들의 지적, 심리적 취약성을 고스란히 드러낸다. 이는 나치 시대에 히틀러가 "대중의 수용능력은 몹시 한정적이다. 이해력은 작고 망각력은 크다"라고 『나의투쟁』에 쓴 관점에서 큰 어긋남이 없으며, 귀스타프 르 봉이 『군중심리』에서 파악한 군중(대중)이 "감정과 생각이 암시에 걸리고 감염됨으로써 동일한 방향으로 집중되는 경향, 암시된 생각을 즉시 행동으로 옮기는 경향"이 있다는 내용에도 정확히 부합한다. 차이가 있다면 그들의 활동무대가 광장에서 사이버 공간으로 바뀌었다는 것뿐이다.

3) 가짜 뉴스 만들기와 동영상 제작 및 유포

'합포회'에서 오픈 게임 형식으로 의뢰한 두 건의 프로젝트를 성공적으로 수행한 '팀−알렙'은, 저들이 간절히 목표로 하는 대중조작을 통한 정치 지지자 확보 사업에 참여하게 된다. 이제 '삼궁'은 이철수보다 급이 높은, 소설에 등장하는 '합포회' 관련 인물 중 최고 권력자인 노인과도 대면하게 된다. 그는 '삼궁'이 실행하는 모든 일들의 막후 조종자인 듯하다. 그가 국가기관과 연관이 있었다는 증거는 소설에서 확인할 수 있다.

이제는 많은 이들에게 널리 알려진 신중현의 <아름다운 강산> 탄생 비화는 강준만의 『한국 현대사 산책』에 다음과 같이 나와 있다. 당시 박정희 군부 체제에서 대통령 찬가를 신중현에게 만들어달라고 요청한다. 그러나 신중현은 "어느 날 청와대에서 '대통령 노래'를 만들라고 연락이 왔어요. 못한다고 했죠. 나는 음악하는 사람이지 정치가는 아니잖아요"라며 거절하고 이후 여러 수난을 겪게 된다. 그때 신중현에게 노래를 부탁한 이가 바로 작품 속의 노인이다. 노인은 세간에 알려진 바와 달리 "국민들에게 낙관적 전망을 심어"주기 위해 "사람들한테 힘을 불어넣어줄 수 있는 노래, 힘차게 전진하고 싶은 마음이 들게 하는 노래"를 요구했다 항변하지만 말이다.

서슬이 퍼런 박정희 시대에 요직을 맡았을 노인은, 그러나 시대의 발전에는 발맞추지 못하는 인물이기도 하다. 그는 여전히 '빨갱이 타령'을 늘어놓고, '라떼'는 말이야 식으로, 과거의 가난과 싸우던 시절을 회고하며, "대한민국을 살기 괜찮은 곳으로 그리는 영화가 한 편도 없다"고 분개한다. 그리고 빨갱이 교사들의 세상 호도로 청소년들을 망치고 있다며 열변을 토한다. 수구 이데올로기로 중무장하고, 세계의 진보에는 담을 쌓은 자기만의 확증편향으로 중무장한 노인에게는 그러나 어마어마한 돈이 있다. 노인은 그것을 무기로 인터넷을 동원하여 미래의 희망인 십대와 대학생들에게 왜곡된 이데올로기를 주입시키려 한다. 석 달 기간에 진실 매몰 비용은 2억이다.

'팀-알렙'은 가짜뉴스를 만들어 언론사에 유포하기 시작한다. 그 내용은 대한민국 사람들에게 공통적으로 주요한 관심사를 다룬다. 자신의 분신인 자식의 행복을 기대하지 않는 부모는 아마 세상에 없을 것이다. 또한 우리나라 부모들의 극성스러운 자녀 교육열은 세계적으로 유명하다. 입시지옥의 현실에서 부모나 수험생은 결코 자유로울 수 없다. 명문대학 입학이 곧 행복으로 이어진다는 맹신 아래, 어린 학생들은 기를 쓰고 공부에 매진한다. 부모는 그들의 뒤에서 격려와 채근을 아끼지 않는다. 그런 우리나라 사람들에게 공포심을 주기에 충분한 다음과 같은 기사는 대중들을 움직이기에 효과적이다.

> 삼궁이 생각날 때마다 여러 개 만들어서 언론사에 보냈는데, 저희가 아는 것도 있고 모르는 것도 있을 거예요, 아마. '엄마가 진보적일수록 아이의 행복 수준이 낮다는 연구결과가 나왔다'라든가 '엄마가 보수적인 가치를 강조할수록 자녀의 성적이 높은 걸로 나타났다'라든가 하는 뉴스였어요.
>
> — 위의 책, 164쪽

여기에 진보 진영의 빈궁과 위선을 조롱하는 동영상을 '몰래카메라' 형식으로 제작해 인터넷에 유포한다. 체제 비판적인 TV 평론가, 문화비평가, 인문학자 등을 대상으로 한 단편 동영상이 <입진보들의 실체>라는 제목으로 업로드되면 대중의 반응은 폭발적이다.

'팀-알렙'은 캠페인성 자체 영상을 만들기도 한다. 캠페인이지만, 메시지는 드러나지 않는다. 대신 멋진 슬로건으로 메시지를 전달하는 것이 목적이다. 그렇게 해서 제작된 동영상이 '나는 강하다'와 '아무도 탓하지 않는다'이다. 이는 십대들이 현실에서 이루기는 어려우나 마음속으로는 강렬히 염원하는 바를 교묘히 충족시키려는 의도의 산물이다. 이를 위해 파쿠르(Parkour) 동호회의 소년들이 동원된다. 위키백과의 설명에 따르자면 파쿠르는 일종의 이동기술로 맨몸으로 산, 도시나 시골의 건물, 다리, 벽 등의 지형 사물을 효율적으로 이용하여 이동하는 것을 의미한다. 『댓글부대』에서는 파쿠르가 '프리러닝(Freerunning)'으로 대체되는데, 이 용어 역시 다양한 장애물 및 환경과 상호 작용하여 자신을 표현하는 한 방법으로 설명되고 있다. 프리러닝은 익스트림 스포츠처럼 강렬하고 위험성이 크지만, 청년들에게 자신의 강한 존재감과 야성을 뽐내기에는 부족함이 없다.

'남자 패는 법' 동영상 또한 같은 목적으로 제작된다. 십대 여학생을 주요 시청 대상으로 삼은 이 동영상은, 남자에게 신체 위협을 당하는 여성들이, 불한당에게 치명적인 반격을 가한 다음 "근처에 있는 돌을 집어들면서 "난 강해!"라고 고함을 지르는 것이 주요 내용이다. 이를 통해 여전히 사회적 약자인 젊은 여성들은 대리만족과 함께 자존감을 고취한다.

젊은 친구들의 이와 같은 동영상에는 자존감의 고양과 모순된 기성의 체제에 대한 반감이 짙게 깔려 있다. 비록 불순한 의도로 제작된 동영상이기는 하지만 어쩌면 그들의 기상천외한 행동과 발언은, 합법적 테두리 안에서 그들이 할 수 있는 최상의 극단적 저항 방식이다. 그것이 체제의 전복으로까지 확대될 수는 없으나, 아무튼 '합포회'는 '팀-알렙'을 사주해 불만 가득한 세대들을 이데올로기적으로 포섭하려는 시도를 게을리하지 않는다.

'나는 강하다'와 '아무도 탓하지 않는다'의 이데올로기 주입으로 불만 가득한 한국사회에 대한 생각이 긍정적으로 바뀔 수 있는지는 확인되지 않는다. 다만 '팀-알렙'의 다양하고 교묘한 전술로, 보수 이데올로기로 전화한 이들이 존재한다면, 그것은 곧 보수층의 정치적 지반이 되기에 작전은 효과가 있다. 그러나 국가 전체적으로 보면 조작된 인터넷 내용과 이미지에 홀린 젊은이들은 새로운 우려를 낳게 하는 동인이 될 수도 있다는 점에서 문제가 크다.

'단군 이래 최고로 똑똑한 세대'라 칭해지는 우리의 젊은이들이 왜곡된 이미지에 현혹되는 일들은 왜 발생하는가? 장강명은 기자와의 인터뷰에서 다음과 같이 우려한다.

> "젊은 남녀가 통째로 다 가난해지고 정신적으로 무력해질 때가 제일 파시즘이 퍼지기 쉬운 때인 것 같아요. 실제로 우리가 그 단계의 초입에 온 것이 아닌가 하는 생각도 약간 듭니다. 좌절감이나 무력감을 누가 살짝 건드리면 그게 증오로 변할 것 같아요."
>
> — 장강명 인터뷰 기사 중에서

청춘들의 고단한 삶과 미래에의 희망 없음을 이미, 『표백』과 『한국이 싫어서』에서 그려낸 장강명의 진단은, 미래의 한국사회에 우려감이 들게 한다. 한국사회가 적절한 해답을 청춘들에게 내놓을 수 있을까?

3. 연속될 조작과 대중의 비판적 수용

독일의 사회학자 위르겐 하버마스(Jürgen Habermas)는 공론의 장 회복을 주장하며 인터넷과 같은 사이버 공론장에 주목한다. 그는 그 속에서 활발한 토론과 논쟁을 통해 숙의민주주의를 실현해야 한다고 주장한다. 하버마스가 기대했던 사이버 공론장의 일부는, 『댓글부대』에서 살펴본 대로 불순한 정치적 의도로 왜곡되어 있다. 건전한 사이트 또한 권력과 자본의 투하로 얼마든지 조작될 위험성이 상존한다. 이것은 인터넷을 악용하는 자들에 대한 강력한 규제의 필요성을 드러낸다. 그러나 문제는 불법적 대중조작을 자행하는 기존의 지배계층을 제어할 방법이 있는가 하는 점이다. 『댓글부대』에서 보인 비뚤어진 수구적 계층은 이전과 달라진 점이 전혀 없는 상황에서 말이다.

'승리한 자는 진실을 말했느냐 따위를 추궁당하지 않는다'는 『댓글부대』의 마지막 챕터에서처럼 '합포회' 측은 국정원 '여론 조작' 보도를 한 임상진 기자를 집중 공격한다. 그가 쓴 기사의 내용은 "국정원이 댓글 사건 이후에도 계속 여론 조작을 하고 있다, 그 수법이 아주 교묘해졌다, 그냥 댓글만 다는 게 아니라 인터넷 커뮤니티들을 파괴하고 청소년들한테 보수적인 사고방식을 주입하려 한다……"는 것이다. 이 기사는 '팀–알렙'의 일원인 '찻탓캇'과의 인터뷰 내용을 주로 하고 있다. 증거 보강 차원에서 이루어진 인터뷰로 '합포회'의 주요 구성원 하나가 밝혀지는데, 그는 전국경제인연합 이인준 상무이다. '정–경 유착'으로 대중조작이 이루어지고 있음이 이로써 증명된다.

그러나 기사가 나간 후 임상진은 수렁에 빠지게 된다. '팀–알렙'이 다양한 작전으로 인터넷에서 한 인간을 매장했던 '물타기' 작전이 그대로 그에게도 적용되었던 것이다. '유령인간' 김가인 남편의 항의 전화, 진위를 묻는 전화를 피한 이인준 상무의 이유에 대한 수긍의 반응들, 기사 내용의 표절 의혹 시비, 파쿠르 동호회 소속 소년들의 왜곡 보도 항의 시위 등으로, 임상진 기자의 기사는 'K신문 사상 최악의 오보'로 전락하고 만다. 그는 징계위원회에 회부되는 신세가 되었다.

이 모든 작전의 배후에 '합포회'가 있다는 사실은 충분히 짐작할 수 있다. 그들은 '팀－알렙' 외에도 여러 조직을 거느리며 조작질을 일삼아왔기 때문이다. 그리고 일종의 내부고발자인 듯하면서도, '임상진 죽이기'를 공모한 듯한 '찻탓캇'을 중국행 밀항선에서 살해 사주하는 것으로 작전을 최종 마무리한다. '찻탓캇'의 죽음은 이내 '팀－알렙'의 나머지 구성원들에게 닥쳐올 운명이라 하겠다. 대신 다른 구성원들로 조직된 팀에서 대중조작은 영원히 이어질 것이다.

조지 오웰이 말한 '빅 브라더'의 시대는 사라진 지 오래이다. 오히려 국가 안보나 기업의 극비사항을 제외한 대다수의 정보는, 인터넷의 바다에서 만인에게 공평하게 제공되는 시대이다. 지금 우리들이 눈을 깜빡거리는 이 순간에도 인터넷과 SNS에는 무수히 많은 콘텐츠가 게시되고 있다. 중요한 것은 그 내용들에 대한 비판적인 수용의 필요성이다. 그 뻔한 사실을 작가가 언급하지는 않는다. 다만 장강명은 사이버 공간에서 업로드되는 무수한 콘텐츠에 대한 무비판적인 수용이 초래할 한국사회의 위험성을 「삶어녀 죽이기」와 『댓글부대』에서 공포스럽게 고발할 따름이다. 그리고 그는 정보의 신중한 취사선택 여부를 대중의 몫으로 남겨둔다.

문학장과 현실의 장

초판 1쇄 인쇄일 | 2023년 8월 23일
초판 1쇄 발행일 | 2023년 8월 31일

지은이 | 김병덕
펴낸이 | 한선희
편집/디자인 | 정구형 이보은
마케팅 | 정찬용 김형철
영업관리 | 한선희 정진이
책임편집 | 정구형
인쇄처 | 으뜸사
펴낸곳 | 국학자료원 새미(주)
등록일 2005 03 15 제25100－2005－000008호
경기도 고양시 일산동구 중앙로 1261번길 79 하이베라스 405호
Tel 02)442－4623 Fax 02)6499－3082
www.kookhak.co.kr
kookhak2010@hanmail.net

ISBN | 979-11-6797-127-2 *93800
가격 | 25,000원